TOUT CE QUE J'AI

VIVRE L'INSTANT PRÉSENT
TOME 3

LEXI RYAN

DÉDICACE

Pour Annie. Tu sais si bien me motiver. Et j'adore échanger des idées avec toi, tu es la meilleure. Mais surtout, je suis heureuse que, même après toutes ces années, je puisse toujours dire que tu es mon amie. Je t'aime et tu me manques.

REMERCIEMENTS

Je voudrais d'abord remercier mon mari, Brian, et nos enfants, Jack et Mary. Grâce à vous, je me souviens de ce qui est vraiment important.

Un énorme merci pour mes amis et ma famille, merci pour votre incroyable soutien. De mes frères et sœurs à mes copains du lycée, en passant par ma voisine de quatre-vingt-dix ans, dont l'infirmière à domicile est maintenant accro à mes histoires, vous êtes une équipe fabuleuse.

À tout ceux qui m'ont donné leur avis sur cette histoire complètement tordue, surtout à Helen Carver, Rhonda Helms, Adrienne Hogan, et Samantha Leighton. Mention spéciale à Annie Swanberg qui m'a menacée d'écrire la fan fiction de la saga Vivre l'instant présent, si je ne finissais pas ce livre de la façon dont je devais le faire. Tu avais raison, bien sûr.

Merci à l'équipe qui m'a aidée à mettre en forme ce livre et à en faire la promotion. À mon équipe d'éditeurs, Rhonda Helms, Mickey Reed, et Arran Nicol, qui améliorent mes livres. À Chris, mon assistant, qui tente d'organiser mon travail. Merci à Christine de iHeartBig-Books pour tous les contenus promotionnels. Je remercie aussi Julie de chez ATOMR d'avoir organisé mes événements promotionnels, ainsi que tous les blogueurs et critiques qui ont aidé à faire connaître mes livres. Vous êtes géniaux. Chacun de vous.

À mon agent Dan Mandel et mon agent littéraire étranger Stefanie Diaz qui ont permis la distribution de mes livres à des lecteurs du monde entier — mes rêves se réalisent grâce à vous.

À tous mes amis écrivains sur Twitter, Facebook, et mes différents réseaux d'auteurs, merci pour votre soutien et l'inspiration que vous m'offrez. Je remercie tout particulièrement NWB — Sawyer Bennett, Lauren Blakely, Violet Duke, Jessie Evans, Melody Grace, Monica Murphy, et Kendall Ryan — vous me faites sourire chaque jour !

Et pour finir en beauté, merci à mes fans du monde entier. À ceux qui ont lu Unbreak Me et Wish I May et m'ont supplié d'écrire une autre histoire basée à New Hope. À ceux qui ont lu Lost in me et Rattrape-moi et qui m'ont fait part de leur impatience à lire la suite dans Fall to You. Vous êtes le genre de fans que tout auteur rêve d'avoir. Je ne pourrais pas faire cela sans vous et ne le souhaiterais pas. Merci d'acheter mes livres et d'en parler à vos amis. Merci pour vos lettres pleines de gentillesse. Tous les jours je dois me pincer pour m'assurer que je ne rêve pas. Vous êtes les meilleurs et c'est grâce à vous que ma vie est fabuleuse.

-Lexi

À PROPOS DE TOUT CE QUE J'AI

Tout ce que j'ai est le troisième volet de la série Vivre l'instant présent. Il faut le lire après le premier et le second tome, Retrouve-moi et Rattrape-moi.

Et si vous aviez oublié à jamais le jour où vous avez pris la décision la plus importante de votre vie ?

C'est ce qu'on me raconte sur le jour où j'ai eu mon accident, le jour où j'ai choisi de porter la bague de Max, et d'oublier Nate. Je compte sur la sagesse dont j'ai dû faire preuve le jour où j'ai pris une décision dont je ne me souviens pas.

Max est fabuleux, sexy, gentil et adorable. Je commençais à me rassurer sur mon futur, peut-être allais-je vivre heureuse et avoir beaucoup d'enfants après tout. Soudain, un événement impensable fait exploser toutes mes certitudes. Si je veux réussir ma vie avec Max, j'ai besoin de mes souvenirs, ou au moins des réponses sur ces cinq jours qui ont précédé l'accident.

Mais comment continuer sur cette voie si les réponses que j'obtiens ne sont pas celles que j'imaginais ?

CHAPITRE UN

*E*lle porte sa bague.

La main de Hanna tremble alors qu'elle la porte à sa bouche et sa bague de fiançailles scintille. Elle est vêtue d'un peignoir fin rose et ses cheveux retombent décoiffés sur ses épaules. Max se raidit à ses côtés, torse-nu et protecteur. Pas la peine d'être un génie pour deviner ce qu'ils faisaient avant d'ouvrir la porte.

Je ressens comme un coup de poing dans le ventre, d'une violence inattendue, et je dois faire un pas en arrière malgré moi.

Je n'aurais jamais dû venir ici. L'atmosphère à Los Angeles est trop intense en ce moment, et je voulais me faire oublier jusqu'à ce que ça se calme. Mais je n'aurais jamais dû venir taper à la porte de Hanna.

Je l'ai fait sans réfléchir. Dès que Vivian et moi

1

sommes tombés d'accord sur la garde de Collin, je suis venu directement ici.

— Tu es supposé être mort, murmure Hanna.

— Je ne le suis pas.

Je n'arrive pas à savoir si elle préférerait que ce soit le cas.

Nous ne nous quittons pas des yeux. Je dois me libérer de cette emprise et courir me réfugier chez Asher pour y rester cloitré jusqu'à l'arrivée de Collin.

Max se dirige dans le salon et allume la TV, et alors que je n'arrive toujours pas à détacher mon regard du sien, j'entends le présentateur du journal télévisé annoncer au monde entier que je suis vivant et en bonne santé.

Hanna détourne enfin ses yeux pour les poser sur l'écran, comme si elle allait y trouver une preuve plus tangible que ma présence dans son entrée.

— Je voulais juste m'assurer que tu allais bien.

Ce mensonge écorche mon cœur en même temps qu'il s'échappe de mes lèvres. Je voulais bien plus que de m'assurer qu'elle allait bien. Quand on découvre qu'on devrait être mort, on change de point de vue sur le monde qui nous entoure. On change d'avis sur les risques qu'on est prêt à prendre.

— Je vais bien, dit-elle sans quitter l'écran des yeux.

Soudain, elle porte sa main à la bouche et court à la salle de bain. Je l'entends vomir malgré le couloir qui nous sépare.

Max me lance un regard que je n'arrive pas à déchiffrer. Peut-être a-t-il également besoin de s'assurer que je suis vraiment là, sur le palier. Puis, il la rejoint.

Quand ils reviennent, il a passé son bras autour de ses épaules et elle se blottit contre sa poitrine. J'ai envie de l'arracher à ses bras et de la prendre dans les miens, là où elle devrait se trouver. Mais elle s'appuie sur lui, comme si elle avait besoin de son aide pour rester debout. Encore un signe que je ne suis pas le bienvenu.

Hanna est peut-être la meilleure chose qui me soit arrivée, mais peut-être que pour elle, c'est Max. Bon sang, Asher m'a bien dit que Max n'était pas un salaud avide d'argent qui courait après Hanna pour les mauvaises raisons. Mais je m'en doutais déjà, n'est-ce pas ? C'est juste une preuve de plus.

Et le voilà, avec sa putain d'allure de premier de la classe, la serrant contre lui alors que son amant se trouve sur le pas de la porte.

Mon cœur endurci menace de tomber en miettes.

Putain.

— Je serai chez Asher si tu as besoin de moi.

Je leur adresse un signe de la tête et recule alors que Max me fixe, d'un air impassible, les yeux sans expression.

Je dévale les escaliers avant que mon cœur ne me fasse faire le choix de rester là où mon cerveau me dit de fuir.

HANNA

Il est parti. Il est resté assez longtemps pour mettre ma vie sens dessus dessous, puis il a disparu.

Max dépose un baiser sur le haut de mon crâne et la simple intimité de ce geste me déchire à l'intérieur. Je voudrais pouvoir me blottir dans sa douceur, le laisser me protéger comme je sais qu'il a envie de le faire. Et en même temps, j'ai envie de le repousser et de lui dire qu'il ne peut plus me toucher dorénavant. Parce que Nate est vivant.

— Que puis-je faire ? me demande Max.

Je secoue la tête et file m'habiller dans la chambre.

— Je dois aller le voir.

Je passe un jean et un T-shirt et j'enfile mes tennis. Quand j'arrive à la porte d'entrée, je devine que Max se tient derrière moi et je m'arrête.

— Seras-tu encore là à mon retour ?

Il reste silencieux un moment, et en l'espace d'une seconde, je souhaite de tout mon cœur pouvoir revenir à la simplicité que nous partagions juste un moment avant que Nate ne tape à porte. Ce souhait se désintègre dès que je le formule. Même la partie de moi qui aime Max et veut vivre avec lui, désire que Nate soit encore en vie.

— Tu veux que je sois là ? demande Max.

— Est-ce que c'est aussi simple que ça ?

— Pour moi, ça l'est. Si tu veux que je sois là, je le serai.

Je plante mes yeux dans les siens pour la première fois depuis que notre univers a implosé.

— Ce n'est pas aussi simple que ça pour moi.

— Je t'aime, murmure-t-il.

Il me tend mes clés de voiture et se penche derrière moi pour ouvrir la porte.

— Sois prudente.

Je glisse mes clés dans ma poche pour le rassurer, mais je n'ai pas l'intention de prendre ma voiture. Je marche dans la nuit, j'emprunte le chemin sur la berge et j'espère que le rythme de mes pas finira par calmer le tumulte qui règne dans mon cœur.

Nate se trouve sur le dock à côté de la maison d'Asher, ses mains accrochées à la rambarde et il regarde au loin. Je savais qu'il serait ici. Savait-il que je viendrais à sa recherche ?

Le vent fait voler ses cheveux, et j'ai du mal à résister à mon envie de le toucher, de m'assurer qu'il est en vie et qu'il va bien. J'enfonce mes mains dans mes poches pour ne pas me trahir.

— Tu m'as menti.

Il opine sans me regarder.

— Il me semblait que c'était la meilleure des choses à faire à ce moment-là.

Sa voix douce et profonde se perd dans la brise et m'enveloppe. À cette seconde, la voix de Nate est le plus beau son de la terre, la seule chose que j'ai envie d'entendre.

— Je comprends que tu aies voulu me cacher que tu avais pris ma virginité si tu savais que j'allais épouser Max, je lui explique en me postant à ses côtés. Je ne l'accepte pas, mais je le comprends. Mais tu m'as menti sur ce qu'il y avait entre nous, sur ce que tu étais prêt à me donner. Pourquoi ?

— Tu avais fait ton choix, murmure-t-il ses phalanges blanchies à force de serrer la rambarde en bois.

Je secoue la tête.

— Pas quand je t'ai rejoint à Los Angeles. J'avais quitté Max, et tu m'as fait croire que tu n'avais pas changé d'avis à notre sujet.

— Tu l'avais vraiment quitté, Hanna ? Tu avais dit à ton entourage que tu avais annulé le mariage ? Ou est-ce que c'était encore un secret ?

— Je…, je commence en soufflant longuement. Ce n'est pas juste. Tu savais que j'avais perdu la mémoire, et tu m'as menti.

Il m'observe un instant.

— Et tu te souviens de quoi ?

— Je me souviens du jour où nous avons fait l'amour. Je me souviens que tu m'avais dit qu'il était temps pour moi de faire un choix.

— Et après ?

Je secoue la tête.

— Rien d'autre.

Ses yeux retournent vers les flots.

— Disons juste que lorsque tu es repartie de chez moi, il était clair que je ne pouvais pas te donner ce que tu voulais. Et après cinq jours à avoir essayé de te joindre par SMS ou téléphone sans aucune réponse de ta part…

— Et pourtant, une semaine plus tard, tu étais chez moi, tu te glissais dans mon lit.

— Optimisme mal placé.

— Que s'est-il passé ? Pourquoi as-tu eu besoin de mentir ?

— J'avais raison, pas vrai ? Tu n'as pas mis longtemps à retourner avec lui.

Ses yeux se posent sur ma main, et je m'aperçois que sa mâchoire est serrée, qu'il est en colère.

— Tu n'as pas mis longtemps à remettre sa bague à ton doigt. Je n'étais pas le seul à mentir.

Le vent fait voler mes cheveux qui fouettent mon visage et les larmes me montent aux yeux.

— Qu'est-ce que tu essaies de me dire ?

— Tu te fous de moi là ! Tu as retiré sa bague, tu m'as dit que tu ne te marierais pas avec lui. Mais ce que tu voulais vraiment c'est juste passer du bon temps avec moi. C'est tout ce que je suis pour toi, le gars qui te console, le gars avec qui tu aimes t'envoyer en l'air quand Max te fait du mal.

— Ça n'est pas juste, je souffle.

— Pas juste ? Combien de temps t'a-t-il fallu après ma supposée mort pour te retrouver dans son lit, Hanna ?

Hanna. Pas Mon ange. J'ai perdu mon surnom.

— Tu m'as laissée seule.

— Je ne t'ai pas laissée, je t'ai rendu ta liberté.

— Quelle différence ?

Il secoue la tête.

— Rentre chez toi. Je suis désolé de t'avoir interrompue. Retourne dans le lit de ton putain de fiancé.

Ses mots me blessent. Je me sens sale et honteuse alors que je n'ai rien fait de mal.

— Pourquoi est-ce que tu es venu jusqu'ici ce soir ?

Pour me faire du mal ? Pour me faire culpabiliser ? Mission accomplie.

Il se retourne et s'approche de moi. Il glisse ses doigts dans mes cheveux, et pose sa main sur ma joue.

— Je suis venu parce que je pensais que tu portais mon deuil, et je ne pouvais pas supporter l'idée que tu souffres, commence-t-il en posant ses yeux sur ma bouche. Mais j'ai eu tort de m'inquiéter.

Je déglutis difficilement et j'attends que mes pieds obéissent enfin à mon cerveau pour me faire reculer avant qu'il ne puisse m'embrasser. Mais rien ne vient. Je n'ai jamais eu assez de volonté pour résister à cet homme, et je me demande si cette faiblesse causera ma perte.

— Tu ne sais pas à quel point les dix derniers jours ont été durs pour moi.

— Non, seul Max le sait.

Lorsque ses yeux se plongent dans les miens, j'y lis une souffrance qui me déchire.

— Je l'aime et je n'ai pas à m'en excuser. C'est quelqu'un de bien.

— Tant mieux, réplique-t-il. J'espère que vous aurez une belle vie.

Nouveau coup de poing dans le ventre, mais je suis presque engourdie à présent et je réagis à peine. J

— Alors c'est comme ça ? Tu viens frapper à ma porte, vivant alors que tu es supposé être mort, tu me blesses, et puis tu repars ?

Il appuie son front contre le mien et nos souffles se mélangent. Sa main se crispe dans mes cheveux, à la limite de me faire mal.

— Tu veux que je fasse autre chose ?

— Non, je murmure.

C'est fini, c'est tout ce qu'il me reste. Toute ma volonté et ma force se sont épuisées après avoir prononcé ce seul mot.

Il relâche sa main et recule d'un pas. J'attends de me sentir soulagée, mais rien ne vient. Ses yeux restent fixés sur ma main gauche, et j'ai envie de la couper pour atténuer la douleur qu'elle lui cause.

— Au revoir, Hanna.

CHAPITRE DEUX

MAX

*L*a trotteuse de l'horloge se rit de moi pendant que je suis assis dans l'appartement silencieux de Hanna à attendre qu'elle revienne..

Je voulais lui dire de ne pas partir, mais je savais qu'elle devait le faire. Je voulais y aller avec elle, mais cela aurait été maladroit.

Bordel, mais que vais-je faire maintenant ?

Je ne suis pas un idiot. Je sais qu'elle l'aime encore, et je sais qu'elle ne porterait pas ma bague à son doigt s'il n'avait pas été présumé mort. Ce que je ne sais pas, c'est ce que cela va changer. Est-ce que je dois lui laisser le champ libre, pour qu'elle puisse être avec le père de ses enfants ? Est-ce que je suis supposé serrer les dents et faire semblant que je n'ai pas envie de mourir chaque fois que je vois la façon dont elle le regarde ? Comme s'il était un cadeau, un miracle tombé du ciel. Comme si rien ni personne n'existait plus pour elle quand il est là.

Dans le placard, je retrouve l'écrin empaqueté que j'avais disposé près du café, et je le remets dans ma poche. Mon sens du timing est terrible. Je venais juste de récupérer la bague et de décider de la demander en mariage quand Meredith a bouleversé mon univers. Et ce soir, j'avais caché les clés de la maison quand Nate a tapé à la porte.

Je n'aurais jamais dû signer ce bail, mais cela me semblait être une excellente surprise. Nous passons presque toutes les nuits ensemble et je déteste qu'elle ait à emprunter ces escaliers plusieurs fois par jour. Et avec la naissance des bébés...

La porte grince doucement en s'ouvrant. Le visage de Hanna est pâle et ses joues sont trempées de larmes.

Je me lève sans réfléchir.

Quel enculé. Je me retiens d'aller le retrouver pour lui coller mon poing dans la figure. Parce qu'elle est là, toute pâle et tremblante, et c'est sa faute. Il a tapé à sa porte sans prévenir, et il s'est tiré comme si sa visite n'avait pas bouleversé le monde de Hanna. Et il l'a fait pleurer quand elle est allée le retrouver. *Enculé.*

Je la prends dans mes bras et elle s'accroche à moi, son visage contre ma poitrine, ses mains agrippées à mes bras. Je lui caresse les cheveux et j'attends qu'elle craque, que ses larmes retenues deviennent des sanglots. Mais ça n'arrive pas. Elle se contente de me tenir et je sens sa respiration lente et régulière me réchauffer la poitrine.

— Comment est-ce que ma vie a pu devenir si compliquée ?

— Est-ce que tu vas bien ?

Quand elle relève les yeux vers moi, j'y lis tant de tristesse que j'en ai mal au ventre.

— Est-ce que tu peux me pardonner d'être amoureuse de lui aussi ? me demande-t-elle. Est-ce que nous allons réussir à surmonter cette épreuve ?

Une vague de soulagement envahit mon cœur et se propage dans mes membres. Parce qu'elle a dit *nous*. Je porte sa main à ma bouche et pose mes lèvres sur ses phalanges. Si seulement je pouvais concentrer l'intensité de mon amour en un simple geste, si seulement je pouvais lui prouver à quel point je suis prêt à me battre pour elle, elle n'aurait plus aucun doute.

Quand elle pose sa tête contre ma poitrine à nouveau, je ferme les yeux et prie pour que je lui suffise.

— Je ne vais nulle part, je chuchote dans ses cheveux.

NATE

— Putain, c'est bon de te voir.

Asher me prend dans ses bras et m'assène une claque dans le dos.

— Toi aussi.

Maggie attend derrière lui, entre rire et larmes, et quand Asher ne me libère pas assez vite à son goût, elle l'écarte et se colle contre moi.

12

— Tu nous as foutu une frousse terrible, grommelle-t-elle contre ma poitrine.

Je souris en lui caressant les cheveux.

— Je crois que ta chérie en pince pour moi, Asher.

Il grogne et Maggie réplique :

— La ferme, Crane. Tu ne saurais pas t'y prendre avec moi.

— Sans aucun doute, je marmonne.

Elle s'écarte, s'empare de mon poignet et me guide dans la cuisine pendant qu'Asher monte mes bagages à l'étage.

Elle se sert un shot de téquila et m'en tend un autre. Je le descends cul sec sans me poser de question. Je n'ai pas bu d'alcool depuis que Hanna s'est pointée chez moi à Los Angeles, avec sa mémoire défaillante. La chaleur de l'alcool se répand délicieusement dans mon ventre.

— Putain, mais que s'est-il passé ? m'interroge-t-elle. Comment se fait-il que tu n'étais pas à bord de cet hélicoptère ?

Asher nous rejoint et se positionne derrière Maggie pour que son dos repose contre sa poitrine. Ils vont si bien ensemble que ça me ronge.

— J'aurais dû y être, je commence en me servant un autre verre.

Parce que, merde, il n'y aura jamais de meilleure raison pour abuser de l'alcool que de découvrir qu'on est supposé être mort et que la femme que l'on aime, la femme qui est la raison pour laquelle on ne vient pas de s'écraser avec le reste de son équipe de tournée, a tourné la page avec un autre homme.

— J'ai décidé que je ne pouvais pas faire cette tournée et je suis reparti en avion privé en Inde pour aller voir Janelle. Elle y faisait cette retraite spirituelle et je suis resté avec elle. Mais les objets électroniques y étaient interdits, alors... J'ignorais complètement que l'hélicoptère s'était écrasé jusqu'à ce qu'on vienne annoncer mon décès à Janelle.

— Où est Janelle ? demande Maggie.

— Elle est restée là-bas. Je lui ai conseillé de rester, et tout ça l'a tellement secouée qu'elle n'avait aucune envie de quitter cet endroit.

— Pourquoi as-tu décidé d'abandonner la tournée ? poursuit Asher.

Maggie répond à ma place.

— À cause de Hanna, je parie.

Je me tourne vers Asher, qui secoue la tête. Il ne lui a rien dit.

— Qu'est-ce qui te fait dire ça ? je demande à Maggie.

— Je sais pour toi et Hanna. Tout le monde est au courant.

Elle fouille dans une pile de magazines et m'en tend un.

Quand j'aperçois la couverture, je vois rouge.

— Ces putains de connards qui ne respectent la vie privée de personne, je grommelle.

Je relève brusquement la tête vers Maggie.

— Max est au courant ?

— Oui, répond Maggie.

Puis elle me lance une claque sur l'épaule droite.

— Ça, c'est pour m'avoir fait peur.

Puis sur l'épaule gauche.

— Et ça, c'est pour t'être envoyé en l'air avec ma sœur sans m'avoir rien dit.

Asher attrape Maggie par le poignet et l'attire contre sa poitrine.

— Arrête de violenter notre invité, lui intime-t-il avant de se tourner vers moi. Tu peux rester aussi longtemps que tu le souhaites. Quand est-ce que Collin te rejoint ?

— Vivian le dépose demain matin.

Les yeux de Maggie se remplissent de larmes.

— Ce pauvre gosse, je n'imagine même pas ce qu'il a dû subir ces derniers jours.

Ma gorge se serre, et je ne parviens pas à parler, donc je me contente d'opiner. Vivian m'a dit que Collin n'a pas pleuré. Il était persuadé que son papa n'était pas mort, parce qu'il ne serait jamais parti sans lui dire d'abord au revoir.

Une décision sur un coup de tête. C'est tout ce qu'il a fallu pour que mon fils ait encore un père. Je me sens si insignifiant que j'ai envie de hurler.

— J'ai hâte qu'il arrive, je lance finalement. Et merci de nous accueillir quelque temps. C'est la folie à Los Angeles. Vivian est pourchassée par les paparazzi depuis le crash de l'hélicoptère.

Asher hoche la tête.

— Pas de problème. Tu restes aussi longtemps que tu veux.

Nous nous souhaitons tous bonne nuit, et le joli couple se rend dans sa chambre, me laissant seul avec la bouteille de téquila et le souvenir de la bouche de Hanna contre la mienne.

NATE

Cinq jours avant l'accident de Hanna

— Tu restes encore une nuit ?

Elle se retourne pour me faire face et passe la main sur ma barbe naissante. J'ai besoin de me raser, mais je n'arrive pas à le faire quand Hanna est dans les parages. Elle adore caresser ma barbe rugueuse.

— Tu es sûr que tu veux être avec moi, même si je n'ai pas encore choisi ?

Mon ventre se serre. Bien sûr que je veux qu'elle prenne sa décision *tout de suite*. J'ai envie d'être le choix évident pour elle et qu'elle me dise qu'elle n'a même pas besoin d'y réfléchir. Mais ce n'est pas si simple. Le cœur de Hanna est trop loyal pour que ça se passe comme ça. Et c'est l'une des raisons pour lesquelles je l'aime, d'ailleurs. Son grand cœur. Sa loyauté. Et une bonté si profonde et si généreuse que, lorsque je suis près d'elle, elle fait partie de *moi*.

— Reste avec moi, juste une nuit de plus, je répète.

Le non-dit plane au-dessus de nous et rend l'atmosphère électrique. Parce que c'est peut-être la dernière fois.

Je fais glisser ma main le long de son corps et la tension s'évacue alors qu'elle gémit doucement ce qui a pour résultat de me faire bander, comme à chaque fois. Peut-être que je n'aurais pas dû la déflorer. Peut-être qu'elle le regrettera une fois partie, mais moi, je sais que je ne le regretterai jamais. Être en elle, regarder les expressions de plaisir sur son visage alors que son corps s'est ajusté au mien et que je l'ai finalement entièrement pénétrée... C'est le plus beau cadeau qu'on m'ait jamais fait, après le privilège d'être aimé par une femme pareille.

Elle empoigne la bouteille de téquila que nous avions laissée sur la table de nuit hier soir et en prend une gorgée.

— Santé.

Je lui prends la bouteille des mains, je souris et en verse entre ses seins.

— Santé, je murmure avant de lécher le liquide qui s'écoule le long de son ventre et sur les côtés.

Quand j'ai fini, elle tortille son corps sous le mien.

Doucement, je pose ma main entre ses jambes, elle est encore mouillée de nos précédents ébats.

— Tu as mal ?

Elle hausse les épaules.

— Un peu, mais ce n'est pas désagréable. Comme des courbatures après un long entraînement. De la bonne douleur.

De la bonne douleur. Ouais, je vois bien. Mais ma douleur à moi est plus du type existentiel.

— Mmmh, fais-je en roulant au-dessus d'elle.

Je maintiens ses mains sur le lit alors que je murmure contre sa peau et que je dépose des baisers le long de son ventre.

— Laisse-moi te faire un bisou qui guérit tout.

Je lâche ses mains seulement pour pouvoir écarter ses cuisses. Je pose mon ventre sur le matelas et glisse ma tête entre ses jambes.

— C'est juste ici ?

Je fais passer mon doigt sur sa fente, elle inspire bruyamment et s'élargit davantage.

Quand je pose ma bouche à la place de ma main, elle empoigne mes cheveux, et *putain*, que c'est bon.

Je la caresse avec mes doigts et ma langue jusqu'à l'entendre gémir et qu'elle soit si proche de l'orgasme qu'elle baise mon visage en balançant ses hanches de façon brusque et désespérée. À ce moment-là, je me relève et m'allonge à côté d'elle.

— Ça va mieux ?

Elle ouvre grand les yeux et fronce les sourcils.

— Tu... tu as fini ?

J'éclate de rire.

— Tu es trop mignonne quand tu fais semblant de te moquer de jouir ou pas.

— Je ne veux pas... trop en demander. Je comprends, on vient juste de faire l'amour, tu n'as peut-être plus envie.

Je grogne et pose sa main sur mon érection douloureuse.

— J'ai envie, mon ange. Avec toi, j'ai toujours *envie*.

Elle se lèche les lèvres et entoure ma queue de ses doigts pour me caresser.

— Alors, pourquoi tu t'es arrêté ?

Mes hanches effectuent un mouvement de va-et-vient dans sa main.

— Parce que je veux jouir en toi, mais je ne veux pas te faire mal. J'essaie de me comporter en gentleman.

— Un gentleman ? Oh.

Elle me lâche et je retiens un grognement de déception.

— Dans ce cas, je vais me comporter comme une dame. Une dame qui va prendre une douche.

Je reste au lit alors qu'elle sautille jusqu'à la salle de bain. Pas parce que je vais laisser passer la chance de prendre une douche avec Hanna, certainement pas, mais parce que j'adore voir son cul gigoter quand elle marche. Il y a peu de choses parfaites dans ce monde imparfait, et c'est pour ça que je ne me lasserai jamais du cul de Hanna.

Quand je sors du lit et que je la rejoins dans la salle de bain, elle est déjà sous la douche, l'eau dégoulinant le long de ses courbes. Je suis jaloux de l'eau, parce qu'elle la touche partout où j'ai envie de mettre mes mains. Je vais devoir tout laper du bout de la langue.

Je me poste derrière elle et pose ma bouche dans son cou, je suce sa peau sensible avant de la prendre par ses cheveux mouillés pour la retourner pour qu'elle me fasse face.

— Je t'aime, dis-je contre sa bouche.

— Moi aussi, je t'aime.

La tendresse qui m'envahit alors me terrifie. Je ne veux pas la laisser partir, et la peur de peut-être devoir le faire me ronge de l'intérieur. Je pose ma bouche sur la sienne, et je mets tout dans ce baiser, tout mon amour, toutes mes peurs, ma vulnérabilité et mon désespoir. Je n'arrive pas à contenir la puissance de mes sentiments, alors je la déverse dans ce baiser.

Bientôt son dos est contre la paroi vitrée, sa jambe est enroulée autour de ma taille et ma bite est lovée contre sa chatte chaude et glissante.

— Tu es à moi, je grogne contre ses lèvres.

Puis je glisse en elle et c'est si bon que je jouis presque à cet instant. Je relève son autre jambe, désireux d'en avoir plus, désespérée de m'enfouir plus profondément en elle, et je la baise contre la vitre. Sa bouche est sur mon cou, ses mains dans mes cheveux et ses chevilles se rejoignent dans mon dos.

— Tu es à moi, je répète.

Ses gémissements résonnent dans la douche et j'en veux plus. Je passe ma main sous sa cuisse et la caresse là où nos corps se rejoignent. Sa chatte se serre violemment autour de moi et elle mord le côté de mon cou, perdue dans son orgasme. Et je suis si étourdi à cause de la luxure, la jalousie et de cet amour si déchirant que je jouis en elle avant de m'apercevoir que je ne porte pas de préservatif.

Je me retire et l'aide doucement à se remettre debout.

—Je suis désolé, je chuchote.

Elle penche la tête sur le côté.

— Pourquoi ? C'était extraordinaire, m'assure-t-elle en grimaçant un peu. OK, j'ai un peu mal, mais ça va.

Je passe une main dans mes cheveux. La douche coule encore, et je l'arrête avant de répondre.

— Je suis désolé parce que je ne portais pas de préservatif.

Sa bouche s'entrouvre quand elle comprend ce que je lui dis.

— Il n'y a sûrement rien à craindre, je la rassure, tout en pensant à un autre oubli de préservatif, dans mon passé.

J'avais dix-neuf ans, et neuf mois plus tard, Collin est né. La meilleure erreur de ma vie, mais bon.

— Nous ferons plus attention désormais, est-ce que tu... tu prends la pilule ?

Elle ouvre la bouche et la referme. Je vois ses poils se hérisser sur ses bras, et elle frissonne. Je la fais sortir de la douche et l'enveloppe d'une serviette.

— Je suis désolée, dit-elle. Je n'ai même pas pensé...

Oh merde.

— *Tu es* désolée ? Mon ange, tu n'as rien fait de mal. J'aurais dû..., je commence avant de comprendre. Tu *n'as pas* de contraception ?

Elle secoue la tête, et je l'attire contre ma poitrine en fermant les yeux et en me maudissant encore et encore dans ma tête. Je veux Hanna. Je veux trouver un moyen pour que ça marche entre nous. Mais, un autre enfant ? C'est une étape que je ne suis pas du tout préparé à franchir. *Merde.* Je ne veux même pas y penser.

— Ça va aller, je lui promets. Les chances pour que tu tombes enceinte par accident sont infimes.

Elle serre ses bras autour de son ventre, et maintient la serviette contre ses seins. Ses yeux restent rivés sur le sol.

— Que se passerait-il si je l'étais ? Si nous manquions de chance et que tout ça nous donne un bébé ?

Elle me regarde à travers ses larmes, et je vois qu'elle est perdue dans tout ça.

— Ça va aller.

— Mais, si ce n'était pas le cas ?

Merde, merde, merde.

— Tu veux vraiment qu'on ait cette conversation maintenant ? Ça ne sert à rien d'anticiper les problèmes.

Elle ferme les yeux et se détourne.

— Je ne cherche pas à faire dans le mélodrame, mais c'est important.

— Je ne veux pas gâcher la journée. Je ne veux pas qu'on se dispute pour rien.

— Pourquoi est-ce qu'on se disputerait ? Je te demande juste ce que tu ferais ? Ce que *nous* ferions.

— Nous ferions face. J'ai plein de place ici. Tu pourrais vivre avec moi ou...

— Tu penses que je déménagerais à Los Angeles ?

Sa voix est horrifiée, tout comme son visage. Je me souviens maintenant pourquoi je n'ai jamais laissé aucune femme franchir cette limite dans ma vie. Elle tend un doigt en direction de la chambre.

— C'est ce à quoi tu pensais quand tu m'as demandé de choisir ? Tu veux que j'abandonne tout pour toi ?

— Je n'ai jamais dit ça.

— Mais tu le dis maintenant.

Ma mâchoire se serre. Je préférerais qu'elle se retourne et qu'elle me regarde en face.

— Je dis que je veux trouver un moyen d'y arriver. Je ne sais pas comment, parce que je ne me suis jamais permis de l'envisager.

— Envisage-le maintenant, murmure-t-elle. Tu voudrais que j'abandonne ma pâtisserie et que je vienne vivre ici si nous restions ensemble ?

— Mon fils est ici, je commence lentement. Donc pour moi, c'est la solution la plus simple. S'il te plaît, peut-on arrêter de parler de ça ? Nous nous disputons au sujet d'une hypothétique...

— Non, ce n'est pas juste hypothétique. C'est quelque chose que je dois savoir.

Elle serre ses bras plus étroitement autour d'elle-même et baisse la tête avant de poursuivre :

— Si je dois choisir, je dois le savoir.

Je la force à se retourner et je grogne :

— Je t'aime.

La frustration et la colère m'envahissent. Je voudrais que mon amour lui suffise. *Je* voudrais lui suffire. Mais en réalité, seulement quelques minutes après notre étreinte, elle me compare déjà à cet autre homme.

— Pourquoi est-ce que je ne peux pas te suffire ? Pas pour toujours, mais pour le moment. *Je t'en prie.*

Elle lève les yeux vers moi, et ils sont si remplis de doute que j'en ai mal partout. Elle doute de *nous*. Elle doute de *moi*.

— Je crois qu'il est temps pour moi de penser au-delà du moment présent. Le moment présent, c'est tout ce qui m'importait cet été. Et regarde où j'en suis.

Je grimace.

— Tu es ici. Avec moi. C'est vraiment si terrible ?

— Et que se passera-t-il l'année prochaine ? Et l'année d'après ? Que se passera-t-il quand je serai prête à emménager dans un petit pavillon avec un jardin et que tu seras encore à Los Angeles ? Que se passera-t-il quand j'aurai envie d'avoir des enfants ?

— Ne fais pas ça. Ne détruis pas ce qu'il y a entre nous en le chargeant plus que de raison. Notre relation est récente, et ce n'est pas juste.

— C'est toi qui m'as demandé de choisir, murmure-t-elle. Ce sont des choses que je dois prendre en compte.

J'écrase ma bouche contre la sienne et lui arrache sa serviette. Je m'attends à ce qu'elle me repousse, mais je me trompe. Je me trompe largement. Elle a tout aussi besoin de moi, que moi d'elle. Ses mains explorent mes cheveux, ses seins se pressent contre ma poitrine. Sa langue glisse contre la mienne, désespérée. C'est le domaine dans lequel nous excellons. La chimie entre nous est indéniable. C'est là que nous trouverons toutes nos réponses, dans ce baiser, dans la chaleur de nos peaux nues collées. Comment est-ce que cela peut-être si puissant et ne rien signifier ? Je sais que nous nous posons tous les deux la question, en proie d'une terreur sans relâche.

— C'était pareil avec lui ? je demande au creux de son

oreille, ma main caressant un côté de son corps. Tu avais autant envie de lui que de moi ?

— Ne fais pas ça.

— La réponse est non, Hanna. Il y a une raison pour laquelle tu m'as laissé te lécher ici, je commence en posant ma main entre ses jambes.

Ses paupières se ferment.

— Il y a une raison pour laquelle vous n'avez jamais baisé. Pourtant tu étais prête à me laisser te pénétrer le premier soir de notre rencontre.

— C'est différent.

— Tu as raison.

J'ai envie de glisser mes doigts en elle, de sentir la douceur et la chaleur de ses parois, de ressentir son désir et de ne pas la laisser l'ignorer. Mais je sais qu'elle doit avoir mal, alors je me contente de laisser ma main posée là et du balancement désespéré de ses hanches.

— C'est différent parce que tu es à *moi*. Plus que tu n'as jamais été à lui. Tu l'aimes peut-être, mais tu as *besoin* de moi. Et si tu le choisis, tu te demanderas toujours ce qui aurait pu être entre toi et moi.

Elle me prend par le poignet et retire lentement ma main de son entrejambe avant de s'écarter d'un pas.

— Et si je te choisis toi ? Je passerai ma vie à me demander si j'aurais pu avoir une famille et des enfants si j'avais choisi de rester avec lui ?

Je serre les poings, parce que j'ai peur que si je la touche, je la prendrai dans les bras, et refuserai de la laisser repartir. J'ai peur que lorsque son odeur remplira mes narines, je lui promettrai toutes ces choses que je ne peux pas lui donner.

— Je ne veux pas d'autre enfant, Hanna. J'ai Collin, et je ne peux pas lui faire ça.

— Tu ne peux pas, ou tu ne veux pas ?

— Arrête, je la supplie.

— Il y a une différence, chuchote-t-elle. De taille.

— Je changerai peut-être d'avis, mais pour l'instant...

Elle déglutit et ses yeux se remplissent de larmes.

— Merci de ta franchise, lance-t-elle avant de sortir de la salle de bain.

Je me sens comme un idiot et un con. Mais je ne vais pas mentir pour la conquérir. Elle mérite mieux.

Je nettoie mon visage et me sèche, puis je retourne dans la chambre. Elle s'est habillée et elle porte son sac sur son épaule.

— Hanna, je suis désolé.

Elle secoue la tête.

— Ne t'excuse pas d'avoir été honnête.

— Si je change un jour d'avis, ce sera pour toi. Ne pars pas, pas encore.

— Je prends mon avion ce soir. J'ai besoin de réfléchir.

Je m'approche et pose ma main sur son visage pour l'incliner vers moi.

— Si seulement je t'avais rencontrée avant que tu ne t'engages avec lui.

— Si seulement nous pouvions être un couple normal et amoureux. Mais nous ne le sommes pas.

Elle pose sa main sur ma joue.

— Il n'y a jamais rien eu de normal entre nous..

— Ce que nous avons est mieux que normal, et tu le sais.

— Donne-moi du temps, j'ai besoin de réfléchir.

Elle est en train de partir pour de bon. Putain, elle part et ne reviendra pas.

— Arrête, Hanna.

— Nous parlerons à ton retour de Londres, promet-elle en se dirigeant vers la porte.

— Mon ange ! je l'appelle.

Elle s'arrête, mais ne se retourne pas.

— Tu peux partir, mais tu emportes mon cœur avec toi. Tu peux le choisir, mais une partie de toi restera à jamais à moi.

CHAPITRE TROIS

HANNA

*L*a première fois que Max et moi avons fait l'amour, je lui ai dit que je ne l'avais jamais fait sans préservatif.

Je me trompais.

Je reste allongée dans mon lit, mon cerveau marqué au fer chaud par ce souvenir. Quand je ferme les yeux, je sens les frissons sur mes bras, la fraîcheur des carreaux sous mes pieds, ma peau encore humide, la douleur de mon corps après l'amour avec Nate, mes jambes courbatues d'être restées enroulées autour de sa taille alors qu'il me prenait dans la douche.

Je ne veux pas d'autre enfant, Hanna. J'ai Collin, et je ne peux pas lui faire ça.

Puis quand je suis retournée à Los Angeles après l'accident, il est revenu me retrouver dans la douche pendant nos adieux.

Pourquoi as-tu oublié ?

À ce moment-là, je pensais qu'il parlait de nous. Mais ses mots avaient un sens bien plus profond. Il parlait de... tout. De ses promesses, de ma première fois avec lui, de notre sexe dans la douche et de cette conversation qui l'a rendu muet quand il a compris que j'avais déjà fait mon choix.

Je pose ma main sur mon ventre et j'imagine mes bébés en train de grandir en moi. J'ai eu du mal à accepter ma grossesse, et l'idée d'avoir un bébé − ne parlons pas de jumeaux − me terrifie encore. Malgré tout, ces bébés sont un cadeau miraculeux à mes yeux. Et pour Nate, ils ne seront rien de plus qu'un affront pour son premier-né.

Quand mon réveil sonne, je suis soulagée. J'ai probablement passé plus de temps à faire semblant de somnoler qu'à dormir vraiment cette nuit.

Max tend la main vers moi quand je sors du lit et je la serre avant de tâtonner dans le noir pour trouver le chemin de la salle de bain. Si j'avais craint qu'il n'ait eu envie de faire l'amour hier soir, ce n'était pas la peine. Il m'a prise dans ses bras, et il s'est endormi. Et je suis restée là à me demander comment j'ai pu choisir entre les deux moitiés de mon cœur.

Une fois dans la pâtisserie, je trouve du réconfort en répétant mes gestes quotidiens. J'allume les fours, sors les ingrédients pour mes recettes du jour, prépare mes commandes pour la semaine prochaine et j'entre tout dans mon planning.

Je commence à cuisiner, mais cela ne m'empêche pas de ressasser encore et encore. Je dresse mentalement une liste de ce que je sais être réel.

J'ai choisi Max une fois, et je n'ai aucune raison de douter de cette décision étant donné ce que je sais au sujet de la pâtisserie et de ses sentiments à mon égard. Et surtout, je sais que Nate ne veut pas d'autres enfants et j'ai toujours rêvé d'avoir une famille nombreuse.

Max est exactement l'homme dont j'ai besoin aujourd'hui. Mon futur à ses côtés sera stable et confortable. Et par-dessus tout, ce sera un futur ici, chez moi.

Malgré tout ça, je me retrouve à hésiter et mon cœur balance à nouveau. C'est peut-être parce que je suis enceinte des bébés de Nate et que cela complique la situation. Ou c'est peut-être à cause d'une autre raison entièrement différente.

Je dois annoncer cette grossesse à Nate, même si je sais ce qu'il pense d'avoir d'autres enfants. Hier soir, quand je lui ai parlé, j'étais toujours en train d'accepter le fait qu'il soit encore en vie. Et en train d'essayer de me défendre sous le feu de ses accusations. Il pense que je me suis précipitée dans le lit de Max à la seconde où j'ai appris que son hélicoptère s'était écrasé. Ce n'est pas si simple. Rien ne l'est vraiment. Il m'avait laissée. Il m'avait fait ses adieux.

J'aurais choisi Max à nouveau, même si le monde entier n'avait pas pensé que Nate était mort. Je l'aurais choisi, pas vrai ?

Et dans cette petite question, dans cette hésitation qui s'insinue entre les battements de mon cœur, qu'une toute petite étincelle de culpabilité jaillit et s'épanouit dans mon cœur pour reléguer ma relation avec Max au second plan.

Annoncer ma grossesse à Nate, tout en portant la bague de Max à mon doigt, est sûrement la chose la plus cruelle que je puisse faire. Je le mets dans la position de la deuxième famille, encore une fois, et pour toujours, alors qu'il mérite tellement mieux.

À six heures, je vais déverrouiller la porte et retourner la pancarte des heures d'ouverture, et je trouve ma mère à l'entrée, habillée pour aller à l'église. À la seconde où je lui ouvre la porte, elle me prend dans ses bras.

Je ne serai jamais trop vieille ou trop triste pour apprécier le réconfort que m'apportent les bras de ma mère. Elle me caresse les cheveux, et je laisse librement couler mes larmes, sans bruit.

— Je n'approuve pas ta relation avec cette star du rock, murmure-t-elle. Mais je remercie Dieu de donner à mes grands-enfants la chance de connaître leur père.

À ses mots, de nouvelles larmes apparaissent.

Elle me caresse les cheveux, et me tapote doucement le dos.

— Est-ce que Max tient le coup ?

— Il va bien, je la rassure en m'écartant.

Et c'est la vérité. Le pauvre n'a même pas la possibilité de se plaindre. Si Nate n'avait pas été présumé mort, personne n'aurait critiqué Max s'il avait piqué une crise à propos de mon été avec Nate. Peut-être que je ne l'ai pas trompé, mais je n'ai pas non plus été honnête. Et il n'a pas pu le faire. Et comme Max n'est pas un salaud qui souhaiterait la mort d'un autre, il doit également accepter le retour de Nate dans nos vies.

— Je ne comprends toujours pas, me dit maman en se dirigeant vers la cafetière.

Je me remets au travail et dispose les patisseries sur les présentoirs..

— Tu ne comprends pas quoi ?

— La façon dont tout ça est arrivé. La grossesse, le mariage repoussé, ta relation avec Nate Crane. Quelques jours avant ton accident, tu avais tellement *hâte* de te marier avec Max.

Je m'immobilise, mon plateau de scones dans les mains.

— C'est vrai ?

— Le plus vite possible, tu disais. Tu ne portais pas encore sa bague, mais tu voulais commencer ta vie avec lui tout de suite.

— C'est ce que j'ai dit ? je murmure.

— Oui, et cela ne me semblait pas surprenant. Bien sûr que tu étais impatiente. Toi et Max alliez si bien ensemble.

Elle baisse les yeux vers son café et inspire bruyamment.

— Et puis tu as eu cet horrible accident. Tu freinais des quatre fers, tu ne voulais plus te marier, mais je pensais que c'était parce que tu avais tout oublié. Et soudain, tu es tombée enceinte d'un autre homme. Je n'ai rien compris.

— Quand est-ce que je t'ai dit que je voulais épouser Max ? je la presse.

Est-ce que je lui aurais dit ça pour augmenter ses chances d'obtenir cette subvention ? Non, ça n'aurait aucun sens. Qu'il ait été mon petit ami ou mon fiancé, cela n'aurait rien changé pour elle, elle aurait soutenu sa candidature de la même façon.

Ma mère me regarde en fronçant les sourcils.

— Juste avant ton accident.

— Mais *quand* ?

Ma voix monte d'une octave. Dans ma tête, je fais défiler tout ce que je sais, et j'essaie de caser cette information.

— Pourquoi est-ce que c'est important ? demande-t-elle en posant ses mains sur ses hanches.

— Je ne me souviens toujours pas de tout, je lui explique. Je n'ai aucune idée de ce qu'il s'est passé pendant ces quatre derniers jours. J'ai besoin de savoir.

Elle lève les yeux au ciel.

— Eh bien, j'imagine que c'était après la fête d'Abby. Le jour qui a suivi sûrement ? Tu avais oublié d'apporter ton cadeau à la soirée, et tu es passée à la maison pour le déposer. Mon Dieu, tu sais, je crois que c'était le jour qui a précédé ton accident.

— Et je ne portais pas la bague ?

Elle secoue la tête.

— Tu étais à l'hôpital la première fois que je l'ai vue à ton doigt. Tu pourrais demander à Max quand il t'a demandée en mariage. Il te donnera tous les détails.

Je ne peux pas, parce qu'il m'a demandée en mariage plusieurs mois avant.

Maman incline la tête en me regardant.

— Tu es toute pâle Hanna. Est-ce que tu dors bien ? Tu dois t'assurer de dormir assez pour les bébés. C'est très fatigant d'être enceinte.

— Je ferai attention, je lui promets en lui offrant un gobelet de café et en l'accompagnant vers la porte.

J'ai très envie de garder ce secret pour moi aussi long-temps que possible. Mais je prends mon téléphone et j'envoie un message à Nate.

NATE

— Papa !

Mon cœur se gonfle d'amour en voyant Collin accourir vers moi dans le jardin d'Asher. Je m'accroupis et lui ouvre les bras. Il se jette contre moi et je le soulève. Quand il est près de moi, je respire plus facilement. Il me rappelle toutes les raisons pour lesquelles j'ai quitté Hanna. Toutes les raisons pour lesquelles je devrais lui souhaiter tout le bonheur du monde avec Max. Il est tout ce qui est important pour moi.

— Je savais que tu n'étais pas mort, me confie Collin en enfouissant son visage dans mon cou. Je le savais.

Je caresse ses cheveux bruns, ferme les yeux et adresse une prière au ciel.

— Je t'aime, mon grand.

Il me serre encore avant de s'écarter avec un sourire.

— Maman dit que je peux rester quelque temps avec toi ici. C'est vrai ? Je peux dormir chez tonton Asher ?

J'étais encore maussade il y a cinq minutes, mais le bonheur de Collin est contagieux, et rien n'a plus d'importance maintenant qu'il est près de moi, en sécurité et à mes côtés, à sa place.

— Oui, c'est vrai, je lui confirme. Comment s'est passé le vol ?

— Génial ! Maman m'a laissé boire du champagne et puis elle a joué à la DS avec moi ! Tu sais qu'elle a passé tous les niveaux dans *Luigi's Mansion* ?

Je lève les yeux vers Vivian, qui arrive derrière Collin dans le jardin.

— De la limonade, précise-t-elle. C'est encore meilleur dans une flûte à champagne.

— Drake, je salue son garde du corps.

De haute stature, il réajuste son élégante veste en cuir et m'adresse un hochement de tête. Il est au service de Vivian depuis notre adolescence, et je l'ai vu réduire en bouillie des hommes qui avaient osé trop approcher leurs mains ou leur appareil photo de Vivian. Ses longs cheveux blond-platine et ses yeux bleu pâle évoquent plus le héros d'une romance rétro qu'un garde du corps, mais il est doué dans son travail.

— Est-ce que c'est bien Collin que je vois là ? s'écrie Asher depuis le patio.

— Oui, c'est moi, répond ce dernier en se libérant de mon étreinte.

Je le repose au sol pour lui permettre de courir vers

son « tonton » Asher.

— Merci de l'avoir amené, dis-je à Vivian.

Après une semaine de silence, ça me fait encore bizarre de parler. Quand je suis allé rejoindre Janelle dans sa petite retraite spirituelle, je ne savais pas que j'allais devoir abandonner tous mes appareils électroniques et le droit de parler pendant plusieurs jours. Mais ça ne me dérangeait pas. Je ne voulais parler à personne de toute façon.

— La dernière chose qu'il te fallait, c'est un paparazzi qui aurait surpris vos retrouvailles, ou pire, qui t'aurait suivi jusqu'ici. C'était la meilleure solution.

J'opine en regardant Collin suivre Asher dans la maison.

— Jamaal arrive sous peu, et Asher et moi avons prévu un service de sécurité renforcé. Ils finiront par savoir que je suis ici, mais ils ne pourront pas s'approcher.

Ses épaules retombent légèrement, et je sais qu'elle est soulagée. Elle n'a jamais apprécié mon approche de la protection rapprochée, qu'elle trouvait être trop légère.

— OK, j'en suis heureuse.

— Comment est-ce qu'il vit ton divorce ? je lui demande, les yeux toujours rivés sur Collin.

Elle hausse les épaules et me lance ce sourire courageux que je connais si bien.

— Mieux que prévu, j'imagine. Sauf qu'il pense que je divorce pour qu'on se remette ensemble. J'essaie de lui expliquer que parfois les mamans et les papas ont beau s'aimer très fort, ils ne peuvent pas vivre ensemble.

— Viv, je murmure.

Elle secoue la tête.

— Ne t'excuse pas, c'est encore pire.

— Je te dois quand même des excuses, surtout pour ce qu'il s'est passé à Londres.

Elle pose un doigt sur mes lèvres.

— Arrête, tout est déjà dit. Je suis juste heureuse que tu sois en vie. Le reste n'a aucune importance.

Je la prends dans mes bras et dépose un baiser sur le haut de sa tête.

— Je t'aimerai toujours, tu m'as donné mon fils.

— Sois prudent.

— Je ne vais pas prendre d'hélicoptère pendant un bon moment. Pas besoin de...

— Avec *elle,* Nathaniel. Sois prudent avec cette fille. Je me méfie d'elle.

— Hanna ?

Elle opine.

— Je ne veux pas qu'elle te fasse du mal.

Trop tard.

— C'est toi qui as insisté pour que je lui dise ce que je ressens.

— C'était avant que je sache qu'elle voyait un autre homme. Je les ai vus ensemble.

— Je sais au sujet de son fiancé, Viv. Laisse tomber, OK ?

— Elle est fiancée ? me lance-t-elle avec une tape sur la poitrine. Qu'est-ce que tu fabriques avec une femme qui est promise à un autre homme ?

— Elle n'était pas fiancée à ce moment-là.

Mon téléphone sonne. Le numéro de Hanna apparait sur l'écran et mon estomac se serre et se retourne en un mouvement brusque. Pendant tout l'été, les messages de Hanna ont éclairé mes journées. Depuis combien de temps n'en avais-je pas reçu ?

Hanna : *On peut se parler ce soir ?*
Nate : *Que reste-t-il à dire ?*
Hanna : *Je t'en prie.*

Je déglutis en lisant le dernier message. *Je t'en prie.* Je ne peux pas lui dire non, même si quand je la vois, avec cette bague au doigt, quelque chose meurt au fond de moi.

— C'est elle ? me demande Vivian en essayant de me prendre le téléphone des mains.

Je m'écarte.

— Bas les pattes Vivian, ne fais pas ta mère-poule, cela ne te concerne pas.

— Tu as dit que tu lui avais parlé de tes sentiments pour elle.

— Je l'ai fait, je grogne. Laisse tomber.

— Tu vois ? C'est mieux. Maintenant que tu sais et...

Je n'entends pas le reste parce que je m'éloigne. La dernière chose dont j'ai besoin, c'est d'écouter l'avis de Vivian sur ma relation avec Hanna. Quand je me retrouve seul dans la maison, je réponds au dernier message de Hanna.

Nate : *Sur le dock. Vingt-et-une heures trente.*

CHAPITRE QUATRE

MAX

— 𝒯u tiens le coup ?

Je reste silencieux un moment, et je regarde le bar autour de moi. Je vois bien les regards curieux dans ma direction depuis que je me suis assis avec William autour d'une bière. La nouvelle de l'annulation de notre mariage avec Hanna s'est répandue comme une traînée de poudre dans la ville.

Les gens savent dorénavant que Hanna est enceinte d'un autre homme, mais je ne sais pas qui a lâché le morceau en premier. Ça n'était pas un secret, mais notre rupture de cet été l'était pourtant. Sa grossesse est un ragot irrésistible pour les commères du coin.

— Ça va, je finis par lâcher.

William m'observe comme s'il ne me croyait qu'à moitié alors je me sens obligé d'ajouter :

— Soulagé, en fait.

Il soulève un sourcil.

— Ah oui ?

Je ne sais pas comment m'expliquer. Je veux Hanna, mais je veux qu'elle soit avec moi parce qu'elle l'a choisi, pas parce qu'une tragédie a fait de moi le choix par défaut. Chaque nuit que j'ai passée dans son lit a été une sorte de miracle rendu possible par la disparition d'une personne qu'elle aimait. Sa mort a projeté une ombre sur tout ce que nous avions.

— C'est mieux comme ça, je me contente de dire.

— Et tout va bien entre vous ?

Si seulement je le savais.

— Elle est encore amoureuse de lui.

— Elle est encore amoureuse de toi aussi, réplique Will.

J'opine, parce que c'est la seule brindille à laquelle je peux me raccrocher.

— Où est-elle ce soir ? s'interroge-t-il.

— Elle a rendez-vous avec Nate, je réponds la gorge serrée. Elle doit lui annoncer pour les bébés.

J'ai proposé de l'accompagner. Je voulais qu'il voie que je resterai à ses côtés pendant toute cette épreuve. Mais elle a refusé.

« Si tu es là, ce sera encore plus éprouvant pour lui. »

— Il va se battre pour elle, me prévient Will.

— Je me battrai encore plus que lui.

Will sourit pour montrer qu'il est d'accord avec moi.

Je dois changer de sujet. Si je pense trop à la

rencontre entre Hanna et Nate ce soir, je vais péter un câble.

— Comment va Cally ?

Will rayonne quand je mentionne sa femme enceinte.

— Fatiguée, nauséeuse, et impatiente d'avoir le ventre rond pour que le monde entier sache qu'elle est enceinte.

— Et Hanna ?

— Pareil, fatiguée. Les nausées sont fréquentes, mais un linge frais aide à les apaiser.

— Merde, marmonne Will en regardant vers la porte. Nous avons de la compagnie.

— Salut les gars, nous lance Meredith tout sourire en se glissant sur la banquette à mes côtés.

Elle sent le rhum et ses yeux sont vitreux et alcoolisés.

— J'ai appris la bonne nouvelle au sujet de Nate Crane, vous aussi ? poursuit-elle.

William se raidit. Lui et Meredith étaient amis avant, plus que des amis d'ailleurs, mais vu la façon dont elle a traité Cally, il ne peut plus la voir en peinture.

— Je ne me souviens pas t'avoir invitée à t'asseoir.

— Où est Claire ? je lui demande.

Je refuse de tomber dans son piège, ce qui la fait grimacer.

— Je l'ai laissée chez ta mère.

Cette nouvelle me contrarie et je serre les dents.

— Je croyais que tu allais profiter d'elle avant de partir en voyage d'affaires.

— Ne m'explique pas comment être une mère, et je ne

te ferai pas la leçon sur comment être un fiancé. Tu es encore fiancé avec elle, pas vrai ? Ou est-ce qu'elle a enfin les idées claires et est partie d'ici avec cette rock star canon ?

— Va-t'en, Meredith, marmonne Will.

Elle l'ignore et se tourne vers moi.

— C'est vrai que tu as loué l'ancienne maison des Blackman ?

— Oui.

— Et bien, je crois que quand Nate Crane apprendra que ta *fiancée* porte ses bébés, tu n'auras plus besoin de trois chambres finalement.

— Casse. Toi, insiste Will.

— Oui, je suis d'accord avec lui, j'ajoute.

Elle hausse les épaules et se relève.

Will la regarde partir, et se retourne vers moi seulement quand il décide qu'elle est assez loin.

— Elle est toxique. Je sais que c'est la mère de ta fille, mais tu dois trouver un moyen de l'empêcher de contaminer ta relation avec Hanna.

De l'autre côté du bar, Meredith flirte avec un jeune professeur qui vient d'arriver en ville. Le pauvre bougre, il ne sait pas dans quoi il met les pieds.

— Félicitations pour la nouvelle maison, je n'en savais rien.

— C'était supposé être une surprise pour Hanna. Je me suis dit que nous pouvions mettre nos appartements en location et vivre ensemble. J'allais lui montrer la maison aujourd'hui, mais Nate est arrivé hier soir et j'ai décidé d'attendre.

— Normal.

— J'ai besoin d'un énorme service, je lui avoue.

— Tout ce que tu voudras.

— Hanna n'est pas la seule raison pour laquelle j'ai décidé de louer cette maison.

Je déteste avoir à faire ça. Will a été mon meilleur ami pendant la plus grande partie de ma vie. J'ai toujours été fier de n'avoir jamais profité de sa générosité.

— Je suis entré en contact avec un avocat pour demander la garde de Claire. J'en ai marre qu'elle utilise ma fille pour me manipuler. Et je ne supporte pas l'idée qu'elle puisse l'emmener loin d'ici.

— Bien sûr. Tu as raison. Et tu as besoin d'argent pour payer l'avocat ?

— On m'a fait une offre pour le club, quelqu'un veut l'acheter.

Will s'appuie sur son dossier et secoue la tête.

— Ne fais pas cette erreur, mec. C'est ton futur. Laisse-moi te prêter de l'argent.

J'inspire profondément. Si j'emprunte de l'argent à Will, je me sentirai encore plus mal. Je n'ai pas envie d'en arriver là.

— Tu te souviens quand je voulais ouvrir le club et que tu m'as proposé d'en acheter des parts ?

— Bien sûr, répond-il en soulevant ses sourcils qui disparaissent dans ses épais cheveux blonds et bouclés. Tu veux que je le fasse maintenant ?

— Si ça t'intéresse. Ça me soulagerait pas mal, mais je ne veux pas que tu te sentes obligé.

— N'y pense même pas. C'est important et ça me

43

ferait plaisir. Que pense Hanna de cette histoire de garde ?

Je souffle longuement.

— Je ne voulais pas lui en parler jusqu'à ce que ce soit sûr. Nous aurons trois bébés de moins d'un an. Je suis cinglé ?

— Fou à lier, réplique Will. Mais tu aurais envie de vivre autrement ?

Je souris.

— Pas question.

NATE

J'ai attendu d'être sûr que Collin dormait pour quitter la maison de Asher, et quand j'arrive sur le dock, Hanna est déjà là. Elle est assise contre la rambarde et ses yeux sont perdus sur l'eau. Elle a relevé ses cheveux bruns en chignon, et mes doigts brûlent de jouer avec les petites mèches qui s'en sont échappées. La douceur de ses cheveux me manque, la façon dont elle ferme les yeux quand je passe délicatement mes doigts dedans me manque aussi.

La nuit est claire et la lune se reflète sur sa peau pâle. J'ai si mal de la voir ainsi que je me demande pendant quelques secondes si je réussirai à respirer quand je serai près d'elle, sachant qu'elle ne m'appartient pas.

— Quelle belle soirée.

J'envisage un instant de m'asseoir près d'elle sur les

planches, mais j'abandonne vite l'idée. Je ne me fais pas confiance d'être aussi proche d'elle. Je me pose de l'autre côté du dock.

— Oui, répond-elle en se levant pour se placer à côté de moi.

Son odeur me rappelle nos week-ends. Je me réveillais dans une chambre d'hôtel, les cheveux de Hanna étalés sur l'oreiller, ses douces courbes dans mes mains.

— Que faisons-nous ici ?

Si ma voix est plus dure que je ne le voudrais, c'est parce que je suis désespéré de m'en aller loin d'ici.

Elle fouille dans son sac à main et me tend un papier plié.

— Je dois te parler de ça.

Je déplie le papier le cœur battant, et quand je vois l'image en noir et blanc, j'en ai le vertige. Je distingue à peine ce qu'elle représente dans la faible lumière de la lune, mais je sais exactement de quoi il s'agit.

— De moi ?

Ma voix se brise sur le dernier mot.

— Si tu n'en veux pas, ils ne sont pas à toi, murmure-t-elle.

Je m'arrache à la contemplation de l'échographie pour regarder son visage.

— Qu'entends-tu par là ?

— Je t'en parle parce qu'il le faut. Mais je ne te demande rien. Je ne te ferais jamais ça.

— Tu penses que je vais tourner le dos à mon enfant ?

— Tes enfants.

Elle m'indique deux petits points sur l'image. Un petit haricot sec, et puis un autre.

L'air reste bloqué dans mes poumons et je dois fermer les yeux pour me souvenir de la façon dont on respire.

— Mes enfants ?

Quand j'ouvre les yeux, elle me fixe en essayant de lire l'expression de mon visage.

Elle finit par opiner.

— Des jumeaux.

Mon estomac est en chute libre alors que j'étudie les petites taches sombres de la photo dans le clair de lune. Des jumeaux. *Mes* jumeaux.

— Est-ce que Max est au courant ?

— Oui.

— Est-ce qu'il sait qu'ils sont de moi ?

La brise se lève sur la rivière et fait voler une douce mèche de cheveux sur son visage.

— Oui.

— Quand allez-vous vous marier ? C'est pour bientôt, je crois ?

Elle secoue la tête.

— Nous avons annulé le mariage. Il est repoussé à une date ultérieure. Je ne peux pas me lancer là-dedans avant la naissance des bébés. Pour l'instant, ils sont ma seule priorité.

— Et ensuite ?

Elle hausse les épaules.

— Nous sommes fiancés. Je vais l'épouser, mais plus tard, pas tout de suite.

— Et tu voudrais que je m'efface ? Que je vous laisse construire votre jolie petite famille avec mes enfants ?

Hanna fait partie des trois personnes dans le monde entier qui peuvent comprendre combien ça me blesse. Et pourtant. Nous y voilà. Je suis de nouveau à l'écart.

— Je ne sais pas à quoi m'attendre de ta part. Je sais juste que le choix t'appartient. Et c'est pour ça que je t'en parle.

Mon corps se raidit et un ricanement s'échappe de mes lèvres.

— Mon choix ? Et si mon choix c'était de faire partie de leur vie tous les jours ? Et si mon choix c'était de les élever chez moi ? Et si je voulais être un vrai père, pas quelqu'un qui leur rend visite de temps en temps ? J'ai ce choix-là ?

— Tu es leur père, et je ne t'empêcherai jamais de les voir. Mais je suis leur mère. Si jamais tu demandes la garde...

Avant de finir sa phrase, elle lève les yeux vers moi et j'y lis combien elle est déterminée.

— Je me battrai, et je ne te laisserai jamais gagner. Tu ne l'obtiendras pas.

— Et si je ne battais pas que pour mes enfants ? je lui demande.

Vivian me dit que j'ai construit des murailles autour de mon cœur, mais pour Hanna, je serais capable de les démolir. Je les raserais et je resterais entièrement exposé, pour me rapprocher d'elle.

— Et si je me battais aussi pour leur mère ?

HANNA

Serai-je un jour capable de regarder Nate sans ressentir cette douleur dans la poitrine ?

— Tu as déjà eu ta chance, pourtant ?

J'enfonce mes ongles dans la paume de mes mains, et je me force à garder les bras immobiles.

— Je ne pouvais pas me battre pour toi, avant.

J'inspire et il ouvre les yeux pour les planter dans les miens. La question que je ne peux pas lui poser flotte entre nous deux. *Pourquoi pas ?*

— Et si j'avais gagné, Hanna ? Et si je m'étais battu pour toi et que j'avais gagné ? Je ne suis pas la récompense, c'est *toi*.

Il se retourne, tend le bras vers moi et ses doigts caressent ma joue. Mes paupières se ferment doucement parce que c'est trop pour moi. Il est ici alors qu'il est supposé être mort, il me touche alors que je suis supposée le laisser partir.

— Ce serait différent si tu ne l'avais pas choisi, si tu n'étais pas amoureuse de lui.

Ses doigts se posent sur mon menton et il le soulève jusqu'à ce que j'ouvre les yeux et que je le regarde.

— Ce serait différent si je ne savais pas que tu es trop bien pour moi. Je suis revenu ici, et tu avais déjà fait ton choix. Tu m'avais déjà oublié. Je savais que je ne méritais pas ton cœur, et je ne voulais pas risquer de le briser.

Je fais un pas en arrière et sa main retombe dans le vide.

— Trop tard.

— C'est pour ça que tu l'as choisi ? Parce que je ne me suis pas battu pour toi ? Viens à Los Angeles avec moi. Reste avec moi. Je me battrai pour toi tous les jours.

— Est-ce que tu dirais la même chose si tu ne savais pas que j'étais enceinte ?

Ma voix est glaciale, même pour moi. Instinctivement, je pose mes mains sur mon ventre, pour protéger mes bébés.

Si on en croit tous les sites internet dédiés à la grossesse, aujourd'hui mes petits bouts ne sont pas plus gros qu'un haricot sec. Pas énorme. Et pourtant... *Ils sont tout.*

— Je suis supposé être mort.

Il serre ma main quand j'essaie de m'écarter.

— Dès que je suis arrivé en Afghanistan, j'ai su que je ne pouvais pas partir en tournée. J'étais une loque. J'avais besoin de prendre du temps pour moi, alors je suis allé rejoindre Janelle en Inde, et j'ai laissé mon agent avec les autres musiciens..., commence-t-il en fermant les yeux. J'aurais dû me trouver dans cet hélicoptère, je devrais être mort. La seule raison pour laquelle je suis en vie c'est que je suis fou de toi et que je ne me sentais pas capable de faire cette tournée. Tu ne le vois pas ? Tu me sauves. Encore et encore.

Je passe la langue sur mes lèvres et sens le goût salé de mes larmes. Peut-être que j'aimerais toujours Nate, et peut-être que cet amour détruira tout ce que j'ai avec Max. Mais il ne s'agit pas de Max. Il ne s'agit pas d'un simple choix entre deux hommes. Je ne veux pas aller vivre à Los Angeles, et je ne lui demanderai jamais de laisser Collin là-bas. Je l'aime assez pour le laisser partir.

Je comprends la différence maintenant. Je ne le quitte pas. Je lui rends sa liberté.

— Je veux assister à ton prochain rendez-vous, me dit-il. Je suis leur père, je veux être impliqué dans tout ça.

— OK.

— Mais, fais-moi plaisir, ne l'amène pas avec toi.

J'inspire.

— Si je me marie avec lui, il m'aidera à les élever, quelle que soit ton opinion là-dessus.

Ses yeux se posent sur ma main gauche.

— *Si* ?

— *Quand*, je murmure, mais ce mot a la saveur d'un mensonge.

CHAPITRE CINQ

MAX

Quand j'entends le cliquetis de la porte de la douche qui s'ouvre et se referme, je bande automatiquement. C'est de penser à Hanna sous la douche avec moi qui me fait cet effet.

Je ne l'ai pas touchée depuis que Nate s'est pointé devant chez elle vendredi soir. Je l'ai appelée hier soir après son rendez-vous avec Nate, mais elle avait la tête ailleurs. Je voulais aller la rejoindre à son appartement pour la prendre dans mes bras et la rassurer, mais je ne voulais pas me montrer trop insistant alors que je sais qu'elle est émotive et confuse.

— Tu veux de la compagnie ? chuchote-t-elle.

Je me retourne vers elle, avec une idée très précise de la façon dont je vais la plaquer contre les carreaux pour l'embrasser. Je veux lui rappeler à quel point c'est bon quand nous sommes ensemble. Je veux tomber à genoux pour poser ma bouche entre ses jambes alors que l'eau chaude ruisselle sur sa peau.

Je m'essuie le visage pour ouvrir les yeux et m'immobilise.

— C'est quoi ce bordel ?

Meredith fait glisser ses yeux le long de mon corps, jusqu'à ma queue et sourit.

— Bonjour.

Elle tend la main vers moi, et je la repousse sur le côté avant de sortir de la douche.

Hanna est supposée me retrouver ici pour aller déjeuner ensemble chez sa mère. C'est devenu notre routine du dimanche, et Meredith le sait pertinemment puisqu'elle nous a vus ici les deux dimanches précédents alors qu'elle me déposait Claire. Il est certain qu'elle espérait que Hanna nous trouve tous les deux, encore mouillés de notre douche.

Je me passe une serviette autour des hanches et je me précipite hors de la salle de bain, cherchant à m'éloigner suffisamment de Meredith avant de faire quelque chose que je regretterai.

J'ai déjà enfilé mon jean quand elle me rejoint dans la chambre.

— Ça ne s'est pas terminé comme je l'espérais, se plaint-elle en posant son corps nu et humide sur mon lit.

Je jette ma serviette dans sa direction.

— C'était supposé être sexy ? Tu pensais pouvoir venir sous la douche avec moi et que je ne pourrais pas te résister ?

Elle fait la moue et se sert de ma serviette pour se sécher les cheveux.

— Je me suis dit que tu avais peut-être besoin qu'on te remonte le moral.

— Arrête-toi deux secondes, et imagine si nos rôles étaient inversés. Si j'essayais de me réconcilier avec toi et que je m'étais faufilé nu dans ta douche.

— Ça ne m'aurait pas déplu.

Je sens ses yeux sur moi, et ça me rend littéralement malade.

— Si c'est *toi* qui le fais, c'est supposé être sexy, mais tu sais comment ça s'appellerait si c'était un homme qui l'avait fait ?

Son regard s'endurcit et ses narines frémissent.

— Comment ?

— Une agression, Meredith. Je vais te dire une fois de plus que je ne suis pas intéressé. Je veux que tu me laisses tranquille. Tout ça n'est pas sexy, et ça ne m'excite pas. C'est triste et pathétique.

Je m'empare d'une chemise.

— Le père de ses bébés est en vie, Max. Tu vis dans le monde des Bisounours si tu crois qu'elle va se marier avec toi alors qu'elle peut être avec lui.

Je me force à prendre une inspiration avant de répondre.

— Tu m'écoutes ? Je veux que tu comprennes bien. Quelle que soit la décision de Hanna, qu'elle se marie avec moi, avec Nate Crane ou avec Monsieur Propre, je ne finirai jamais, au grand jamais avec toi. Je préfère être seul qu'avec toi. Je préfère ne plus jamais avoir personne dans mon lit, plutôt que toi. Je te tolère parce que tu es la mère de ma fille, un point c'est tout. La prochaine fois que tu entres dans mon domicile sans ma permission, j'appelle les flics, et ils mettront ton cul de folle en prison. Est-ce que c'est clair ?

Je sors de la pièce sans lui laisser le temps de répondre.

Hanna m'attend dans le salon, les yeux écarquillés.

Bien sûr. *Merde*.

— Hanna, je peux t'expli...

— J'ai tout entendu. Elle est complètement cinglée.

Mes épaules s'affaissent de soulagement et je la prends dans mes bras.

— Elle n'a jamais su rester seule. Mais là c'est le pompon, je pense....

J'inspire et expire lentement.

Meredith a toujours été le genre de personne à tout faire pour obtenir ce qu'elle voulait, prête à écraser toute personne qui se tiendrait sur sa route. Mais c'est différent depuis la naissance de Claire. Elle est plus désespérée.

— Vous pourriez arrêter de parler de moi ?

Meredith surgit de la chambre, entièrement habillée et ses cheveux mouillés pendent lamentablement sur ses épaules.

Elle reporte son attention sur Hanna en plissant des yeux.

— Comment va Nate ?

— Il est en vie, répond Hanna d'une voix sèche.

— C'est ce que dit la rumeur. Est-ce que tu as fini par

raconter à Max tes petites escapades de cet été ? À travers tout le pays ? Pour en *baiser* un autre ?

— Tu voulais quelque chose ? lui demande Hanna.

Je suis si fier d'elle. Il y a six mois, Meredith aurait envoyé Hanna se recroqueviller dans un coin. Elle a changé. Elle est plus forte aujourd'hui, plus assurée. Est-ce que c'est grâce à moi ? Ou grâce à Nate ?

— Très bien, dit Meredith. Je m'en vais. Où est Claire ?

— Elle fait sa sieste, je réponds en lui indiquant le lit parapluie de l'autre côté de la pièce. Je te la ramène plus tard.

— D'accord.

— Je dois t'avouer quelque chose, lui dis-je quand nous nous retrouvons seuls.

Ses dents s'enfoncent dans sa lèvre inférieure.

— OK ?

— Je vais prendre un avocat pour demander la garde de Claire. Je sais que ça peut paraître dingue, avec l'arrivée des jumeaux, mais j'espère que tu comprends...

— Je trouve que c'est une excellente idée, lance-t-elle le visage radieux. Tu es un père génial, et je te souhaite de gagner.

Je souffle et une tension dont je n'avais même pas conscience s'évacue de mes épaules.

— Merci d'être si compréhensive, je murmure.

Elle pose ses mains sur son ventre.

— Je sais exactement ce que tu ressens, me dit-elle avec un sourire triste.

— Comment vas-tu ? Est-ce que ton rendez-vous avec Nate s'est bien passé hier soir ?

Elle se raidit quand je prononce son nom.

— Il m'a demandé de déménager à Los Angeles.

Évidemment.

— Qu'est-ce que tu as répondu ?

— Que je ne partirai pas de New Hope, c'est chez moi ici.

— Non seulement il voulait que tu le rejoignes à Los Angeles, mais il y a autre chose.

Je m'approche d'un pas. J'ai besoin de la toucher. Je me demande si elle a conscience qu'elle s'éloigne de moi, si elle le ressent comme moi. C'est comme si nous étions reliés par des milliers de petits fils, comme le tissage d'un tapis, et qu'ils se cassent un à un depuis le retour de Nate. Chaque fois qu'elle respire, un nouveau fil lâche.

— Il te voulait *toi*.

Elle hausse les épaules.

— Je suis déjà prise.

J'inspire profondément. Elle lève la main et effleure ma joue.

Je gémis doucement et passe ma main dans ses cheveux avant de poser ma bouche contre la sienne. Elle est douce et sucrée, et j'en veux plus.

J'empoigne sa jupe et la soulève d'un geste brusque jusqu'à sa taille avant de toucher le coton de sa culotte. Elle souffle et je la caresse à travers le tissu alors que ses doigts se crispent dans mon dos. Mes lèvres vagabondent dans son cou et retrouvent la peau sensible vers son épaule.

— Max, dit-elle, mais sa voix est différente.

Elle ne murmure pas mon nom de la même voix urgente et haletante. J'entends un avertissement, une limite atteinte.

— Max.

Mes mains s'immobilisent et je m'écarte pour la regarder dans les yeux. Elle a l'air si désolée que j'en ai la tête qui tourne.

— Et si nous vivions ensemble ?

— Quoi ?

Elle me regarde en clignant des yeux. Si elle pense que j'ai le pire timing au monde en ce qui concerne les propositions importantes, elle n'a pas tort.

— Nous pourrions chacun sous-louer notre appartement et nous servir des loyers pour payer une petite maison ensemble. Un endroit sans ces escaliers qui me terrifient rien qu'à l'idée que tu doives les emprunter. Un endroit qui serait à nous.

Je prends sa main et la serre avant de poursuivre.

— Tu ne voulais pas que nous vivions ensemble au printemps dernier parce que ta mère n'aurait pas apprécié que tu partages le lit d'un homme avant ton mariage. Mais nous n'en sommes plus au stade de faire attention aux apparences désormais.

Elle garde les yeux baissés vers le sol et je lui soulève le menton pour qu'elle me regarde.

— Je me fous bien des apparences. Je veux me réveiller tous les matins en te tenant dans mes bras, Hanna. Je veux que tu saches que je suis là quand tu as besoin de moi, chaque fois que tu as besoin de moi. Toi et Claire importez plus que tout au monde pour moi. Et je veux rentrer chez moi le soir et être entouré de ce qui m'importe le plus au monde.

— Je suis désolée, fait-elle en s'écartant d'un pas. Je ne peux pas. Je ne sais plus.

L'air brûle mes poumons, respirer me fait mal dans un monde où Hanna n'est pas mienne.

— Je sais que ça n'est pas juste. Et je veux un futur avec toi, mais...

— Mais tu penses toujours à lui.

— Je ne peux pas vivre avec toi maintenant, me dit-elle doucement. Ça ne serait pas juste, ni pour toi ni pour moi. C'est trop compliqué.

— C'est ce que tu dis toujours.

Je ravale tout ce qu'il me reste à lui dire avec toute ma colère, ma frustration, et mon sentiment d'avoir été trahi. Cette trahison que je ne me suis jamais permis de ressentir. Pendant toutes ces semaines durant lesquelles j'attendais qu'elle mette ma bague, elle voyait un autre homme, et je n'ai jamais pu exprimer ma colère parce que cet homme était mort et qu'elle avait besoin de faire son deuil.

Je passe une main dans mes cheveux et lève les yeux vers le plafond.

— Ce n'était pas compliqué quand tu as fait l'amour avec lui ?

— Est-ce qu'on pourrait éviter de se lancer là-dedans ?

Son visage est tourmenté, et je me déteste parce que c'est ma faute. Je l'attire contre ma poitrine.

— Je ne veux pas te forcer à prendre une décision,

mais souviens-toi d'une chose, je chuchote dans ses cheveux. Tu as mis ma bague.

NATE

Collin jette des cailloux dans la rivière et tape dans ses mains à chaque plouf.

Mais putain, mon estomac se serre à chaque fois que je pense à Hanna et à Max et à leur vie ensemble, en train de rire ensemble, au lit ensemble. En train d'élever mes enfants ensemble.

— Salut beau gosse, me murmure une grande blonde derrière une poussette.

Je lui accorde ce mérite, il faut un sacré paquet de confiance en soi pour draguer comme une chaudasse en promenant son bébé au parc.

Je me retourne, ne lui accordant pas une seconde d'attention.

— Nous avons des amis communs, me lance-t-elle en posant sa poussette près de mon banc, non sans m'avoir détaillé de haut en bas au préalable. Félicitations pour ne pas avoir péri dans d'atroces souffrances.

— Merci, je réponds sèchement tout en gardant un œil sur Collin.

— Donc te voilà à New Hope pendant quelque temps ? Probablement pour reconquérir le cœur de Hanna, pas vrai ?

Ma mâchoire se serre.

—Je ne vois pas de quoi vous parlez, je lance avant de me relever.

Je ne suis pas d'humeur.

— Oh, poursuit-elle dans mon dos. C'est seulement parce que la ville entière pense qu'elle porte tes bébés.

Je m'arrête et me retourne lentement vers elle, et je peux lire sur son visage qu'elle s'attendait à ce que je ne sois pas au courant.

—Je ne sais pas pour qui vous vous prenez ou pourquoi vous pensez que votre opinion sur ma vie privée m'intéresse . Vous vous trompez. Merci de me laisser tranquille.

Elle essaie de prendre un air innocent et réajuste la couverture de son bébé.

— Des jumeaux ! Incroyable ! Tu vas vouloir faire partie de leur vie, quand même ? Enfin, ça ne sera pas facile, vu qu'ils vont emménager ensemble, mais je suis sûre que Hanna et toi allez trouver une solution.

Mon ventre se serre, et je dois laisser transparaître la surprise sur mon visage parce qu'elle sourit, doucement et largement. Elle me rappelle les hyènes du dessin animé Disney que Collin aime tant. Elle a finalement fait mouche.

— Qui êtes-vous ?

— Je suis une amie qui veut que chacun reçoive ce qu'il mérite. Ni plus ni moins.

MAX

La mère de Hanna m'accueille avec un grand sourire.

— Je suis contente que tu aies pu te libérer pour déjeuner avec nous.

— Merci de m'avoir invité Gretchen.

— Tu nous as manqué à l'église, me dit-elle avant de se retourner vers le salon. Hanna, Max vient d'arriver.

Hanna se relève du canapé pour me faire un baiser sur la joue.

— Salut, me lance-t-elle. Comment s'est passée ta matinée ? Après le drame de la maman cinglée ?

— Très bien.

Je suis passé au club bûcher la compta dans mon bureau. J'ai essayé de faire de la magie avec les chiffres sans y parvenir.

— Et la messe, c'était bien ?

Elle hausse les épaules.

— Maman s'inquiète pour l'âme perdue de ses filles. Il faut bien la rassurer parfois.

— Le repas est prêt ! appelle sa mère. Tout le monde dans la salle à manger, s'il vous plait !

Nous nous suivons dans la pièce voisine, Gretchen, grand-mère, Liz, Abby, Hanna, Maggie, Asher, moi, et deux amies de Gretchen. Nous faisons la queue devant le buffet pour remplir nos assiettes.

Gretchen s'empare de l'assiette de Hanna avant qu'elle ait pu se servir.

— Je veux que tu essaies cette nouvelle recette.

Liz et Hanna lâchent un cri d'exclamation quand elles

voient leur mère empiler les galettes de pomme de terre dans l'assiette de Hanna. Elles sont gorgées de fromage et de beurre.

— Le bébé a besoin de calcium, lance Gretchen.

— Je crois bien que les poules viennent d'avoir des dents, marmonne Liz, ce qui lui vaut un regard glacial de sa mère.

Quand nos assiettes sont remplies, nous rejoignons nos chaises à table.

— Liz, reprend Gretchen. Je pensais que tu viendrais accompagnée de ce charmant jeune homme avec lequel tu as dansé au mariage de Will et Cally. Cet ami... Max, comment s'appelle-t-il ? Sam ou quelque chose comme ça.

— Sam Bradshaw est la dernière personne que tu voudrais que j'invite à un déjeuner en famille, rétorque Liz assise à côté de moi, les yeux rivés sur son assiette.

— Pourquoi ça ? s'interroge sa mère.

Hanna retient un sourire.

— Il t'aime beaucoup, Liz, je lui précise pour la énième fois.

— Tu rougis ! s'exclame leur petite sœur Abby. Tu ne rougis jamais !

— Il fait chaud ici, se justifie Liz de mauvais cœur.

En face de moi Maggie intervient :

— Ces pommes de terre ! Oh mon Dieu ! Maman, je ne savais pas que tu pouvais cuisiner comme ça !

— Elle m'a laissé cuisiner aujourd'hui, l'informe Grand-mère. C'est ainsi que l'on devrait toujours manger.

Mon téléphone vibre dans ma poche et je le sors pour lire le message. Il a été envoyé par Meredith.

Tu peux venir chercher Claire ? J'ai une urgence avec un client.

— Une urgence de coiffeuse, se moque Liz en lisant éhontément par-dessus mon épaule. N'importe quoi.

Qui sait si c'est la vérité ou si Meredith sait que je passe un moment avec la famille de Hanna.

— Je m'excuse Gretchen, dis-je en me levant et en glissant le téléphone dans ma poche. Je dois aller chercher ma fille. Sa mère doit travailler.

Hanna se lève.

— Je t'appelle tout à l'heure.

Je t'appelle. Pas *on se voit tout à l'heure.*

Elle m'embrasse sur la joue et je l'arrête avant qu'elle n'ait eu le temps de s'écarter. Je pose ma bouche sur la sienne. Ce n'est pas un long baiser ni une étreinte passionnée, mais il est assuré, ferme et droit. Tout comme mon amour pour elle.

CHAPITRE SIX

NATE

J e rature les quatre dernières lignes de la page en appuyant tellement fort sur le stylo que le papier se déchire. Je travaille sur cette collaboration avec Asher et je suis coincé sur la ballade.

Toute la semaine, j'ai été obsédé par l'idée que Hanna et Max vivent ensemble, que Hanna se réveille aux côtés de Max le matin. Que Hanna élève mes bébés *avec Max*.

Je suis heureux que Collin soit ici. Sinon je serais déjà parti de chez Asher pour me mettre une mine quelque part dans une chambre d'hôtel.

Je fixe mon brouillon quelques secondes avant d'envoyer valdinguer le carnet à travers la pièce.

— Mais qu'est-ce qu'il t'a fait ce carnet ?

Quand je relève les yeux vers Maggie, je fais sûrement la gueule, mais elle s'en tire plutôt pas mal si l'on tient compte de mon état d'esprit du moment. Ou même de la semaine.

— Elle est enceinte de mes bébés, et elle se marie avec lui.

Je peux voir sur son visage qu'elle est déjà au courant. Merde. Bien sûr qu'elle l'est.

— Comment est-ce que je suis supposé réagir ?

Elle s'assied sur une chaise en face de moi, et replie ses jambes sous elle.

— Asher m'a dit qu'il t'avait prévenu de garder tes distances.

— Je n'ai pas besoin que tu me fasses la leçon ce soir, Maggie.

— Asher m'a aussi dit que ça ne te ressemblait pas d'ignorer les conseils d'un ami au sujet d'une fille. Mais il y a un truc chez Hanna qui t'a convaincu de plonger de toute façon.

Je renverse ma tête en arrière et lève les yeux vers le plafond. Je me souviens de cette nuit, je me souviens de son corps contre le mien alors que nous dansions, le ton de sa voix quand elle m'a demandé de l'embrasser.

— C'est ma kryptonite.

— T'es vraiment un geek.

— Ils vont vraiment vivre ensemble ?

Maggie fronce les sourcils.

— C'est en général ce qui arrive quand les gens se marient.

Mais Hanna m'a dit qu'elle n'irait nulle part avant la naissance des bébés. J'espère qu'elle voulait dire que...

— Est-ce qu'elle l'aime vraiment ?

Elle joue avec les coutures de son jean, et juste quand je pense qu'elle va éluder ma question, elle se lance :

— Je ne connais pas Hanna aussi bien que Liz, alors je ne suis peut-être pas la meilleure personne vers qui te tourner. Mais je sais qu'elle souffre énormément en ce moment. Elle a passé sa vie entière à croire qu'elle n'était pas séduisante car personne ne la remarquait jamais, et personne ne la remarquait parce qu'elle se cachait dans l'ombre, et elle se cachait dans l'ombre parce qu'elle pensait que personne ne voudrait d'elle.

Elle s'interrompt pour lever les yeux vers moi. Elle essaie de me lire. De décider si je mérite d'entendre son interprétation de la vérité. Si je mérite Hanna.

— Quel est le rapport avec Max ? Ou avec moi ?

Maggie secoue la tête et m'adresse un sourire sardonique.

— Les hommes, marmonne-t-elle. Bien sûr que tu ne comprends pas.

— Explique-moi.

— Elle ne sait même plus qui elle est devenue. Sa propre perception d'elle-même a explosé en morceaux parce que maintenant, deux mecs géniaux sont à fond sur elle. Et la réponse à ta question ? Oui, elle l'aime.

Je détourne les yeux et m'empare de ma guitare parce que j'ai besoin d'occuper mes mains.

— Elle t'aime aussi. Tu le sais bien. Ne me dis pas que tu ne le sens pas au bout de deux secondes à ses côtés.

— Mais ?

Maggie hausse les épaules.

— Ce n'est pas moi qui choisis.

Je joue un accord sur la guitare, le premier de la chanson dont je n'arrive pas à composer les paroles. Dans ma tête, c'est « La Chanson de Hanna », mais je ne l'appelle jamais comme ça. Premier accord, puis le second.

— Je n'aurais jamais cru qu'elle le choisisse, lui, j'avoue d'une voix douce. Je ne l'avais pas peut-être pas compris dès le début, mais avec le recul, je pensais être le choix le plus évident.

— Pourquoi ?

— Parce que nous allons bien ensemble. Parce que ma vie était sens dessus dessous, elle n'avait aucun sens, j'allais de déception en déception quand j'ai rencontré Hanna. Et tout s'est calmé. C'est comme si j'avais passé toute ma vie à ne respirer qu'avec un seul poumon, parce que je me souciais uniquement de courir vers la prochaine étape. Avec elle, je remplis mes deux poumons. Elle fait taire tout le bruit ambiant et me sauve de mon ambivalence.

Je passe une main dans mes cheveux avant de conclure.

— Et je pensais être la même chose pour elle aussi.

Maggie m'observe un moment et reste silencieuse.

— Nate Crane, tu es quelqu'un de bien.

— Je suis une loque, je marmonne. Une loque qui ne tient pas ses promesses.

— De quelle promesse tu parles ?

— Je lui ai promis que si elle le choisissait, je la laisserais libre. Je lui ai promis que je ne la ferais pas revenir sur sa décision.

— Et tu penses que tu as trahi cette promesse ?

Je secoue la tête et souris.

— Non, mais je compte bien le faire.

HANNA

— Je connais quelqu'un qui s'est couché tard ! je crie en direction de Liz quand elle entre dans la pâtisserie.

Elle a vraiment une sale tête ce matin. Ses boucles blondes sont relevées en queue de cheval et ses yeux sont à peine ouverts. Et Dieu merci, elle est là. Maman s'est pointée il y a vingt minutes pour un interrogatoire sur la façon dont je prévoyais d'élever les jumeaux. Il n'est même pas sept heures du matin et j'ai déjà le tournis avec toutes les informations qu'elle m'a données sur l'allaitement et les dangers du cododo. Et son opinion sur le mouvement du parent conscient.

— Le problème n'est pas de se coucher tard, marmonne Liz. C'est de se lever tôt.

Maman fronce les sourcils et racle sa gorge.

— Claudia Bauer t'a vue sortir de chez Sam Bradshaw l'autre jour. Sam est un gentil garçon, mais si tu lui donnes tout ce dont il a envie maintenant, il ne se mariera jamais avec toi.

Liz regarde maman à travers ses paupières gonflées.

— Je ne veux pas me marier avec Sam, grogne-t-elle en se dirigeant vers la cafetière. Je veux juste baiser avec lui.

Maman manque de s'étouffer et je dois mordre ma

lèvre pour m'empêcher d'éclater de rire. Sérieusement, elle devrait savoir qu'il vaut mieux éviter d'agacer Liz si tôt le matin. Liz et l'aube sont des ennemies jurées, et elle passe sa colère sur tous ceux qui sont assez stupides pour l'approcher.

Maman s'indigne.

— Je prierai pour toi à l'église, Elizabeth. Ta sœur Maggie a traversé la même phase, et maintenant Hanna va avoir des bébés en dehors du mariage. Que le ciel me vienne en aide, on pourrait croire que je n'ai pas élevé mes filles dans la Foi.

Liz prononce quelques mots inintelligibles dans sa barbe. Il vaut mieux que maman n'entende pas.

J'emballe un assortiment de pâtisseries et accompagne ma mère à la porte.

— Tiens, c'est pour ton groupe de lecture de Bible, lui dis-je.

Quand elle est repartie, je me tourne vers Liz.

— Je n'arrive pas à croire que tu aies dit à notre mère que tu utilisais Sam Bradshaw pour le sexe.

Elle descend la moitié de son café agrémenté de crème et de sucre en une seule gorgée avant de me répondre.

— Je n'ai pas dit que je l'utilisais pour le sexe, j'ai dit que je ne voulais pas l'épouser. Je veux baiser avec lui. Et vu la tête qu'elle a fait, ça en valait carrément la peine.

— Tu vas brûler en enfer, je glousse.

— Eh bien, j'y serai en excellente compagnie, réplique-t-elle avant de redevenir sérieuse. J'ai quelque chose à te dire.

—Je ne sais pas si j'ai envie de l'entendre.

Elle expire longuement et m'évite du regard.

— Tu sais combien j'aime mon travail, pas vrai ? Je veux dire, tu m'as donné cette opportunité alors que tu étais en colère contre moi à cause de ce que j'ai manigancé avec Max. Et même si aujourd'hui encore, je regrette que tu ne m'aies pas *dit* pourquoi tu étais en colère, je t'admire quand même pour ce que tu as fait pour moi.

— Tu démissionnes ?

— Oui, en quelque sorte, me dit-elle. Tu m'en veux ?

— Bien sûr que non ! Tu as trouvé un nouveau travail ? C'est génial, je m'exclame en la prenant dans mes bras.

Lorsque je m'écarte d'elle, elle sourit à pleines dents.

— Je suis si heureuse ! Une des filles de ma promo ouvre une maternelle et me propose un partenariat. Tu ne trouves pas ça génial ?

— Oh Liz, c'est super. Je suis si contente pour toi !

Elle grimace.

— Mais tu travailles déjà trop, et maintenant que tu es enceinte, ça m'embête de te laisser seule.

— Ne t'inquiète pas pour ça, j'insiste. Je ne m'attendais pas à ce que tu restes ici pour toujours. Tu m'as aidée à réaliser mon rêve, maintenant va réaliser le tien.

— Meilleure. Sœur. De. La. Terre, murmure-t-elle.

— Dis-moi juste comment je peux t'aider.

— Commence par inscrire tes bébés dans ma maternelle quand ils en auront l'âge. Je leur garde la place.

Je pâlis.

— Je n'avais jamais réalisé combien de décisions et de

projets sont à prendre en compte quand on va devenir maman. J'en ai le tournis. Je sais que je ne serai pas seule et que Max sera là si j'ai besoin de son aide, mais je me sens coupable, parce que je ne parle que de ça, et ce ne sont même pas ses bébés.

J'inspire une fois, deux fois. Puis je vais dans la cuisine pour poser un linge frais sur mon visage, parce que c'est ce qui m'aide le plus pour soulager les nausées.

Liz me suit et arrive à l'évier avant moi. Elle mouille une serviette avant de me la tendre.

La cloche sonne dans la boutique, nous avertissant de l'arrivée d'un client.

— J'y vais, dit-elle.

— Merci.

Je pose le linge sur mon front et ferme les yeux. J'entends la voix de Liz quand elle s'adresse au client.

— Oh, fait-elle. Mmmh, et vous êtes ?

— Où est Hanna ?

Je reconnais cette voix et un frisson malvenu parcourt mon dos, alors que Nate force le passage dans la cuisine et s'approche de moi.

— Les clients sont interdits ici, proteste Liz derrière lui.

— Ne fais pas ça, dit-il, ses yeux noirs et taciturnes rivés sur moi alors qu'il me détaille, qu'il essaie de me graver dans sa mémoire.

J'inspire profondément et me tourne vers ma sœur.

— Tu peux nous laisser s'il te plait ?

Puis je m'adresse à Nate.

— Ne fais pas quoi ?

— Hum, intervient Liz en observant Nate de haut en bas. Tu es bien sûre ? Parce que je peux rester te protéger, ou du moins essayer.

Elle est fantastique, elle se tient derrière Nate avec ses mains sur les hanches, prête à lui en balancer une, si besoin.

— C'est bon, tu peux nous laisser.

Elle fusille Nate du regard.

— Si tu lui fais le moindre mal, je te coupe les couilles dans ton sommeil.

Puis elle sort de la pièce, les portes battant violemment derrière elle.

— N'emménage pas avec lui.

— De quoi tu parles ?

— Tu m'as dit que tu n'irais nulle part avec Max tant que les bébés ne seront pas nés. Je crois que vivre ensemble, c'est plutôt une étape importante, non ?

— Je ne sais pas d'où tu tiens cette information, mais je ne vais pas vivre avec lui.

— C'est vrai ?

Je secoue la tête.

— Il me l'a proposé, et j'ai refusé.

Il devait s'attendre à une dispute, parce que ses épaules se détendent et il passe une main dans ses cheveux.

— Merci.

Je jette ma serviette dans l'évier.

— Ce sera tout ?

— Non, dit-il en soudant son regard au mien. Il faut que je te présente des excuses.

— Pourquoi ?

— Pour ça.

En deux enjambées, il m'a rejointe et pose sa bouche contre la mienne. Ses lèvres sont chaudes et avides, et sa langue explore ma bouche, cajoleuse et exigeante à la fois. Et c'est si bon. Si doux, si facile et si évident, que pour un moment, j'oublie à quel point c'est une erreur. Je me retrouve dans notre chambre d'hôtel à St Louis, j'attise le feu entre nous. Pour un moment, j'oublie que je porte la bague de Max.

Je le tape dans l'épaule et le repousse.

— Ne recommence pas.

Mon estomac se serre et mon cœur est si malmené qu'il ne sait plus où il en est.

NATE

Ses yeux sont emplis de colère, déception et désir.

— Tu penses que tu peux m'avoir avec un baiser ? Tu penses que je suis si volage que tu peux me convaincre de briser le cœur de Max juste en posant tes lèvres sur les miennes ?

Je fais un pas en avant pour la prendre au piège entre mon corps et le plan de travail, et je baisse ma bouche vers son oreille.

— Je me suis dit que peut-être tu aimerais une piqûre de rappel.

— Que veux-tu de moi ? Tu veux que j'admette que

j'ai envie de toi ? Tu le sais déjà. Tu veux que je te dise que je suis toujours amoureuse de toi ? D'accord.

Mon cœur enfle et s'emballe quand j'entends ses mots. Je ne sais pas si je serais un jour digne de l'amour d'Hanna, mais ça ne change pas le fait que je le veux, j'en ai *besoin*, comme de l'air que je respire.

— Et ça ne suffit pas ? C'est pareil avec lui ? Quand il parle tout bas dans le creux de ton oreille, est-ce que ton corps vibre de désir ? Nous savons tous les deux que si je t'embrasse à nouveau, tu l'oublieras encore. Je pourrais t'embrasser jusqu'à ce que tu me désires tellement que tu te mettrais sur ce plan de travail et tu me laisserais te toucher partout, tu me laisserais faire ce que je voudrais de ton corps.

— Tu ne le feras pas, rétorque-t-elle, la voix légèrement tremblante.

— Tu en es sûre ?

— Tu ne le feras pas, parce que je te demande de ne pas le faire. Tu ne le feras pas, parce que tu es quelqu'un de bien et tu me respectes.

— Je ne veux pas être *quelqu'un de bien*, je proteste en faisant un pas en arrière pour voir son visage, ses lèvres entrouvertes, ses yeux voilés. Je te veux, *toi*.

— Je suis déjà prise.

— Que s'est-il passé ? je lui demande en essayant de déchiffrer son expression méfiante. Entre le moment où je suis parti de Los Angeles et celui où je suis arrivé à New Hope, que s'est-il passé pour que tu retournes avec lui ?

Elle reste silencieuse un instant, et je me demande si elle va dire la vérité.

— J'ai découvert qu'il m'avait acheté la pâtisserie, que toutes mes inquiétudes et mes insécurités au sujet de notre relation étaient infondées.

— Je t'achèterai cent pâtisseries.

— Je ne veux pas cent pâtisseries, je veux juste celle-là.

Ici. À New Hope. Je ferme les yeux, parce que je ne peux pas ignorer que ce problème géographique est toujours un obstacle entre nous.

— S'il te plait, ne m'embrasse plus.

— Et si tu me le demandes ?

Elle déglutit.

— Je ne te le demanderai pas.

CHAPITRE SEPT

HANNA

*L*e vent frais court sur la rivière et fait voler les feuilles mortes. L'automne à New Hope est l'un des plus beaux spectacles qu'il m'ait été donné de voir. Les feuilles prennent des couleurs orange, rouge, marron et même violet, elles tombent des arbres et flottent sur la rivière. J'associerai toujours le bruit des feuilles craquant sous mes pas à mon enfance, à chez moi.

Mais aujourd'hui, je n'en tire pas le réconfort dont j'ai besoin. Ma conversation avec Nate me préoccupe tellement que je n'ai conscience de rien d'autre.

Entre le moment où je suis parti de Los Angeles et celui où je suis arrivé à New Hope, que s'est-il passé pour que tu retournes avec lui ?

Tu es mort. Ce sont les mots que j'ai tus, mais ils sont là, dans ma tête et sur le bout de ma langue depuis qu'il m'a posé la question. Sont-ils vrais ? Est-ce que je suis retournée vers Max parce que je pensais que Nate était mort ?

— Tu tiens le coup ?

Je lève la tête et vois Maggie qui tire une chaise sur la terrasse qui se trouve derrière la galerie d'art de William. C'est elle qui m'a donné rendez-vous ici. Le fait que ma sœur insouciante planifie une conversation avec moi me met les nerfs à vif.

— Je vais bien, je réponds. J'ai du mal à gérer mes émotions, mais c'est à cause des hormones.

— Oui, réplique-t-elle. Rien à voir avec le fait que tu sois amoureuse de deux hommes et que tu portes la bague de l'un et les bébés de l'autre.

— Eh bien, voilà un excellent résumé de la situation.

J'ai essayé de me convaincre que rien n'avait changé entre Max et moi, mais je ne l'invite plus à passer la nuit chez moi et à chaque fois qu'il m'embrasse, je me sens honteuse et confuse.

— Désolée.

Elle hausse les épaules avant de continuer.

— Je sais ce que c'est que d'aimer deux hommes en même temps. Écoute, dit-elle après m'avoir observée en silence pendant quelques secondes. Avant de rester sur tes positions au sujet de Max, je veux que tu y réfléchisses.

Je me raidis. Je sais que Maggie m'aime, et qu'elle souhaite le meilleur pour moi. Mais après ce qu'il s'est passé aujourd'hui, alors que je sens encore les lèvres de

Nate sur les miennes, et son odeur sur ma peau, son petit discours est la dernière chose dont j'ai besoin.

—J'y ai déjà réfléchi, et j'ai pris ma décision, il y a des semaines, avant l'accident. J'ai mis sa bague.

—Je te demande juste de ne pas faire confiance aveuglément à une décision que tu ne te souviens pas avoir prise. Demande-toi si tu choisirais Max à nouveau, aujourd'hui, maintenant, si tu devais reprendre cette décision.

—Je ne sais pas.

Si j'avais su que j'étais enceinte après cette nuit avec Nate, qui sait quel choix j'aurais fait ?

— Quelle que soit la décision que je prends, je vais faire du mal à quelqu'un.

— Arrête d'essayer de comprendre pourquoi tu as pris cette décision à ce moment-là, et demande-toi quel choix est le bon pour toi, maintenant. Tu essaies de protéger Max, et Dieu sait qu'il a envie de t'épouser, mais je ne pense pas qu'il souhaite que tu bases ta décision là-dessus.

—Je ne veux pas lui faire de mal, je murmure. Il est si gentil, il ne mérite pas d'être blessé.

—Je sais, ma puce.

Je regarde un jeune couple courir le long de la berge.

— Comment as-tu su ? Quand tu as décidé de choisir Asher, de vivre avec lui, comment as-tu su que c'était la bonne décision ?

— Hanna, commence-t-elle avant d'attendre d'être sûre d'avoir toute mon attention. Je savais parce que je ne me posais pas la question de savoir si c'était la bonne décision. Quand j'étais fiancée avec Will, je doutais souvent, je me demandais si j'étais sur la bonne voie. Je dressais mentalement des listes de toutes les bonnes raisons que j'avais de l'épouser, puis je me sentais coupable de douter ainsi. Et puis, le jour d'après, l'heure d'après ou même la minute suivante, je recommençais. Rien que ça, ça aurait dû me mettre sur la voie.

Elle sourit et prend mes mains dans les siennes avant de poursuivre.

— Je sais que tu es une adulte, et que tu as la tête sur les épaules. Tu es plus raisonnable que je ne le serai jamais, donc ça me parait dingue de te donner un conseil, mais je vais le faire quand même. Rends la bague à Max.

— Maggie...

— Écoute-moi, d'accord ?

— OK, j'acquiesce, mais mon ventre se tord à l'idée d'entendre quelque chose que je n'ai pas envie d'entendre.

— Peut-être que tu es faite pour Max. Peut-être que vous allez surmonter ce qu'il vous arrive. Peut-être que quand tu auras tes bébés, tu sauras que tu veux passer ta vie aux côtés de Max. Peut-être qu'un jour il te dira que tout ce dont il a besoin, c'est toi, et tu seras aussi sûre que je l'étais pour Asher.

Elle penche sa tête sur le côté en souriant tristement et continue :

— Mais, ma puce, ça se voit sur ton visage que tu n'en es pas là. Je ne te dis pas tout ça parce que Nate est mon ami, et que j'essaie de le placer en bonne position. Je te dis tout ça parce que je suis ta sœur et je t'aime, et je refuse de te voir faire l'erreur que Krystal et moi avons presque faite. Tu dois le faire pour toi et pour Max. Rends-lui la bague jusqu'à ce que tu sois sûre de ce que tu veux.

Une larme s'écrase sur la table en verre, je me lève et descends les marches jusqu'à la pelouse. Rien de ce que m'a dit Maggie n'est nouveau. Je n'ai fait que retarder ce moment inévitable.

Maggie passe un bras autour de moi et je pose ma tête sur son épaule. Elle me caresse les cheveux alors que nous regardons les rayons de soleil percer à travers les branches des arbres et le ciel bleu se teindre lentement de rose et d'orange au crépuscule.

*D*ix heures se sont écoulées depuis le baiser, mais quand je pousse la porte de la nouvelle maison de Max, je sens toujours la pression des lèvres de Nate sur les miennes. Je sens toujours son odeur de savon sur moi, comme si elle s'était incrustée dans mes vêtements.

La maison est agréable. Elle n'a rien de luxueux, mais elle est propre et fonctionnelle. La table est mise, des bougies sont allumées, et une bouteille de vin est au frais dans un seau à glace sur le plan de travail.

Max est aux fourneaux à préparer le dîner avec Claire accrochée sur sa poitrine dans un porte-bébé. Il chantonne doucement en mélangeant des morceaux de poulet de légumes dans une grosse poêle. Les yeux de Claire s'ouvrent et se referment à intervalles réguliers.

Je reste immobile, paralysée par une vision de notre vie future, élevant Claire et les jumeaux ensemble. Max est le genre d'homme qui les traitera tous comme les siens. Il sera le genre de mari qui cuisinera le soir si je travaille tard ou sans raison particulière. J'aurai ma pâtisserie, et il aura son club de sport. Quand nous serons mariés, j'aurai accès à mon fonds, l'argent ne sera plus un problème, et même s'il le devenait, nous ferions face tous les deux. Quand je serai inquiète, il me tiendra la main, il m'embrassera sur le front et il me rassurera. Il sera un mari et un père fantastique. Tout ce que j'ai toujours voulu, tout ce dont j'ai toujours rêvé.

Mais il ne sera jamais Nate Crane, et chaque jour passé à ses côtés, je me haïrai d'en être si consciente, volontairement ou pas.

Max n'a pas à se soucier de ressembler à Nate. Parce que c'est un homme incroyable et fabuleux juste comme il est.

Je presse ma main contre ma bouche et titube légèrement en arrière, choquée par ce que ma vie aurait pu être. Si j'avais réussi à m'accepter, à accepter mon corps, avant qu'il ne m'invite à sortir. Tout aurait été si différent. Je serais en train d'envisager un futur avec un homme incroyable à mes côtés, plutôt que de me préparer à élever mes enfants seule.

Max ne voudrait pas que je l'épouse s'il savait que je le faisais pour le protéger.

Il retire la poêle du feu et se retourne pour en verser

le contenu dans un grand bol posé sur l'îlot central. Dès qu'il me voit, son visage s'éclaire d'un grand sourire, et je me sens encore pire.

Maggie a raison. Quelle que soit la décision que j'ai prise avant l'accident, et les raisons qui m'ont poussée à le faire, elles n'ont plus aucune importance.

MAX

— Laisse-moi la coucher, me demande Hanna en me tendant les bras pour recevoir Claire.

Je la sors délicatement du porte-bébé.

Elle sera une mère fantastique. Elle cajole Claire contre sa poitrine et chantonne doucement en faisant le tour du salon. Les deux personnes dans le monde entier pour qui je déplacerais des montagnes. Ma femme. Avec ma fille dans ses bras.

— Bonne nuit, Claire, murmure-t-elle en la déposant soigneusement dans son berceau disposé dans un coin de la pièce. Tu peux dormir tranquille, tu as le meilleur papa du monde.

— Viens par là, je murmure.

Elle porte une robe bustier rouge ce soir, et la vision de ses jambes, de la peau douce de ses épaules me fait doucement perdre la tête.

Elle parcourt la table des yeux et pose ses yeux sur mon visage quand la musique commence.

— Max...

— Je voulais te faire plaisir, je lui explique en prenant ses mains et en serrant ses doigts.

— Un jour, je t'inviterai dans les meilleurs restaurants d'Indianapolis et de Chicago au lieu de cuisiner moi-même. Un jour, je t'offrirai le genre de cadeaux que tu mérites, et je te surprendrai avec des week-ends dans des spas luxueux. Tu le mérites, et je me débrouillerai pour y arriver.

Elle ferme les yeux, et je compte les battements de mon cœur angoissé en attendant sa réaction.

— Je me fiche de tout ça.

— Je t'aime Hanna, et je veux que chaque jour de ta vie, tu saches, sans le moindre doute, que tu es fiancée à un homme qui t'aime et qui veut rattraper toutes les années durant lesquelles il était aveugle.

— Je t'aime depuis que j'ai treize ans, me dit-elle en retirant ses mains des miennes.

Les premières épines de la peur s'approchent irrémédiablement de mon cœur.

— Et je suis toujours convaincue que tu es l'un des hommes les plus incroyables que je connaisse.

— Hanna.

Nous savons tous les deux où elle veut en venir.

— Que s'est-il passé ?

Ses yeux se remplissent de nouvelles larmes, et je lis sur son visage ce qu'elle cherche à me dire. Je l'ai vu venir toute la semaine.

— Ne le fais pas.

— Il le faut.

Elle pose une main sur le côté de mon visage et la

laisse retomber rapidement, comme s'il lui était difficile de me toucher.

— Tu m'aimes et tu as fait des sacrifices pour moi. Tu savais que je rêvais d'une pâtisserie, et tu as pris des mesures si exceptionnelles pour t'assurer que je l'obtienne. Je te rembourserai, et je ne l'oublierai jamais.

Mes poumons sont comprimés et je n'arrive pas à les gonfler.

— Tu as changé ma façon de voir le monde. Tu m'as montré à quel point il est bon d'aimer. La pâtisserie n'est rien à côté de ça. Je sacrifierais tout pour toi.

— Je sais, acquiesce-t-elle alors que de grosses larmes roulent sur ses joues. Et tu ne penses pas qu'il serait temps que je te rende la pareille ?

— Ne le fais pas.

— Tu mérites mieux que moi.

Je veux protester. Lui dire qu'elle a complètement tort. Qu'un futur avec elle, quel qu'il soit, est toujours mieux que ce que je mérite. Mais une grosse boule me bloque la gorge et les mots restent bloqués.

Elle penche sa tête sur le côté et d'autres larmes coulent de ses yeux alors qu'elle retire la bague de ma grand-mère de son doigt. Son geste me déchire le cœur.

Elle prend ma main et niche la bague dans la paume.

— Je ne peux pas être avec toi, alors que mon cœur n'est plus à moi. Je ne peux plus te demander de m'attendre davantage.

— Tu me quittes pour lui ? Il va t'assurer un futur ? S'engager ? T'aider à élever les bébés ?

Elle secoue la tête.

— Il ne s'agit pas de lui. Je vis à New Hope et lui à Los Angeles. Je ne le suivrai pas là-bas.

Je ne peux plus m'en empêcher, alors je la prends dans mes bras et l'attire contre ma poitrine.

— Ne nous fais pas ça. Je sais que tu ne t'en souviens plus, mais tu m'as choisi. Il y a une raison pour ça.

Elle me laisse la tenir quelques instants, et je sens ses larmes tremper le coton de ma chemise. Je respire son odeur, et quand je m'écarte, son visage est marqué par le regret.

— Je n'ai jamais voulu te faire de mal, me dit-elle les yeux humides.

Je veux l'embrasser. La tenir. La supplier de changer d'avis.

— Il faut que je parte, murmure-t-elle. Je suis si désolée.

Je serre la bague de ma grand-mère dans ma paume de main alors que je la regarde sortir de la maison.

CHAPITRE HUIT

HANNA

Quatre jours avant l'accident de Hanna

Quand je tape à la porte de Max, je m'aperçois que l'endroit est terriblement mal choisi. J'aurais pu attendre jusqu'à demain matin pour lui parler au club. J'aurais pu l'appeler et lui demander de me retrouver à la pâtisserie. Au lieu de ça, je viens le voir dans son appartement.

La dernière fois que je me suis retrouvée ici, je me suis mise nue, et je l'ai supplié de faire l'amour avec moi. La dernière fois que j'étais ici, il m'a repoussée.

Fais-moi confiance. Reviens une fois que tu seras sobre et tu verras, Hanna.

Depuis que je suis revenue de Los Angeles, je ne cesse de ressasser cette soirée-là chez Max. Est-ce que je voulais vraiment qu'il me fasse l'amour, ou est-ce que je le lui ai demandé parce que je savais pertinemment qu'il dirait non parce que j'étais ivre ? Je crois qu'une partie de moi en avait vraiment envie à ce moment-là. J'aime Max, et si Meredith n'avait pas tout gâché, nous serions en train de choisir la pièce montée en ce moment.

Malgré tout, je suis là, je viens lui rendre sa bague.

Quand Max ouvre la porte, il a l'air épuisé, mais il me sourit quand il me voit.

— Salut, me lance-t-il doucement.

— Salut.

Il ouvre la porte plus largement, et ses yeux me balayent de haut en bas. Je porte une jupe en jean et un cache-cœur rouge. Rien de spécial, mais dans son regard, je me sens belle. Sexy. Désirée.

— Je n'ose pas espérer que tu sois venue pour la même raison que la dernière fois ?

Mon cœur bat la chamade, et donne des coups irréguliers, mes joues sont brûlantes.

— J'ai bien peur que non.

Il produit un son bizarre du fond de sa gorge avant de parler.

— Tu veux entrer ?

— Oui, mais seulement si Meredith n'est pas cachée sous le lit.

Je regrette immédiatement ma blague quand je vois son visage se décomposer.

— Excepté Claire, il n'y a rien entre nous.

Je le suis dans son appartement et je remarque le lit parapluie installé dans un coin et un sac de langes sur le comptoir. Est-ce que tout était déjà là la semaine dernière et j'avais trop bu pour le remarquer ?

— J'ai la nette impression que Meredith voudrait que je pense le contraire.

— Que t'a-t-elle dit ?

— Elle m'envoie des SMS quand elle est ici, elle aime insinuer des choses.

Les doigts de Max sont sur mon menton et relèvent mon visage jusqu'à ce que nos yeux se retrouvent.

— Je ne l'ai pas touchée depuis que je t'ai embrassée pour la première fois en novembre.

Mon ventre se tord de culpabilité. Parce que s'il n'a touché personne d'autre, je ne peux plus en dire autant. Que penserait-il s'il savait que j'avais perdu ma virginité avec un autre homme ? Que j'ai fréquenté un autre homme tout l'été ?

Je frissonne et baisse les yeux vers le sol. Ce n'est pas parce que je ne peux pas le regarder en face. Mais ses yeux bleus sont si intenses, que j'ai peur de ne pas pouvoir m'empêcher de l'embrasser si je continue à le regarder. Je veux me souvenir de la sensation de ses lèvres contre les miennes avant de lui dire au revoir. Je veux sentir ses bras autour de moi et qu'il me serre fort pour me rappeler tous les bons moments que je pourrai ensuite conserver bien en sécurité au fond de ma mémoire.

— Je n'ai pas touché d'autre femme que toi, et ce sera le cas tant que ma bague restera dans ta boîte à bijoux.

J'appuie ma paume contre ma cuisse et je sens sa bague à travers ma poche en jean. Je ne suis pas venue ici parce que j'ai choisi Nate. Après ce qu'il s'est passé hier, je sais que Nate et moi ne pourrons jamais être ensemble. Il dit qu'il m'aime, mais il n'est pas prêt à faire un quelconque sacrifice pour moi.

Je suis ici parce que je ne choisis ni l'un ni l'autre et que je dois en finir avec les deux.

Les yeux de Max se posent sur ma bouche et ses yeux passent de chauds et tendres à sexy et avides.

— Tu me manques, Hanna.

— Tu me manques aussi.

Il passe son pouce sur ma lèvre inférieure. Mes yeux se ferment et mes muscles se détendent encore davantage, et ma conscience se hérisse. Je dois faire vite.

— Je voudrais te parler d'Abby, je commence en essayant de faire taire la voix dans ma tête qui hurle *Lâche !*

— Est-ce qu'elle va bien ?

— Oui, mais elle a commencé un régime plutôt radical pour rester mince, et je m'inquiète à son sujet.

Il soulève un sourcil.

— Je sais ce que tu ressens.

Je plisse le front.

— Tu savais au sujet d'Abby ?

— Je voulais dire que je m'inquiétais à ton sujet.

— Oh non, ne t'inquiète pas pour moi, je vais bien.

Ou je vais aller mieux. Quand j'ai surpris Abby avec ces pilules coupe-faim, ça m'a fait un énorme choc. J'ai pris rendez-vous avec un psy à Indianapolis.

— J'espérais que tu lui parles. Peut-être que tu évoques un mode de vie sain et équilibré, et un programme sportif ? Ce genre de choses, tu vois ?

— Et tu seras présente pour entendre mon petit discours ?

J'inspire nerveusement.

— Bien sûr, lui dis-je avant de plonger mon regard dans le sien. J'y travaille. Je sais que je n'ai pas été le meilleur modèle pour elle dernièrement.

Un téléphone commence à sonner dans la chambre et Max soupire.

— Je dois répondre, ne pars pas OK ?

J'opine et il se dirige dans la chambre pour répondre.

Ses épaules sont si larges, si solides. Je sais que Max me donnera tout ce que Nate me refusera. C'est si tentant d'accepter tout ce qu'il m'offre.

Je me dirige vers la table et mon œil est attiré vers une lettre placée en haut de la pile. *Smith, Peterson, et Frank, cabinet d'avocat à Indianapolis.*

Je connais ce cabinet. C'est celui qui s'occupe de gérer mon partenariat avec mon investisseur anonyme pour la pâtisserie.

Que fabrique Max avec eux ?

Je peux l'entendre murmurer dans la pièce d'à côté. Quand je sors les papiers de l'enveloppe, je ne ressens pas le moindre sentiment de culpabilité pour mon indiscrétion - ou du moins, pas tellement - parce que je sais déjà ce que je vais découvrir. Le nom de Max et le nom de ma pâtisserie sont inscrits sur la lettre, avec l'en-tête de l'avocat.

Je n'ai pas le temps de faire plus que de survoler ce qui y est écrit, avant que je ne l'entende saluer son interlocuteur et raccrocher. Je fourre les papiers dans l'enveloppe et la jette sur la table.

— Désolé, s'excuse-t-il en sortant de la chambre. C'était ma mère, son climatiseur fait encore des siennes, et j'essayais de l'aider à distance.

— Non, pas de souci. Ça va. Pas de problème. J'espère que tu vas le réparer, lui dis-je de façon désordonnée.

Il penche sa tête sur le côté.

— Tu vas bien ? On dirait que tu as vu un fantôme.

— Je vais bien, je le rassure en opinant, une fois, deux fois... six fois, comme un de ces fichus jouets sur la plage arrière des voitures. Je me trompais tellement au sujet de Max. Tout ce que j'ai fait cet été, toutes les décisions que j'ai prises, tout provenait du fait que je ne pouvais pas envisager qu'il me veuille pour autre chose que pour mon argent.

Mais c'est là, noir sur blanc, sur la table de la cuisine. La preuve qu'il ne s'intéressait pas à mon argent. Il sacrifiait son propre patrimoine pour m'aider à réaliser mon rêve. La preuve que j'ai laissé mes insécurités anéantir mes chances d'avoir un futur avec un homme génial.

— Hanna ?

Mes yeux se remplissent de larmes et je fais un pas en avant, je passe mes bras autour de son cou et le serre contre moi. Je le serre comme un ami. Un ami dont je viens d'apprendre qu'il m'a fait un cadeau extraordinaire.

Max passe ses bras autour de moi et dépose un baiser dans mes cheveux.

— C'est en quel honneur, ce câlin ?

—Je suis désolée de ne pas m'être rendu compte de la chance que j'avais de t'avoir.

Il fait glisser sa main le long de ma mâchoire et relève mon visage vers le sien.

— Idem, murmure-t-il.

Puis il effleure mes lèvres des siennes dans un mouvement qui est si tendre et si doux que je me liquéfie dans ses bras. Je lui rends son baiser, ne sachant pas si c'est un au revoir, ou si j'accueille une nouvelle relation dans ma vie.

Quand il s'écarte, ses yeux sont pleins de questions, mais il m'en pose seulement une.

— Tu dors chez moi ce soir ? On n'est pas obligés de faire l'amour, j'ai juste besoin de te tenir dans mes bras.

Je ne sais pas ce que je veux, mais il prend mon silence pour une réponse et son expression devient immédiatement plus défensive.

— Je suis désolée, lui dis-je avant de me retourner pour repartir.

—Je t'aime, répond-il dans mon dos d'une voix forte.

Je suis seulement capable d'opiner. Je repars, la bague de sa grand-mère toujours au fond de ma poche.

HANNA

Aujourd'hui

. . .

— C'est si *délicieux*, je m'extasie en goûtant le chocolat de luxe.

Des vagues de pur plaisir envahissent mon corps entier.

Après être partie de chez Max, j'ai appelé Liz, qui m'a promis qu'elle était en chemin, mais elle est arrivée avec tout le groupe, et maintenant Liz, Maggie, Cally et Nix sont regroupées autour de l'îlot de ma cuisine avec des martinis, pour les trois qui ne sont pas enceintes, et des tisanes pour les autres. Sans oublier des kilos de chocolats haut de gamme qu'Asher ramène à Maggie quand il va à New York.

Liz est passée par la pâtisserie et a apporté un assortiment de cookies et de gâteaux. Et Nix est venue avec un jeu de cartes idiot que nous avons laissé de côté.

Je n'ai pas eu besoin de leur expliquer, elles ont tout de suite compris pourquoi il m'a été si difficile de rendre sa bague à Max.

— Et que va-t-il se passer entre toi et Nate maintenant ? demande Nix.

Liz est en train de préparer une nouvelle tournée de martinis au chocolat, et Nix lève son verre vers elle pour lui indiquer qu'elle souhaite être resservie.

— Rien, je réponds en lui coupant un morceau de feuilleté à la crème. C'est ma nouvelle recette, dis-moi si tu trouves ça trop sucré.

— Comment ça, *rien* ? m'interroge-t-elle avant de mordre dedans, et de me répondre la bouche encore pleine. Oh mon Dieu, ce n'est pas de la nourriture, c'est un orgasme dans ma bouche.

Quand Liz tend la main vers le reste de la pâtisserie, mais Cally lui assène une claque sur la main et se sert en premier.

— Priorité aux femmes enceintes.

— Rien ? répète Maggie. Tu es sûre ?

— Je n'ai pas rompu avec Max pour être avec Nate.

Mais je suis sûre que Max est convaincu du contraire. Et le reste de la ville sera de son avis quand ils l'apprendront.

— Comment a-t-il réagi quand tu lui as annoncé ta grossesse ? demande Nix.

— Il veut que je le suive à Los Angeles.

— Quoi ? s'indigne Liz. Comme si tu allais laisser tomber ta pâtisserie, ta *vie*, juste pour lui.

— Tu ne peux pas le blâmer d'avoir tenté le coup, tempère Maggie.

— Seuls les bébés l'intéressent. Quand je suis allée le voir à Los Angeles pour lui dire que je n'allais pas épouser Max, Nate m'a quand même dit au revoir. Il ne veut pas être avec moi, en tout cas, pas assez pour se battre pour moi quand c'est important.

Et pas assez pour trouver une solution pour être ensemble sans que j'aie à aller vivre de l'autre côté du pays.

— Je trouve que tu es injuste, Hanna, intervient Nix. Quand tu es allée à Los Angeles, il pensait que tu avais choisi Max avant l'accident.

Maggie opine.

— Je crois qu'il essayait de te rendre ta liberté, car tu voulais être avec Max.

Je ne t'ai pas laissée, je t'ai rendu ta liberté.

C'était ce qu'il voulait dire ? Qu'il me rendait ma liberté pour que je puisse être avec Max ?

— Je ne comprends toujours pas pourquoi j'ai choisi Max, j'avoue d'une voix douce, et cet aveu me remplit de culpabilité. Attention, je ne sais pas comment j'aurais pu choisir Nate, non plus. Mon amnésie laisse beaucoup de questions sans réponses. Il me manque encore quatre jours de mon existence. Si seulement je savais ce qu'il s'était passé pendant ces jours-là.

— Tu as réfléchi à la façon dont tu aurais pu tomber dans les escaliers ? demande Nix.

Liz se raidit.

— Que veux-tu dire ?

Nix me fixe, donc je finis par me lancer.

— Nix pense que mes blessures étaient trop sévères pour n'être que le résultat d'une chute. Elle suspecte que certaines d'entre elles ont été infligées intention-nellement.

— Quoi ? Par qui ? demande Liz. Comment ?

Je hoche la tête en direction de Nix pour lui donner la permission d'en parler, et elle inspire profondément.

— Je crois que c'était peut-être un acte criminel, une bagarre, des coups de poing, ce genre de chose. Je n'ex-clus pas non plus qu'Hanna soit tombée accidentellement dans les escaliers, mais étant donné ses blessures, je suspectais qu'autre chose s'était passé. Je ne connais pas très bien Max, alors je lui ai immédiatement demandé s'il en était capable.

— C'est impossible, dis-je doucement. Max mettrait sa vie en danger pour moi.

— Et Meredith ? intervient Maggie. Tu lui as volé son homme.

Cally ricane.

— Je ne suis pas fan de Meredith, mais vous la voyez vraiment dans une bagarre ? Ce n'est pas son style.

— C'est vrai, se moque Liz. Elle pourrait casser un ongle.

— Je ne suis pas convaincue que ce soit autre chose qu'un accident, j'explique. Je ne mangeais pas. J'ai pu m'évanouir et tomber.

— Même si c'est ce qu'il s'est passé, cela n'explique pas pourquoi tu as choisi Max, poursuit Liz. Je pense que c'est raisonnable de vouloir savoir, même si tu ne l'épouses pas.

Maggie fronce des sourcils, le nez dans son verre de vin.

— Je suis la seule à penser que c'est improbable que Hanna perde sa virginité avec Nate, puis qu'une semaine plus tard, elle décide de se marier avec un autre ?

— C'est vrai, dis-je doucement, en coupant la parole à Nix qui referme la bouche aussitôt. Peut-être que je voulais faire l'amour avec Nate de la même façon qu'une femme désire l'homme qu'elle aime. Je sais que c'est dur à comprendre, mais je les aime tous les deux.

Je regarde les visages de mes amies et de mes sœurs autour de moi avant de continuer.

— Il m'était impossible de les quitter, ni l'un ni l'autre, le jour où Nate m'a dit que je devais faire un choix.

Et ça m'est toujours impossible, mais je ne le dis pas tout haut.

Liz se verse du vin.

— Peut-être que tu en es arrivée à te demander quel homme te proposera le futur dont tu rêves.

— Probablement.

J'y avais aussi pensé.

Je ne veux pas partir de New Hope, ni pour Los Angeles ni ailleurs. Comment est-ce que Nate et moi pourrions avoir une vraie relation ? Est-ce qu'il s'attendrait à ce que j'aille à Los Angeles ou est-ce que notre vie se résumerait à des séjours de deux ou trois jours de temps en temps ? Il viendrait à New Hope quand il n'aurait pas de concerts ou d'enregistrements en studio à faire, je prendrais des avions pour le retrouver quand je pourrais m'éloigner de la pâtisserie ?

— En théorie, Max te convient mieux, acquiesce Cally. Sauf en ce qui concerne Meredith.

— Peut-être que Hanna a découvert la vérité sur la pâtisserie, suggère Liz. Il a carrément sacrifié sa maison pour lui offrir son rêve.

— C'est ce qu'il s'est passé, j'admets en repensant à mon souvenir le plus récent. J'étais chez Max, et j'y ai trouvé une lettre du cabinet d'avocat qui s'occupe de mon arrangement pour la pâtisserie. Mais est-ce que cela aurait été suffisant pour me convaincre de l'épouser ?

Maggie penche la tête sur le côté.

— Donc tu penses que tu as choisi Max plutôt que Nate avant l'accident, et tu veux connaître les raisons qui ont motivé ta décision.

J'opine.

— Tu ne te poserais pas la question à ma place ?

Liz ouvre un tiroir et en tire un bloc-notes et un stylo.

— OK, voyons ce que nous savons.

Elle écrit LES JOURS QUI MANQUENT À HANNA en haut de la page et souligne la phrase. Dans la marge, elle inscrit les jours de la semaine jusqu'à jeudi, puis à côté de jeudi, elle écrit *Accident dans l'escalier.*

— On peut aussi supposer que c'est le jour où j'ai mis la bague aussi ? je lui demande. Quelqu'un m'a vue la porter avant ?

Liz secoue la tête.

— Non, c'était bien ce jour-là. Je l'aurais remarqué si tu avais mis la bague avant.

Elle ajoute *Porte la bague* sur la ligne de jeudi.

— Quand as-tu couché avec Nate ? demande Maggie.

— Samedi, je réponds en indiquant le jour sur la feuille. Et c'est quand il m'a dit que je devais faire un choix. Et ensuite...

Je m'interromps pour déglutir.

— Nous nous sommes laissés aller au moment présent, et nous avons fait l'amour sans protection sous la douche.

— Et bonjour, les jumeaux, dit Nix.

— Et bonjour conversation sur les bébés au mauvais moment, je réponds sous les regards perplexes des filles. C'est un nouveau souvenir, et pas le meilleur.

— Comment est-ce que faire l'amour sous la douche avec Nate Crane peut être un *mauvais* souvenir ? s'interroge Nix.

Le feu me monte aux joues.

— Pas *cette* partie-là du souvenir.

— Je te déteste un peu, là.

— C'était ensuite, je précise. Quand nous avons réalisé ce que nous avions fait et je...

J'ai du mal à continuer.

— Je l'ai poussé pour savoir ce qu'il ferait si je tombais enceinte, et nous avons eu une grosse dispute parce qu'il ne voulait pas en parler, et j'insistais. J'avais besoin de savoir.

— C'est tout naturel, me rassure Liz. Tu avais le droit de lui demander.

— J'imagine, je réponds. Mais regarde les choses du point de vue de Nate. Il refuse de s'engager depuis la naissance de son fils. Il ne voulait pas d'une relation sur le long terme, d'un mariage, avec des enfants, et tout ça. Collin passe en premier. Et puis, juste quelques heures après m'avoir dit qu'il changerait *pour moi*, qu'il trouverait un moyen pour que ça marche, me voilà en train de lui parler de bébés et d'un futur.

— Tu avais de bonnes raisons, me lance Maggie en lançant un regard insistant vers mon ventre. C'était une conversation que vous auriez fini par avoir de toute façon.

Liz ajoute *Dispute bébé* dans son tableau.

— Autre chose ?

Je hausse les épaules.

— Je me souviens d'être allée chez Max, et d'avoir découvert son secret à propos de la pâtisserie, puis je me suis réveillée à l'hôpital.

Cally se penche en avant.

— Nous pouvons peut-être t'aider ? Nous te voyons quasiment tous les jours, pas vrai ? Et si *nous* rassemblions nos souvenirs sur ces quatre jours qui ont précédé l'accident ?

Liz souffle.

— Elle me parlait à peine. Je ne pense pas savoir quoi que ce soit d'utile.

Maggie se mordille la lèvre inférieure, pensive.

— Que s'est-il passé pendant cette semaine ? J'ai besoin d'un repère pour me rafraîchir la mémoire.

Cally consulte son téléphone.

Liz se penche pour lire au-dessus de son épaule.

— C'était la semaine de l'anniversaire d'Abby, dit-elle en parlant de notre petite sœur avant de se redresser. Nous avons fait une fête chez maman.

Maggie opine et son visage s'éclaire.

— Tu y étais Hanna, et quelque chose s'est passé qui t'a contrarié.

— Je m'en souviens, confirme Liz. Elle a pris Abby à part après lui avoir chanté *Joyeux Anniversaire*. Et quand vous êtes revenues toutes les deux, vous aviez l'air soulagées. Comme si vous aviez réglé un problème.

Sur la ligne du lundi, Liz inscrit *Fête d'Abby*.

— Y'a-t-il autre chose dont nous nous souvenons ?

Les filles échangent un regard et après plusieurs secondes de silence, je soupire.

— OK, je vais bien voir.

Cally bâille.

— Je suis épuisée, bordel. Ça vous embête si on se dit au revoir ?

Liz lève un sourcil.

— Il est sept heures et demie.

Cally hausse les épaules.

— Je suis enceinte.

— Et d'ailleurs, intervient Maggie. Je suis la seule à me demander *cela* est arrivé ?

— Oui, renchérit Liz. Je croyais que Will ne pourrait pas avoir d'enfants. Vous cherchiez à adopter.

Nix fronce des sourcils.

— Quelqu'un peut m'expliquer ?

Cally rosit légèrement.

— Les docteurs ont dit à William qu'il serait probablement incapable d'avoir des enfants après une blessure au football au lycée.

Nix incline le menton.

— Dans le jargon médical, *probablement incapable* ne signifie pas *impossible*.

— Surtout si vous baisez comme des lapins, glousse Liz.

Cally pose une main sur son ventre et sourit.

— C'est ce qu'il semblerait.

Une fois les filles parties, j'étudie les notes de Liz. Mes yeux reposent sur *Fête d'Abby* puis sur tous les espaces vides. Il s'est passé des choses pendant ces jours-là, dans ma vie et dans ma tête. Et ces mêmes choses m'ont convaincue de mettre la bague de Max tout en sachant que cela signifierait que je devrais dire au revoir à Nate. *Quelque chose*. Mais quoi ?

Je me mets au lit quand j'entends mon téléphone vibrer sur ma table de nuit.

Nate : *Retrouve-moi au parc à l'heure du déjeuner demain. Je te promets de ne pas t'embrasser, à moins que tu ne me le demandes.*

CHAPITRE NEUF

NATE

*L*es feuilles mortes craquent sous mes pas alors que je fais les cent pas devant les balançoires en attendant que Hanna arrive.

Je lui ai envoyé un message hier soir, mais je n'ai reçu de réponse que ce matin, tout ce qu'elle contenait, c'était *13 h 30*.

Ma montre indique qu'il est treize heures vingt-cinq, et mon estomac vide me reproche le petit-déjeuner que la nervosité m'a empêché de manger. Que Hanna le comprenne ou non, aujourd'hui est un jour important pour moi.

— Belle journée, pas vrai ?

Je me retourne au son de sa voix, et pendant quelques instants, je suis incapable de détourner les yeux. Elle porte un jean et un T-shirt rose orné de l'inscription

Coffee, Cakes and Confections. Elle est si belle, baignée dans la douce lumière automnale que je dois me retenir de briser ma promesse une seconde fois cette semaine. J'ai envie de l'embrasser.

Mes yeux tombent sur sa main gauche et son annulaire nu.

— Qui te l'a dit ? me demande-t-elle.

— Asher.

Il est venu me voir tard hier soir, j'avais déjà mis Collin au lit. Il m'a dit qu'ils étaient séparés et m'a conseillé d'être prudent. Quand je lui ai promis que je ne ferai aucun mal à Hanna, Asher a grogné avant de lancer :

— Peut-être que ce n'est pas pour elle que je m'inquiète le plus.

Hanna soupire.

— Cela ne change rien entre nous. Les bébés sont ma priorité en ce moment. Je ne veux pas plus de chaos dans ma vie.

Et c'est à peu près ce que Maggie m'a dit ce matin. Je ne sais pas trop comment me battre pour une femme, ça n'a jamais vraiment été quelque chose que j'ai voulu faire. Mais avec Hanna, je sais que la bataille va mêler patience et persistance en parts égales. Je vais lui donner l'espace dont elle a besoin.

— Je sais, je réponds. Ce n'est pas pour cette raison que je t'ai demandé de venir.

— Ah bon ?

— Collin ! j'appelle mon fils. Viens dire bonjour à mon amie.

Collin saute de la balançoire et court vers nous, ses cheveux épais dans les yeux.

— Salut, dis Hanna l'air étonné. Tu ressembles drôlement à ton papa.

— Salut, répond-il. Je m'appelle Collin. Tu es très jolie.

— Je m'appelle Hanna, se présente-t-elle en se mettant à genoux. Et tu es charmant comme lui, aussi.

Le sourire de Collin s'élargit. Il adore quand les gens lui disent qu'il me ressemble. Hanna vient juste de gagner son cœur sans même le savoir.

— Quand je serai grand, j'aurai un tatouage de Hulk comme le sien. Mais il a dit qu'il fallait que j'attende parce que ça fait très mal.

Hanna opine.

— Je crois que tu as raison. Tu aimes bien Hulk, comme papa ?

— Bien sûr, répond-il. Pas toi ?

Hanna sourit et se relève.

— Je crois que je ne connais pas assez Hulk pour me faire une opinion à son sujet.

— On va t'expliquer, reprend Collin en me regardant. Pas vrai papa ?

Je ravale la boule qui s'est formée dans ma gorge avant de répondre.

— Si elle en a envie.

— Elle en a envie, réplique Collin. Pas vrai ?

— Bien sûr.

— Hanna est l'amie dont je te parlais, Collin. Elle est très importante pour moi. Tu sais pourquoi ?

Collin observe Hanna un instant, et relève la tête vers moi.

— Parce qu'elle connait Spiderman ?

Hanna retient un sourire.

— Désolée je ne connais pas Spiderman. Ou un autre superhéros.

— Mmmmh, continue Collin en réfléchissant. Alors ça doit être parce que tu es si jolie.

C'est à mon tour de retenir un sourire. Elle va penser que je lui ai dit quoi répondre. Mais la vérité, c'est que mon fils a très bon goût.

— Hanna est enceinte, je finis par lui annoncer.

Cette nouvelle aura des conséquences sur sa vie et je n'ai pas l'intention de lui cacher quoi que ce soit.

— Ce sont des bébés que nous avons fabriqués tous les deux, et ces bébés seront tes frères ou tes sœurs.

— C'est vrai ? demande Collin en regardant le ventre de Hanna.

Hanna lève son regard plein de prudence vers moi.

— C'est vrai. Il s'agit de jumeaux, comme ton papa et ta tante Janelle.

Les yeux de Collin s'agrandissent.

— Je vais avoir un frère et une sœur ?

— Je ne sais pas, répond-elle. Peut-être. Ou alors deux frères ou deux sœurs.

— Et tu vas venir vivre chez nous ? demande Collin.

Hanna me jette un autre regard, cette fois-ci moins prudent et plus appréhensif.

J'interviens.

— Non, mon grand. Hanna vit ici à New Hope et nous vivons à Los Angeles.

— Alors nous viendrons leur rendre visite *très souvent* ! suggère Collin en me regardant. Je peux retourner jouer ?

— Oui, bien sûr, je réponds. Reste juste là où tu peux me voir.

Collin adore New Hope. Il a déjà eu son compte de la jungle urbaine, et il aime se promener le long de la rivière ou même juste aller au parc. L'aire de jeux est entourée d'arbres et remplie d'enfants dont les parents n'ont jamais eu recours à une nurse.

Lorsqu'il est de l'autre côté du parc, Hanna souffle longuement.

— Il est adorable.

— Il est tout pour moi.

J'ai besoin qu'elle comprenne vraiment.

— Du moins, il l'a été jusqu'à présent.

Elle m'observe un instant.

— Tu n'étais pas obligé de faire ça.

— De faire quoi ?

— De me présenter à ton fils. De lui parler de la grossesse.

— Il était tout pour moi, Hanna. Mais le jour où je t'ai rencontrée, mon tout est devenu plus grand.

— Nate...

— Que tu vives avec moi ou pas, tu vas faire partie de ma vie, j'explique en m'approchant d'elle pour poser une main sur son ventre. *Ils* feront partie de ma vie.

— Du moins, ils auront un grand frère qui les aime.

Je déglutis.

— Tu vas avoir trois enfants d'un côté et de l'autre du pays. Cela va énormément compliquer ta vie.

— Mon invitation tient toujours. J'adorerais que tu viennes partager ma vie à Los Angeles. Je te donnerais tout ce dont tu as besoin. Tout ce dont tu as envie.

— Sauf ma vie à New Hope, dit-elle doucement. Tu ne peux pas me donner ça à Los Angeles.

— Papa ! appelle Collin du haut d'un toboggan en tire-bouchon. Regarde-moi !

Je regarde Collin glisser.

— Quand est prévu ton prochain rendez-vous chez le médecin ?

Ses yeux tombent sur ses mains.

— Dans trois semaines.

— J'y serai.

Peut-être que d'ici là elle aura eu assez de temps et d'espace après sa rupture pour réfléchir à ma proposition.

— En attendant, promets-moi que si tu as besoin de quoi que soit, tu t'adresseras à moi. Il te suffit de demander, Hanna.

HANNA

J'ai toujours partagé un lien spécial avec ma plus jeune sœur. Elle a douze ans de moins que moi, nous ne sommes donc pas proches comme avec Liz, mais nous nous comprenons d'une façon qui échappe à nos autres sœurs.

Abby est menue, alors que je ne l'ai jamais été, mais nous avons eu toutes les deux à supporter les contraintes de notre mère à cause de sa phobie du gras. Dans mon cas, c'est parce que j'étais effectivement en surpoids, mais Abby et sa passion de la danse donnent à notre mère une excuse pour se comporter en nazie des calories. Nous sommes toutes les deux un peu déséquilibrées à cause de ça.

Je trouve Abby dans le sous-sol en train de danser devant une vidéo de Zumba. Il faut avouer que c'est une nette amélioration sur le jogging que ma mère me forçait à faire. Au moins la Zumba c'est amusant pour les enfants.

— Salut Hanna ! dit-elle quand elle me voit.

Elle s'empare de la télécommande et éteint la télé avant d'essuyer sa transpiration avec une serviette.

— Ne t'inquiète pas. C'est mon seul sport de la journée, et j'ai pris un petit-déjeuner.

— Il te faut du carburant, j'acquiesce en douceur.

Elle s'affale sur le canapé, prend une bouteille d'eau sur la table et la débouche.

— J'espère que tu es venue me parler de tes *nouvelles.*

Et bien, je ne pensais pas me lancer dans cette conversation aujourd'hui, mais j'imagine qu'elle veut l'entendre de ma bouche.

— On dirait que tu sais déjà.

Elle lève les yeux au ciel.

— J'ai entendu maman en parler au téléphone à Carol en pleurant. C'est vrai ? Nate Crane est le père de tes bébés ? Et c'est pour ça que tu ne te maries pas avec Max ?

— Nate Crane est bien le père, je commence prudemment.

— Comment est-ce possible ?

Comment expliquer à sa sœur de onze ans qu'on est une pauvre fille aux mœurs douteuses qui couche avec un homme tout en faisant croire qu'elle est avec un autre ?

— C'est compliqué, je lui réponds. Et ce n'est certainement pas de cette façon que j'avais prévu de construire ma famille.

Elle soupire langoureusement et repose sa tête sur les coussins du canapé.

— Comme si Max n'était déjà pas assez fabuleux, maintenant tu as aussi Nate Crane. C'est pas vrai ! T'as trop de la chance !

— Ce n'est pas comme si Nate Crane était vraiment *à moi*, je tente, tout en souriant et en ignorant la culpabilité qui me ronge. Mais je ne suis pas là pour parler de ça.

— OK, de quoi tu veux parler ?

— J'essaie de regrouper des informations sur ce qu'il s'est passé les jours qui ont précédé l'accident. Je me demandais si tu pouvais m'aider.

Elle fronce les sourcils.

— Comment ?

— C'était la semaine de ton anniversaire, je crois ? Les filles m'ont dit que je t'ai prise à part pour te parler ce jour-là, et il leur semblait que c'était au sujet de quelque chose d'important.

Son sourire se décompose et elle baisse les yeux pour étudier attentivement ses mains sur ses genoux.

— Oui, j'imagine.

— Abby, tu peux me dire de quoi nous avons parlé ?

Elle hausse les épaules.

— Je ne veux pas que tu te remettes en colère.

Mon estomac se serre d'appréhension.

— Pourquoi est-ce que j'étais en colère ?

— Parce que je faisais trop de sport, et que je ne mangeais pas assez. Et tu m'as surprise en train de te piquer des pilules coupe-faim, enchaîne-t-elle rapidement. Mais il ne faut pas t'inquiéter, je fais très attention à ma santé maintenant.

Oh mon Dieu. Je la prends dans mes bras et je lui caresse les cheveux.

— C'est parce que tu m'as vue faire tout ça, pas vrai ? je lui murmure.

Elle opine contre ma poitrine et renifle avant de s'écarter.

— Mais tu m'as dit que tu n'étais pas plus heureuse maintenant que tu avais perdu du poids, et que ce que tu faisais n'était pas bon pour toi.

Je me mords la lèvre, submergée par les émotions.

— Ce n'était vraiment pas bon. Mais je te parie que c'est grâce à toi si j'ai décidé d'aller mieux et de consulter un psy pour m'y aider.

Elle me rend un pâle sourire.

— Tu as promis que tu le ferais. Nous avons toutes les deux promis.

Elle se blottit contre moi et je l'entoure de mes bras

pour la serrer. Je vais garder un œil sur elle maintenant que je sais tout, mais je pense qu'elle me dit la vérité.

— C'est dur de vivre avec maman, pas vrai ? je lui demande. Ce n'est pas la mère la plus raisonnable que je connaisse.

Abby lâche un ricanement.

— Je l'ai surprise en train de taper régime paléo et enfants dans google. Je sais qu'elle pense que c'est pour mon bien, mais...

— Je vois ce que tu veux dire. Quand j'étais ado, je voulais changer l'orthographe de mon nom et rajouter un H à la fin. H-A-N-N-A-*H*. J'avais l'impression qu'en enlevant un H à mon nom, elle essayait de me rendre plus petite, dès la naissance. Tout le monde sait que Hannah est un palindrome.

Je lâche un éclat de rire à cette évocation.

— Pourquoi tu ne l'as pas fait ?

— Parce que ça me démarque, je réponds en souriant. Je ne voulais pas décevoir maman. Je prends beaucoup de décisions pour ne pas décevoir les autres. Je sais que tu le fais aussi.

Abby hausse les épaules.

— Nous en avons déjà parlé.

— Ah bon ?

Elle opine.

— Oui, et tu m'as promis que tu serais toujours là pour moi, que je te déçoive ou pas, m'explique Abby. Tu as dit que tu allais arrêter de voyager autant.

Je retiens ma respiration.

— Je t'ai dit ça ?

— Oui, tu voulais que je puisse venir te voir si je me sentais déprimée par mon poids ou d'autres trucs. Et puis bien sûr, tu as eu ton accident. Et je ne voulais pas te rappeler que tu avais été en colère contre moi.

— Je ne suis pas en *colère*, je la rassure. Je suis juste inquiète parce que j'ai traversé exactement la même chose que toi.

Elle soupire.

— Et regarde où tu en es maintenant.

Je déglutis.

— Oui, regarde où j'en suis maintenant.

CHAPITRE DIX

— *R*etourne-toi et ferme les yeux, m'ordonne Hanna.

Je soulève un sourcil.

— Et rater le spectacle ?

Elle pose ses mains sur ses hanches et pointe du doigt en direction du mur opposé dans le cabinet du docteur.

— Retourne-toi.

— Trouble-fête, je marmonne.

Et juste pour lui montrer combien je lui en veux de devoir fermer les yeux alors qu'elle se déshabille, je la détaille intensément avant de me retourner.

Me retrouver ici dans le cabinet médical avec Hanna me rappelle la grossesse de Vivian. Seulement, tout était très différent à l'époque. Quand Vivian a découvert qu'elle était enceinte, nous n'étions plus vraiment

114

ensemble. J'étais jeune et terrifié, et je ne savais pas combien ce bébé allait changer ma vie, qu'il allait tout chambouler jusqu'au plus profond de mon cœur.

C'est différent avec Hanna, et pas seulement parce que j'ai plus d'expérience. C'est différent parce que je suis si profondément amoureux qu'à la simple idée qu'elle et ces deux bébés ne font qu'un, je suis paralysé par la peur. Garder mes distances avec elle ces deux dernières semaines a été plus dur que je ne le pensais, mais je savais qu'elle avait besoin de temps.

— OK, lance-t-elle.

Quand je me retourne, elle est assise au bord de la table d'examen et porte une horrible blouse à carreaux blanc et beige. Ses joues sont rouges et elle m'évite du regard.

— Merci d'être venu aujourd'hui.

— Je n'aurais raté ça pour rien au monde.

Je suis surpris de sentir que ma gorge se serre quand je prononce ces mots, et elle finit par relever les yeux vers moi.

Quoi qu'elle ait eu l'intention de dire, elle est interrompue quand le docteur entre dans la pièce. Elle sursaute quand elle me voit.

— Oh ! Bonjour ! M. Crane. Waouh ! Hanna m'a beaucoup parlé de vous. Je suis le docteur Reid, mais vous pouvez m'appeler Nix. Je suis une amie et une fan.

Je souris en lui serrant la main. Si on en juge par la rougeur qui a envahi son visage, on pourrait croire que j'ai regardé sous sa jupe.

— C'est toujours agréable de rencontrer des fans.

Elle mordille sa lèvre un instant, et alors que je suis convaincu qu'elle a oublié la raison de notre présence, elle se retourne vers Hanna.

— Félicitations, tu en es à ton second trimestre. Comment te sens-tu ?

— Plutôt pas mal, répond Hanna. Je n'ai plus de nausées, et je suis moins fatiguée.

— Ce sont d'excellentes nouvelles ! s'exclame-t-elle avant de se tourner vers moi. Et comment papa vit-il cette grossesse ? Est-ce que vous êtes prêts ?

Hanna regarde rapidement entre elle et moi.

— Il n'est pas... Enfin, nous ne vivons pas ensemble, Nix. C'est juste le père.

Juste le père, cette phrase ressemble un peu trop à *Juste le donneur de sperme*. Je n'aime pas ça.

— Pas encore... je marmonne. Nous ne vivons *pas encore* ensemble.

Nix écarquille les yeux un moment, puis elle commence son examen. Elle palpe son ventre et ses hanches en lui posant des questions. Hanna le cache bien sous ses vêtements, mais quand son ventre est exposé, je peux voir là où il a commencé à s'arrondir. Je ressens une jalousie irrationnelle envers Nix, parce qu'elle a le droit de la toucher.

— Écoutons-les, propose Nix.

Elle sort un énorme flacon de gel et utilise son doppler pour l'étaler sur le ventre de Hanna. Pendant qu'elle cherche le battement de cœur, nous écoutons le *woosh woosh* qui résonne dans son utérus. Je prends Hanna par la main.

Nos yeux se trouvent quand le *woosh* devient le battement du cœur de notre bébé. *Doux Jésus*, j'ai oublié à quel point ce son est incroyable. Comment tout à l'extérieur devient broutille quand on écoute le son d'un minuscule, miraculeux cœur de fœtus.

— Ça, c'est bébé un, nous annonce Nix. Tout va bien.

Hanna me serre la main alors que Nix passe le Doppler sur une zone différente de son ventre. Et à nouveau, les magnifiques battements de cœur du bébé se font entendre.

— Et voilà bébé deux.

HANNA

Je voudrais pouvoir lire dans ses pensées. Son visage parait presque déçu quand Nix éteint le Doppler et nettoie mon ventre, mais je ne parviens pas à déchiffrer son expression.

— J'ai fait des recherches, déclare Nix. Je ne voulais pas te diriger vers n'importe quel médecin, mais j'ai appelé des collègues d'Indianapolis et j'ai trouvé un obstétricien génial pour toi.

Je fronce des sourcils en réajustant ma blouse et je me rassois.

— Comment ça, me diriger vers un autre médecin ? Je veux que ce soit toi mon docteur.

Elle joue un moment avec sa lèvre inférieure.

— C'est impossible, ça ne serait pas correct. Même

s'il n'y avait pas d'autres problèmes, le fait que tu sois enceinte de jumeaux est suffisant pour consulter un docteur spécialisé dans les grossesses à risque. Si on prend en compte les difficultés que tu as infligées à ton corps quand tu es tombée enceinte, il vaut mieux que tu sois entre les mains de quelqu'un de compétent.

Je sens le sang quitter mon visage.

— Tu penses que les bébés ne vont pas bien ?

— Non, ce n'est pas ce que je dis, me rassure-t-elle en plaçant sa main sur la mienne. Je dis juste que je veux que tu sois suivie le mieux possible. Tu as assez de soucis comme ça. La qualité de tes soins prénataux ne devrait pas s'ajouter à la liste. Tu es d'accord pour prendre rendez-vous ?

— OK, j'opine.

Nix m'adresse un sourire.

— Ne sois pas si morose ! Tu es dans ton second trimestre ! C'est le meilleur de ta grossesse ! Les nausées vont complètement disparaître et tes douleurs aux seins vont s'atténuer. Tu vas retrouver ton énergie. Profites-en ! Est-ce que vous avez des questions à me poser ?

Elle nous interroge du regard Nate et moi.

— Pas aujourd'hui, je réponds.

— Alors tu peux te rhabiller. Je te retrouve devant.

J'attends qu'elle quitte la pièce pour me retourner vers Nate, et il est en train de me regarder fixement.

— Je peux te raccompagner chez toi ? me demande-t-il.

— Bien sûr.

Et sans que j'aie besoin de lui demander, il se retourne

pour me laisser me rhabiller. Nous nous retrouvons devant le cabinet, enfilons nos manteaux et sortons.

— Je dois partir dans deux jours, m'informe Nate après avoir parcouru une partie du chemin. Collin a envie de voir sa mère, et je dois m'occuper de certaines affaires à Los Angeles.

— Oh.

Je secoue la tête pour essayer de dissiper ma déception. Il m'a envoyé des messages pour savoir comment j'allais, mais nous n'avons pas tellement passé de temps ensemble ces dernières semaines. Je crois que je trouve du réconfort dans sa proximité.

— Tu pars combien de temps ?

Il fourre les mains dans ses poches et son souffle crée de la buée en entrant en contact avec l'air froid.

— Au moins deux semaines. Je suis resté ici trop longtemps, et j'ai besoin de régler plusieurs choses si je veux passer du temps ici après la naissance des bébés.

J'inspire profondément.

— Tu vas passer du temps ici ?

Nous sommes à l'extérieur de la pâtisserie, mais il s'arrête, se tourne vers moi, et me soulève le menton du bout des doigts.

— Quand je te dis que je ferai partie de leur vie, je ne parle pas juste du nom sur leur acte de naissance. Je parle aussi des couches sales et des nuits blanches.

— C'est juste que ça ne sera... pas pratique.

— Les choses qui en valent la peine le sont rarement.

Ses yeux se voilent, mais sa main reste sur mon visage.

— À quoi tu penses ?

Il fait glisser son regard vers ma bouche.

— À toi.

Je déglutis.

— Comment ça, moi ?

— Combien j'ai envie de t'embrasser.

Mon cœur s'emballe. Parce que j'ai envie qu'il m'embrasse. Et je ne devrais pas.

— Tu te souviens de mes baisers, mon ange ? me demande-t-il en caressant ma lèvre inférieure du pouce.

Quelque chose se met à bouillonner au fond de mon ventre. Quelque chose de chaud, de sourd et d'insatiable.

— Je me souviens.

Mon esprit voyage immédiatement vers toute une multitude de baisers. À l'extérieur de la boite de nuit, la brise caressant mon visage, les briques frottant contre mon dos. Dans sa piscine, mon corps nu pressé contre le sien. Sur son lit, ses yeux noirs si intenses alors qu'il me pénétrait pour la première fois.

Il baisse son visage jusqu'à ce que sa bouche frôle la mienne, son souffle chaud et sucré contre mes lèvres.

— Non.

Il gémit si bas, que je peux à peine l'entendre.

— Tu en as envie.

— Tu m'as promis que tu n'en ferais rien, tant que je ne te le demandais pas, je lui rappelle.

Sa bouche effleure mon oreille et ses lèvres caressent leur peau sensible quand il parle.

— Tu vas finir par me demander, Hanna. Nous savons tous les deux que ça finira par arriver.

— Nous ne pouvons pas être amants.

— Que *pouvons-nous* être ?
— Amis.

HANNA

— Maintenant, tu peux ouvrir les yeux.

J'obéis à ma mère, et je me retrouve devant... un champ.

— OK...

— Ce terrain est à vendre. Je pensais que tu pourrais construire une maison ici.

Elle est venue me chercher à la pâtisserie, et nous avons conduit trente minutes. À l'extérieur de New Hope, dans les plaines de champs de maïs, avantageusement situés à proximité d'autres champs de maïs.

— Où sommes-nous ?

— À l'extérieur de New Hope, mais est-ce que ça n'est pas magnifique ?

— Je n'ai pas d'argent pour construire une maison, je commence prudemment.

— Mais tu finiras par en avoir, quand tu te seras remise avec Max, et que tu l'auras épousé. Tu auras ton fonds d'investissement. Je t'imagine très bien construire une maison ici. Tu y élèveras tes bébés, tu auras un grand jardin dans lequel ils pourront courir, tu organiseras des dîners, et nous viendrons te voir.

J'éclate en sanglots, mais j'ai plus l'impression qu'ils viennent me fouetter le visage.

— Je ne veux pas que vous ayez à prendre votre voiture pour venir me voir, je renifle. Je ne veux pas vivre à Los Angeles et je ne veux pas vivre dans un champ de maïs à trente minutes de voiture de ma famille. Je veux vivre à New Hope. Je veux être là quand Abby commencera à sortir avec des garçons et quand Maggie aura des bébés. Je veux être là pour voir la maternelle de Liz devenir la meilleure maternelle du coin, et quand tu deviendras vieille et sénile.

J'inspire difficilement.

— Je ne veux pas partir, est-ce que c'est un problème ?

Le visage de ma mère s'adoucit.

— Non, ce n'est pas du tout un problème, me rassure-t-elle en me prenant dans ses bras et en caressant mes cheveux. Pas du tout.

— Je ne vais pas me remettre avec Max, je lui annonce. Je ne peux pas l'épouser. C'est fini.

— Quoi ? Mais pourquoi ? C'est à cause de ce chanteur ? Tu vas être avec *lui* ?

— Non. Oui, je bafouille en secouant la tête.

Ça fait maintenant des semaines que j'ai rendu sa bague à Max. Il a été fantastique, égal à lui-même. Il m'a aidée à la pâtisserie pendant que je menais des entretiens pour remplacer Liz. Il m'a fait mes courses, pensant que j'étais trop fatiguée pour les faire moi-même, et il y a deux jours, je l'ai surpris un soir à poser des autocollants antidérapants sur les marches de mon escalier. Il est gentil et fabuleux. Les mois qui arrivent s'annoncent terrifiants, et tout serait plus facile si je savais que je les affronterais à ses côtés.

— Tu l'aimes encore, dit-elle dans mes cheveux. Je ne comprends pas pourquoi tu te fais du mal.

Je m'écarte de ses bras et j'inspire profondément.

— Il faut que je te demande un service. Je voudrais que tu y réfléchisses vraiment avant de refuser.

— OK.

— Max est l'investisseur anonyme de la pâtisserie, et je veux lui racheter ses parts. Il va se lancer dans une bataille judiciaire pour la garde de sa fille, et il a besoin d'argent.

S'il avait cet argent, il pourrait embaucher une équipe pour le club, et c'est vraiment de temps dont il a besoin. Sam et Will lui donnent un coup de main quand ils peuvent, mais ça ne suffit pas.

— Je voudrais retirer de l'argent de mon fonds d'investissement pour le faire. Je ne demande pas plus d'argent. Juste assez pour lui racheter ses parts et payer l'emprunt sur le bâtiment.

Elle m'observe un instant et secoue la tête.

— Si je le pouvais, je le ferais. Mais ces fonds ont été ouverts par ton père. Si nous voulions aller à l'encontre de ses instructions, il nous faudrait aller devant un tribunal, et nous perdrions sûrement, se désole-t-elle. Je sais que c'est important pour toi, mais je ne peux rien faire.

Des larmes brûlent mes yeux. Hormones à la con.

— C'est pas grave. Je vais trouver une autre solution.

CHAPITRE ONZE

HANNA

C'est une soirée magnifique. Les étoiles se reflètent sur la rivière et la lune baigne le jardin d'Asher de sa douce lumière. Maggie et Asher sont restés à New York la semaine dernière, et à leur retour ils nous ont invités à fêter Thanksgiving en avance.

Nate est parti depuis presque quatre semaines, et je me surprends à arpenter la maison en espérant voir son visage. Je sais qu'il va revenir bientôt, parce qu'il m'a promis d'être là pour l'échographie de la semaine prochaine. Mais chaque fois que je regarde les visages autour de moi, il manque à l'appel.

— Nous voulons tous vous remercier d'être venus, lance Asher à ses invités. Nous sommes ravis que vous ayez pu vous libérer à la dernière minute. Ce n'est pas juste une fête. Nous voulions fêter quelque chose avec vous.

— Allez, l'interrompt maman au comble de l'excitation. Annonce-leur !

Asher et Maggie échangent un regard.

— Putain de merde, s'exclame Liz. Toi aussi tu es enceinte ?

Maggie éclate de rire.

— Non, il ne s'agit pas de ça. Mais… commence-t-elle en tournant sa main gauche vers les gens rassemblés. Nous sommes mariés !

— Incroyable, souffle Liz.

Tout à coup, tout le monde applaudit et lance des cris de félicitations, et Liz et moi nous précipitons vers Maggie pour la prendre dans nos bras.

Quand c'est mon tour, je la serre fort.

— Félicitations. Tu le mérites.

Maggie m'étreint en retour.

— Je suis si heureuse, je ne pensais pas que c'était possible d'être si heureux.

— Nous voulons des détails, exige Liz.

Maggie rayonne.

— Nous étions à New York pour rendre visite à Zoe, et Asher m'a emmenée dans cet adorable vignoble à l'extérieur de la ville. Il avait tout arrangé. Les fleurs, l'endroit, le photographe. Il m'a dit qu'il savait que j'avais peur des mariages parce que… ben… vous savez… mais il n'avait pas besoin d'avoir une grande cérémonie. Il avait juste besoin de moi. Si je voulais de lui.

Des larmes roulent sur mes joues parce que je m'imagine la scène juste comme elle l'a décrite. J'aurais adoré être présente, mais je sais qu'Asher a donné à Maggie exactement ce dont elle avait besoin.

— Et qu'as-tu répondu ? demande Liz.

Maggie regarde Asher avant de répondre.

— J'ai dit oui.

Très vite la musique recommence, les verres se remplissent et les tables à l'arrière de la maison se recouvrent de nourriture. Liz et moi avons trouvé une place sur la piste de danse dans le sous-sol, ce qui lui facilite l'accès au bar, et ce qui me permet de poursuivre ma pathétique petite recherche en toute discrétion.

— Hey Liz, lance Sam en la détaillant dans sa robe noire. Cette robe est horrible sur toi, tu veux que je t'aide à l'enlever ?

— Dans tes rêves, marmonne-t-elle.

Il sourit et penche la tête vers elle pour lui chuchoter quelque chose que je n'entends pas. Quoi qu'il ait pu dire, elle sourit malgré elle, mais le repousse doucement.

— Va traîner avec tes potes, je discute avec ma sœur.

Quand il est reparti, je hausse un sourcil.

— Alors ? Tu vas m'expliquer ce qu'il se passe ?

Elle croise ses bras et plisse le front.

— Rien, c'est *Sam*.

Je soupire.

— Eh bien, si tu ne vas utiliser ce qu'il te propose, je peux te l'emprunter ?

— Non, répond-elle du tac au tac avant de chercher Sam des yeux dans la pièce.

Incroyable. Liz en pince pour *Sam*. Pas seulement *oh je le baiserais bien*. Elle a des *sentiments*. Mais où avais-je la tête ?

Une émotion que je ne reconnais pas apparaît brièvement sur son visage avant d'être remplacée par un sourire qui tromperait probablement tout le monde, mais pas moi.

— Enfin d'après moi, tu pourrais faire mieux, mais vas-y, lance-toi, se rattrape-t-elle.

Pas moyen. Pas quand ma sœur jumelle le regarde avec ses yeux chauds comme la braise. Je ne veux pas de Sam de toute façon. Juste du sexe.

Je soupire.

— Je trouverai quelqu'un d'autre. Pourquoi est-ce que personne ne m'a prévenue que la grossesse me donnerait tant envie de sexe ? Ça devient carrément ridicule.

— Sérieusement ? ricane Liz. Tu as deux mecs sexy qui se battent pour dormir dans ton lit et tu viens te plaindre d'être en rut, à *moi* ?

Je balaie son objection d'un geste de la main.

— Trop compliqué. Je veux juste du sexe. Beaucoup de sexe. Aussi souvent que possible.

— On m'a appelé ? intervient une voix grave derrière nous.

Je me retourne pour tomber nez à nez avec Nate Crane et ses yeux marron intenses. Doux Jésus. Qu'est-ce qu'il est sexy. Et la façon dont il me regarde de haut en bas me donne envie de lui arracher ses vêtements, et de le chevaucher. Et c'est exactement ce qu'il me propose. Qu'y a-t-il de compliqué là-dedans ?

Nate incline la tête en direction de la piste de danse et me tend la main.

— Tu me dois une danse, mon ange.

Rendue muette par le désir, je le suis, et il me prend dans ses bras. Il est chaud et sa poitrine est dure contre ma joue. Il sent si bon que les muscles entre mes jambes se contractent.

— Mon Dieu, tu m'as manqué, murmure-t-il au creux de mon oreille.

Mon estomac effectue un saut périlleux.

— Tu ne devrais pas dire ça.

— Quoi, je ne peux pas dire que *mon amie* m'a manqué ? Tu vas me dire que je ne t'ai pas manqué du tout ?

Seulement une seconde sur deux, et toutes les autres.

— Un peu, j'imagine.

— Comment te sens-tu ? me demande-t-il si près de l'oreille que je sens ses lèvres dessiner un sourire avant de continuer. Mis à part que tu es en rut ?

Mes joues brûlent.

— Tu n'étais pas supposé entendre ça.

— Peut-être que je suis content de l'avoir entendu quand même. Il se peut que je sois à la recherche d'une excuse pour t'entraîner dans mon lit.

Je mords ma lèvre inférieure. Violemment. Parce que j'ai très très envie d'accepter, même si je sais que je ne devrais pas. Et ce n'est pas juste parce que cette grossesse me donne la libido d'un ado le soir du bal du lycée. C'est parce qu'il s'agit de Nate, et je sais à peu près ce qu'il se passerait si je le laissais m'attirer dans son lit. Mais j'aimerais être sûre.

— C'est impossible, et tu le sais, je proteste faiblement.

Apparemment, mon cerveau a perdu la bataille contre mes parties génitales pour le contrôle de la parole.

NATE

Quand je suis arrivé à la fête ce soir, c'est la première personne que j'ai vue. Elle portait une robe noire et des chaussures à talons rouges. Elle aurait attiré l'attention de n'importe quel homme dans cette tenue. Mes bébés arrondissent son ventre. Je ne pouvais pas détacher mes yeux du spectacle.

Je repousse une mèche de cheveux derrière son oreille.

— Tout ce que je sais, c'est que nous sommes deux adultes consentants qui se désirent et qui s'aiment. Tout ce que je sais, c'est que tu es enceinte de mes bébés, et que je vais faire partie de ta vie pour toujours, que tu le veuilles ou non.

C'est une chose qu'elle ne veuille pas être avec moi, je ne la laisserai certainement pas fantasmer sur un autre homme juste parce qu'elle a chaud aux fesses.

— Viens, lui dis-je en la prenant par la main. Je veux te montrer quelque chose.

Elle me regarde à travers ses yeux plissés.

— Quoi ?

Je ne lui réponds pas, mais elle se laisse quand même entraîner en haut des escaliers du sous-sol jusqu'au deuxième étage de la maison d'Asher.

— Nate, dit-elle la voix pressante alors que je la guide dans ma chambre.

— Sur le balcon, je lui indique en ouvrant les portes.

La nuit est douce et la brise fraîche me picote les joues, mais j'ai besoin de l'emmener loin des autres. J'ai besoin que nous soyons seuls.

Ses épaules se détendent légèrement alors qu'elle marche jusqu'à la rambarde pour s'y appuyer.

— Quelle nuit magnifique, murmure-t-elle.

Elle est là. Superbe dans la lumière de la lune qui se reflète sur l'eau et avec les étoiles qui scintillent dans le ciel noir.

— Splendide, je murmure en me plaçant derrière elle, et en posant mes mains sur la rambarde de chaque côté de son corps. Et toi aussi.

Elle se raidit légèrement, et j'effleure le côté de son cou de mes lèvres, pas exactement un baiser, mais effectivement une réévaluation de ses limites de « l'amitié ». Jésus, elle sent si bon. Vanille et lavande. Mais je veux qu'elle sente le sexe et moi.

Elle est si belle dans cette robe qui souligne ses courbes et avec des liens qui se nouent au-dessus de son ventre rond. Il s'est arrondi pendant mon absence. Je ne pense qu'à une chose depuis que je l'ai vue tout à l'heure, c'est de l'attirer loin des autres, et de tirer sur ce nœud pour glisser mes mains dessous.

— Que fais-tu, Nate ? me demande-t-elle.

Mais en me posant cette question, elle penche la tête sur le côté pour me faciliter l'accès à son cou. *Oh oui.*

— J'essaie d'aider une amie, je murmure contre son oreille, ma main à la recherche du lien sur le devant de sa robe. Tu as bien dit que nous étions amis ?

Elle se raidit un peu.

— Ne réfléchis pas trop Hannah. Détends-toi.

Je tire sur le lien, et elle retient son souffle. La robe se relâche et s'ouvre.

— Il ne faut pas, dit-elle alors que ma main se pose sur son sein.

— Tu me demandes d'arrêter ? je lui demande en pinçant son mamelon.

Elle gémit et se cambre vers moi. Je laisse son sein et fais glisser ma main plus bas. Je dessine des cercles autour de son nombril.

— Tu avais dit que tu ne ferais rien tant que je ne te demandais pas.

— J'ai dit que je ne *t'embrasserais* pas tant que tu ne le demanderais pas. Je n'ai rien dit au sujet de te caresser.

— Tu triches.

— Carrément. Pour toi, mon ange, je suis prêt à tout.

Elle pose sa main sur la mienne et la guide encore plus bas, jusqu'à ce que mes doigts effleurent le satin de l'élastique de sa culotte. C'est juste l'encouragement dont j'ai besoin.

Je glisse ma main dans sa culotte, elle est mouillée et gonflée.

— C'est de ça dont tu as envie ?

Je fais rouler son clitoris entre deux doigts et elle retient son souffle.

— Je t'en prie.

— Je suis le seul qui puisse te faire ça. Tu comprends ?

Je lâche son clitoris, et je pose doucement ma main sur elle.

— Nate, je t'en prie.

— Je t'en prie, *quoi ?* Dis-moi, mon ange.

— Touche-moi, gémit-elle.

— Je veux être le seul qui puisse toucher ce corps, je grogne.

Mes mots résonnent d'une façon si possessive, et je ressens la même chose, plus que jamais auparavant. Rien que de l'imaginer en train de baiser avec Max, l'idée qu'il puisse la pénétrer, ses mains sur son corps, c'est assez pour me rendre dingue.

— Personne d'autre que moi.

— Je ne veux personne, objecte-t-elle.

Mais son corps la trahit, et elle se balance dans ma main, me suppliant d'en avoir plus.

— Mais je pense que si, j'affirme en faisant glisser mon doigt sur son clitoris, une légère caresse, pour l'exciter, mais pas pour la soulager.

— Je pense que tu me veux, que tu me veux même beaucoup.

Puis je glisse mes doigts en elle. Elle est si mouillée et serrée, que j'en ai mal à la queue.

Elle laisse sa tête retomber sur le côté. J'embrasse son cou et joue avec ses seins tandis que je la baise de mon autre main. Et elle devient tout simplement mienne.

— Ne me fais pas croire que tu ne penses pas à moi quand tu es seule dans ton lit, je murmure. Je suis sûr que tu penses à ma queue en toi quand tu te donnes du plaisir.

Avec un doux gémissement, elle balance ses fesses d'avant en arrière et se frotte contre mon érection.

— Laisse-moi te dire ce à quoi je pense. Je pense à mon visage entre tes jambes. À ton clitoris sous ma langue.

Je prends le lobe de son oreille entre mes dents et je l'aspire intensément, pour lui montrer exactement ce que je ferais à son clitoris, et elle jouit, sa chatte se resserre en spasmes serrés autour de mes doigts.

Elle se retourne dans mes bras et ce mouvement force ma main à sortir de sa culotte. Ses dents sont plantées dans sa lèvre inférieure et ses yeux sont encore voilés de désir.

— Merci, je crois.

Je soulève un sourcil.

— Tu *crois* ?

Elle se retient de sourire.

— Je ne veux pas t'encourager.

— Je n'ai pas besoin que tu m'encourages pour te faire jouir, mon ange.

Je fais glisser mes mains dans son dos et je les pose sur ses fesses.

— J'ai juste besoin de ta permission. Laisse-moi te ramener chez toi. Laisse-moi...

Je m'interromps juste à temps pour ne pas laisser

échapper les mots que j'avais l'intention de prononcer. *Laisse-moi te faire l'amour*.

— Laisse-moi te baiser, Hanna.

Elle inspire difficilement.

— Il faut que je retourne en bas avant...

J'attends qu'elle finisse sa phrase. *Avant que quelqu'un ne s'aperçoive que nous avons disparu tous les deux*. Les mots restent suspendus dans les airs.

MAX

Will est obsédé par Cally. Asher est obnubilé par Maggie. Et avec un inattendu rebondissement, Sam garde les yeux rivés sur Liz.

Il faut que je m'éloigne de toute la tension sexuelle de cette fête, alors j'arpente la maison. Je suis arrivé tard, et je n'ai pas encore vu Hanna. J'espérais pouvoir danser avec elle. Même un sourire m'aurait suffi.

Elle est si fatiguée par sa grossesse dernièrement, et elle travaille de longues heures à la pâtisserie. Je ne serais pas surpris si elle était déjà rentrée chez elle. Mais quand je passe devant la chambre d'amis d'Asher au deuxième étage, j'entends sa voix sur le balcon.

Je souris en l'entendant, et quand je la vois, je reste paralysé. Elle est près de la rambarde, mais Nate est derrière elle, son corps pressé contre le sien, sa bouche dans son cou... et sa main entre ses jambes.

La jalousie me consume brusquement. Je me fiche

qu'elle ne porte plus ma bague. Le gémissement qui s'échappe de ses lèvres est une trahison, et je dois me retourner et quitter la pièce avant de l'arracher à elle et de le jeter par dessus le putain de balcon.

HANNA

— Tu n'as nulle part où aller, ailleurs que dans mon lit.

La respiration de Nate est laborieuse et ses yeux sont brûlants. Il se penche en avant et effleure mon oreille de ses lèvres.

— Dis-moi que tu n'as pas besoin de me sentir en toi.

Je frissonne, et quand il me tend la main, je la prends.

Il me guide dans sa chambre. Il ferme la porte à clé et fait glisser ma robe déjà dénouée sur mes épaules.

— Allonge-toi, m'ordonne-t-il d'une voix rauque.

Je regarde mes chaussures à talons rouges.

— N'y touche pas, commande-t-il. La dernière fois que tu as gardé tes chaussures aux pieds, je n'ai pas pu te baiser. Cette fois-ci, je vais en profiter.

Je sais que je devrais refuser. Ce n'est pas raisonnable, et nous savons tous les deux que cela va compliquer davantage notre relation, mais je ne trouve pas la volonté de le faire. Quand il retire ses vêtements, et s'installe sur le matelas à côté de moi, je ne peux pas m'empêcher de ressentir de la gratitude.

— Je t'ai déjà dit que tu étais magnifique ? murmure-t-il.

Sa main caresse ma clavicule, glisse entre mes seins et sur mon ventre avant d'aller plus bas. J'écarte les cuisses instinctivement, j'ai besoin qu'il me touche là.

— Toi aussi, tu es beau.

Et c'est plus que vrai. Mais le plus étonnant dans ma phrase c'est le « toi aussi ». Parce que je n'ai jamais douté du pouvoir de séduction de Nate, je l'ai ressenti dès le début, dès le premier regard dans ce bar. Quand il me regarde, je me sens belle, et peut-être que ça n'a pas d'importance, mais j'ai passé ma vie à me sentir moche, et il m'a donné juste ce dont j'avais besoin. Et j'en ai peut-être encore besoin.

Les bouts de ses doigts poursuivent leur course sur les chemins invisibles de mes cuisses, ses yeux sont soudés aux miens. Je soulève mes hanches du lit, lui indiquant avec mon corps l'endroit où j'ai besoin qu'il me touche. Il se contente de sourire.

— Laisse-moi prendre mon temps, mon ange.

Je fais glisser ma main le long de la poitrine solide et je suis la ligne de doux duvet qui part de son nombril jusqu'à ce que je trouve ce que je cherchais.

— Tu es sûr ? je lui demande en empoignant son membre épais.

Je frissonne de plaisir quand je vois l'intense désir qui se peint sur son visage alors que je le caresse.

— Maintenant, je chuchote. Je t'en prie. J'ai besoin de toi.

Il gémit et finalement – Dieu merci – il finit par poser sa main entre mes jambes. Il caresse mon clitoris pour m'exciter avant de glisser un doigt en moi.

J'en ai le souffle coupé. *Bordel*. C'est si bon. J'en avais besoin sur le balcon, et j'en ai encore plus besoin maintenant. Sa main bouge en rythme sur moi et sa paume exerce juste assez de pression sur mon clitoris, en même temps que son doigt effectue des va-et-vient. Je garde ma main autour de sa queue. Je le branle, désespérée de lui donner autant de plaisir qu'il me donne.

Il mordille mon oreille.

— Je voulais que ça dure toute la nuit, chuchote-t-il, ses doigts poursuivant leur travail miraculeux entre mes jambes. J'ai entendu ce que tu as dit à Liz, et j'ai eu envie de tuer Sam avant de t'attirer dans un coin pour te baiser si fort que tu serais incapable de rester debout.

Je retiens mon souffle quand sa main change de position, mon cerveau ne fonctionne plus et je suis bien incapable de lui expliquer que je ne faisais que blaguer au sujet de Sam.

Il se déplace si rapidement, il relève mes genoux et se positionne, et il est en moi avant que je puisse comprendre ce qu'il se passe. Le plaisir rapide et inattendu de sentir ma chair s'étirer pour l'accueillir, la sensation d'être remplie, tout se combine pour me faire basculer dans un état second. Je hurle et me resserre en spasmes autour de lui alors que la vague de mon orgasme emporte tout sur son passage.

Quand je reviens à moi, mes yeux s'ouvrent à nouveau, et il est là, appuyé sur son coude, caressant ma joue.

Ses yeux sont sombres et avides, et lentement, il

reprend son mouvement de va-et-vient, me pénétrant plus profondément à chaque coup de hanche.

— Encore, mon ange.

Il passe un bras sous mon genou et remonte ma jambe plus haut, quand il me remplit, c'est si bon que je ne peux pas me retenir de crier.

Je me balance contre lui pendant qu'il m'encourage en prononçant des mots cochons dans mon oreille, auxquels je ne peux pas résister.

— Ton corps est fait pour le mien, chuchote-t-il. Profites-en.

Puis il envoie un dernier coup de hanches si puissant et si profond et nous jouissons ensemble, mon orgasme contracte sa queue alors qu'il vient en moi.

C'est seulement ensuite qu'il rompt sa promesse. Il prend mon visage dans ses mains, doux et prévenant, et il m'embrasse comme si j'étais la seule chose qui lui importait dans le monde entier.

— Je ne t'avais rien demandé, j'objecte quand il s'écarte.

Ses lèvres dessinent un sourire satisfait et narquois.

— Je n'éprouve pas l'ombre d'un remord.

CHAPITRE DOUZE

HANNA

— Je veux savoir ce qu'il s'est exactement passé entre toi et Nate pendant la soirée d'Asher et Maggie ? me demande Cally en haussant ses sourcils de façon suggestive.

— Je crois bien qu'il t'a baisée dans tous les sens, ajoute Liz. Et tu n'as même pas la gentillesse de nous raconter pour nous laisser vivre par procuration.

Le Wire est rempli ce soir, et même si les conversations vont de bon train autour de nous, j'ai l'impression que tout le monde peut nous entendre.

— S'il vous plait, est-ce qu'on peut parler d'autre chose que de ma vie amoureuse pour une fois ? je les supplie.

Liz fait la moue comme un enfant contrarié.

— Ta vie amoureuse est ce qu'il y a de plus palpitant dans le coin en ce moment.

Cally soulève un sourcil.

— Ça, je ne crois pas. J'ai entendu dire que tu couchais avec Sam Bradshaw.

— Quoi ? intervient Nix en croisant les bras et en fusillant Liz du regard. Je croyais que nous étions sœurs dans l'abstinence ?

— Sans vouloir te vexer, répond Liz. Ce n'est pas un club auquel j'ai envie d'appartenir.

Maggie ricane.

— Amen.

— Je veux des détails, insiste Cally.

Je retiens un sourire et mordille ma paille.

— Moi aussi je veux des détails. Allez Liz, sois gentille et raconte. Laisse-nous vivre par procuration.

— J'avais chaud aux fesses, j'ai couché avec Sam. Fin de l'histoire.

— Nul, marmonne Nix. Tout ce que j'ai en ce moment, c'est le sexe par procuration, et là, tu me déçois carrément.

Liz vide son martini chocolat et reste muette. *Tête de mule.*

— Un peu de sexe par procuration ne me dérangerait pas non plus, je confesse.

Les moments que Nate et moi avons volés sont passés trop vite, et je reste sur ma faim.

— C'est normal d'être si chaude pendant la grossesse ? je demande à Nix.

— Tu veux mon avis médical ?

— Oui, totalement.

— C'est normal d'être si chaude quand un homme comme Nate Crane te regarde de cette façon.

Je regarde dans la même direction que Nix, et me tourne de l'autre côté du bar où sont installés Nate et Asher sur une banquette. Nate a les yeux rivés sur moi. Les filles se retournent aussi, et Cally et Maggie font mine de s'éventer avec leurs mains.

— Rappelle-moi pourquoi vous n'êtes pas en train de baiser comme des lapins ? me demande Liz. Parce qu'il y a des femmes désespérées, en manque de sexe à cette table, qui sont offensées par le gaspillage de toute cette tension sexuelle.

Mes joues s'enflamment alors que je garde le nez plongé dans mon Virgin Daïquiri, mais Nix me sauve la mise en changeant la cible de cette conversation.

— Toi ! lance-t-elle à Liz en la pointant d'un doigt accusateur. Tu n'as pas le droit de dire que tu manques de sexe alors que tu as récemment couché avec Sam Bradshaw.

— Je suis sûre qu'il coucherait aussi avec toi si tu le lui demandais, marmonne-t-elle avant d'attirer l'attention de la serveuse en agitant son verre vide en sa direction pour lui en commander un autre.

— Je ne crois pas qu'il soit intéressé par une autre que toi, Liz, intervient Cally.

— Cela ne nous choque pas que tu te sois laissé tenter, lui dis-je en lui assénant un coup de coude sous la table. Le plus surprenant, c'est que tu aies attendu si longtemps.

— Ce n'était pas la première fois, dit Liz dans sa barbe en évitant notre regard alors que la serveuse lui sert son martini.

— Tu as déjà couché avec Sam, et tu ne m'as rien dit ? je m'indigne. Que me caches-tu d'autre ?

— Est-ce qu'il est aussi doué qu'on le raconte ? demande Maggie.

Liz lui jette un regard froid.

— Pourquoi crois-tu que j'y sois retournée malgré tout ?

— Des détails ! exige Nix.

Liz prend une gorgée de Martini et se passe doucement la langue sur les lèvres. Je ne sais pas si elle est en train de se souvenir ou d'essayer de changer de sujet. Et là, Maggie a la même épiphanie que moi pendant la soirée.

— Il te *plaît*, murmure-t-elle. Ce n'est pas que pour le sexe. Il te plaît vraiment.

Liz secoue la tête.

— Je suis une adulte, j'en ai marre de jouer. Je veux quelque chose de *vrai*. Du sexe époustouflant, des menottes et les meilleurs orgasmes de ma vie ne constituent pas une fondation solide pour une vie de couple.

En face de moi, Nix lâche un gémissement.

— Je te déteste.

— Ça ne me paraît pas si terrible, dis-je.

Liz hausse les épaules.

— J'ai partagé. Au tour de quelqu'un d'autre maintenant, dit-elle en se tournant vers Maggie. Et toi ? Tu peux nous raconter des anecdotes cochonnes de ta vie de jeune mariée pour faire plaisir à Nix ?

— Tu penses vraiment que je suis le genre de fille à tout déballer ? demande Maggie.

— Oui ! répondons-nous toutes en chœur.

Elle glousse et se tourne vers son mari de l'autre côté de la pièce. Quand elle se retourne vers nous, elle a un sourire diabolique aux lèvres.

— Il a toujours ce qu'il faut, annonce-t-elle avant de regarder vers Cally. Et le sexe devient meilleur quand on est mariée, tu n'es pas d'accord ?

— Si, mais c'est encore mieux quand on est mariée *et* enceinte.

— Bande de veinardes, je soupire.

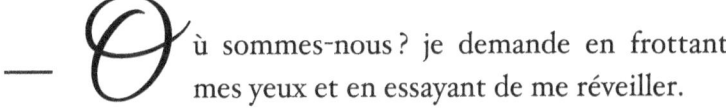

— **O**ù sommes-nous ? je demande en frottant mes yeux et en essayant de me réveiller.

Après m'avoir promis de ne rien tenter à nouveau, j'ai laissé Nate me conduire à mon rendez-vous chez le docteur à Indianapolis. Nous avons ensuite déjeuné, et j'ai dû m'endormir sur la route du retour. Pour l'heure, nous sommes garés devant une maison que je ne reconnais pas et le soleil se couche doucement. Nous sommes dans la partie la plus récente de New Hope, une zone développée ces dernières années le long de la rivière près de la maison de ma mère et de celle d'Asher.

— Nous rendons visite à quelqu'un ?

Nate ne me répond pas. Il descend de la voiture et fait le tour pour ouvrir ma portière. Quand je suis sur le trottoir, je vois un panneau « À vendre » avec un aimant « Vendu » au milieu planté dans le jardin sur l'avant de la maison.

Je me retourne vers lui et le regarde à travers mes yeux plissés.

— Qu'est-ce que tu mijotes ?

Il se dandine inconfortablement et me lance un sourire incertain. Il a l'air *nerveux*.

— Que faisons-nous ici ? je demande à nouveau.

La maison est magnifique. Elle n'est pas aussi grande que celle de ma mère ni, et de loin, que celle d'Asher. Mais elle est construite dans un style maritime, entourée d'un porche et ornée de volets bleus.

Je suis Nate devant la porte. Il sort une clé de sa poche et l'ouvre.

— Pourquoi est-ce que tu as une clé ?

— Je connais le propriétaire, explique-t-il en poussant la porte.

La personne qui a vendu la maison n'a visiblement pas encore déménagé. À l'intérieur, la maison est encore entièrement meublée. Le salon est rempli de canapés confortables et moelleux, de grands fauteuils, le tout disposé sur un tapis doux et beige.

Je ne sais toujours pas ce que nous faisons ici, mais je suis Nate dans la cuisine. Il allume les lumières et j'admire les placards foncés, les plans de travail étincelants et les appareils électroménagers brillants. L'évier est placé sous une grande fenêtre qui s'ouvre sur un immense jardin clôturé.

— Tu pourrais vivre dans un endroit comme celui-là ? me demande Nate d'une voix douce. Ce n'est pas juste à côté de la rivière comme la maison de ta mère ou celle d'Asher, mais je me suis dit que c'était mieux pour les jumeaux. Tu peux les laisser sortir jouer sans t'inquiéter qu'ils s'approchent trop de l'eau.

— Bien sûr, j'approuve. Un jour, j'adorerais un endroit pareil.

Mais c'est une maison pour une famille, un couple avec leurs deux enfants. Pas pour une maman solo complètement à côté de la plaque, amoureuse de deux hommes, et pourtant qui ne mérite aucun des deux. Quelqu'un avec un emploi stable qui peut rembourser l'emprunt, pas avec un nouveau commerce vacillant.

— Pour l'instant, je suis bien dans l'appartement au-dessus de la pâtisserie.

Nate fourre ses mains au fond de ses poches et ses épaules remontent vers ses oreilles.

— Non, ce n'est pas le cas.

— Ce n'est pas à toi de décider.

Il soulève un sourcil.

— Tu penses que je ne peux pas décider où vont vivre mes enfants ?

— Ce n'est pas ce que je voulais dire.

— Non ? Je crois que c'est exactement ce que tu voulais dire. Je pense que tu es toujours convaincue que je retournerai à Los Angeles avant la naissance des bébés, et que je sortirai de ta vie pour de bon.

Il s'approche de moi lentement, rempli de détermination.

— Je suis désolé de te décevoir, mon ange, mais ça ne se passera pas comme ça. Tu ne peux pas m'éjecter de ta vie comme ça.

— Je n'en ai pas l'intention !

Je ferme les yeux et inspire profondément. Nous passions une excellente journée, et je ne veux pas tout gâcher.

— Je n'ai jamais voulu te faire sentir que tu n'étais pas le bienvenu dans la vie des jumeaux. Tu es leur père, ils auront besoin de toi.

Je plonge mon regard dans le sien, et ses épaules retombent.

— Laisse-moi leur faire ce cadeau, dit-il doucement. Si ce n'est pas pour toi, alors pour eux.

— Quel cadeau ?

— Une maison. Cette maison. Je sais que tu penses que tu peux y arriver dans ce minuscule appartement. Mais même s'il n'était pas trop petit pour deux enfants, tu seras toujours confrontée à ces foutus escaliers. Tu y as vraiment réfléchi ? Tu sais comment tu vas transporter deux bébés là-haut, avec les poussettes et les courses ? Et quand ils seront verglacés en hiver ? Et si tu tombais une nouvelle fois ? Et si tu tombais avec les jumeaux dans les bras ?

J'expire lentement. Il a raison. Cet appartement ne conviendra plus une fois que les jumeaux seront là.

— OK, je concède. Je dois trouver un nouvel appartement, mais je ne suis pas encore financièrement capable de m'offrir un endroit comme celui-là.

— Moi, je le suis.

Je croise les bras et secoue la tête.

— Non, c'est trop, je ne peux pas te laisser faire une chose pareille pour moi.

— C'est déjà fait, réplique-t-il doucement.

Il me prend par la main et me guide à travers la maison vers le coin du petit-déjeuner à côté de la cuisine avec une belle vue sur le jardin, puis la salle à manger.

— La suite parentale se trouve au rez-de-chaussée, explique-t-il. Mais il y a un bureau attenant que tu peux transformer en nurserie en attendant que les jumeaux soient assez grands pour occuper une chambre à l'étage.

Il me conduit dans une chambre spacieuse. La salle de bain voisine est superbe, avec des comptoirs en marbre, une baignoire à jets massants et une douche carrelée si grande qu'une petite famille pourrait y vivre. À la gauche de la chambre se trouve une pièce baignée de soleil et agrémentée de meubles de nurserie en acajou foncé. Deux berceaux, des balançoires mécaniques, un fauteuil à bascule et une table à langer.

— Les propriétaires actuels ont aussi des jumeaux ? je demande.

— C'est moi le propriétaire actuel, dit Nate en m'étudiant attentivement. J'ai acheté la maison et les meubles pour toi. J'espère que ça te plait. Je n'ai pas pris de draps ni de décorations parce que je me suis dit que tu aurais envie de les choisir.

Mon souffle reste coincé dans ma gorge, et mes yeux brûlent de larmes retenues.

— C'est trop.

Il m'attire contre sa poitrine et passe ses bras autour de

moi. Je suis si submergée par les émotions que je le laisse faire, et je respire sa bonne odeur de savon en souhaitant que ma vie soit plus simple. Brusquement, le souvenir de Vivian en larmes dans mon bureau me revient en mémoire. Elle me demandait de la laisser avoir un futur avec Nate. Il mérite ce futur. Si je n'étais pas là, c'est ce qu'il souhaiterait.

— Ce n'est pas du tout assez, murmure-t-il contre mes cheveux. Tu portes mes enfants. Je ne pourrai jamais trouver un cadeau égal à ça.

— Merci.

— J'ai essayé de me souvenir de tout ce que tu voulais dans ta vie. C'est proche de ta famille, alors un jour, quand Maggie aura des enfants, les cousins pourront jouer ensemble. C'est à cinq minutes en voiture de ta pâtisserie. Le jardin est clôturé et il sera parfait pour un chien quand tu décideras d'en avoir un.

Je m'écarte et m'essuie les yeux.

— Tu as pensé à tout.

— J'ai essayé, répond-il en me regardant attentivement. Il y a quatre chambres au premier étage, les jumeaux pourront avoir chacun la leur quand ils grandiront, et tu as la place d'avoir d'autres enfants si c'est ce que tu souhaites.

Je glousse doucement.

— Et avec qui j'aurais ces enfants, dis-moi ?

Je regrette ma question dès que je l'ai formulée.

Une émotion que je ne connais pas passe sur le visage de Nate, puis il fait un pas vers moi, pose sa grande main sur ma joue et effleure mes lèvres de son pouce.

— Tu me permets, mon ange ?

Je suis trop préoccupée par sa proximité, à ressentir ce fabuleux et interdit soulèvement dans mon bas-ventre, pour lui répondre. Avant que je ne réalise, sa bouche est sur la mienne. Chaud et tendre, engageant et coquin, ce baiser incarne tout ce qui m'excite chez cet homme. C'est la tendresse mesurée à la sensualité, l'instinct protecteur contre la passion dévorante. Ses lèvres caressent les miennes et sa langue se glisse dans ma bouche. Je me sens libertine et sexy et désirée. Je voudrais rester là pour toujours, clouée par le pouvoir de ce baiser, alors que sa main se glisse sous mon T-shirt. Je pourrais le faire. Je sais qu'il irait aussi loin que je souhaite qu'il m'emmène, et ce serait si bon.

Entre mon T-shirt et mon soutien-gorge, son pouce caresse mon mamelon sensible et ce simple contact me coupe le souffle. Mes jambes tremblent, et le lancement chaud et avide entre mes jambes devient brûlant.

Quelque part, tout au fond de moi, je trouve la volonté de m'écarter de son étreinte et nous nous retrouvons face à face, à bout de souffle, les yeux voilés de désir, les corps brûlants.

— Tu m'as acheté une maison, dis-je. Tu ne m'as pas achetée.

Mais dans ma tête, je m'imagine déjà les choses que nous pourrions faire dans cette salle de bain. Et une version de moi chaude comme la braise me chuchote qu'il ne serait pas correct de le laisser m'acheter ce grand lit à baldaquin sans le laisser l'essayer.

Le désir quitte en partie ses yeux et sa mâchoire se serre.

— Je ne suis pas un connard qui essaie de te séduire avec des cadeaux. Je ne t'ai pas embrassée parce que je pense que tu m'es redevable.

— Alors pourquoi tu l'as fait ? je l'interroge.

— Parce que tu me regardais comme si tu souhaitais que je le fasse.

Je ravale la culpabilité qui me remonte dans la gorge.

— C'est trop compliqué. Si tu vas faire partie de ma vie, il faut instaurer des limites.

— Tu aimes toujours Max.

Pendant une minute, je suis sans voix et je ne peux que cligner des yeux. Comment peut-il s'imaginer que Max ait quoi que ce soit à faire là-dedans ? Je vais accepter son cadeau, parce que c'est fait, et je sais qu'il peut se le permettre, et qu'il insisterait si je refusais. Honnêtement, je préfèrerais le savoir, ici, à New Hope, pour faire de *moi* sa première famille. Je vais accepter la maison parce que je ne peux rien demander de plus.

— Je ne veux personne dans ma vie.

Il grimace, et pendant une seconde je me demande comment j'ai appris à mentir si rapidement.

HANNA

Trois jours avant l'accident de Hanna

. . .

La sonnerie à l'entrée de la pâtisserie retentit, et quand je me dirige devant pour servir le client, je me retrouve devant une femme extrêmement belle, aux longues jambes et aux cheveux noirs qui examine les lieux la bouche légèrement entrouverte. Un grand Viking aux cheveux blonds la suit de près. Ses larges épaules passent à peine la porte. Cette ville se remplit peu à peu de magnifiques spécimens masculins.

— Que puis-je pour vous ? je m'enquiers en essayant de détacher mes yeux de son Fabio[1], en plus jeune.

— Cette ville est incroyable, répond-elle. On dirait qu'on est dans un film. Putain d'adorable.

Je ne peux pas m'empêcher de sourire, parce que la plupart des gens jugent New Hope sans la connaitre et s'imaginent que c'est une ville ennuyeuse pour les bouseux. J'aime quand je rencontre quelqu'un qui l'apprécie comme moi.

— Merci, je suis du même avis. Je vous sers un café ? Un petit-déjeuner ? J'ai eu beaucoup de compliments sur mes scones.

— Oh, si vous aviez du thé vert, ce serait fantastique.

Elle rougit légèrement, et alors qu'elle me regarde en face pour la première fois, je réalise. Ce n'est pas une touriste. C'est Vivian Payne. L'actrice. La mère du fils de Nate.

— Est-ce que le fait de demander du thé vert fait de moi une horrible Californienne ? Un peu quand même ?

— Pas du tout.

Je remplis une tasse d'eau chaude d'une main étonnamment sûre, et m'empare d'un sachet de thé avant de lui tendre le tout au-dessus du comptoir.

— C'est pour moi. Qu'est-ce qui vous amène à New Hope ?

— J'espérais pouvoir trouver Hanna Thompson.

J'en avais bien peur. Je me force à sourire.

— Elle est en face de vous.

— Oh ! Waouh ! Merde ! Je comprends tout.

Je soulève un sourcil. Il m'est impossible de ne pas aimer cette femme. Elle ne dégage que de la gentillesse et de la bonté. J'aurais préféré que ce soit une conne.

— Vous comprenez quoi ?

— Pourquoi Nathaniel est amoureux de vous, répond-elle d'une voix douce.

Non. Définitivement pas une conne.

— Merci... Je crois.

Je ne peux pas risquer que cette conversation soit surprise par des oreilles indiscrètes. J'ai fait trop d'efforts pendant ces derniers mois pour que tout le monde dans cette ville pense que je suis toujours en couple avec Max. Et maintenant que je sais ce qu'a fait Max pour moi...

— Et si nous allions bavarder dans un endroit plus intime ?

Son visage s'éclaire.

— J'apprécierais vraiment.

J'appelle Drew qui est à l'arrière de la pâtisserie, et elle me fusille du regard en venant travailler devant. Son aversion à être en contact avec le public n'est pas si terrible qu'elle aime le montrer. Mais elle aime bien en faire des caisses chaque fois que je lui demande de venir servir les clients.

Son visage change d'expression quand elle voit Fabio.

— Je peux vous servir quelque chose ? lui demande-t-elle la voix chargée de luxure adolescente.

— Drake, lui dit Vivian.

Et je suis honnêtement dévastée que son prénom ne soit pas Fabio.

— Prends un café ou autre chose. Je ne serai pas longue.

Alors que je conduis Vivian à l'arrière de la cuisine, j'essaie d'être décontractée, comme si je n'étais pas entièrement intimidée par sa présence.

— Installez-vous, lui dis-je en entrant dans mon bureau.

— Cet endroit est juste adorable, s'extasie Vivian.

Peut-être venant d'une autre starlette hollywoodienne, j'aurais trouvé ce commentaire condescendant, mais il n'en est rien avec Vivian. Elle boit son thé et regarde mon bureau comme si elle était vraiment intéressée.

— Pourquoi vouloir quitter tout ça ?

Je fronce des sourcils.

— Quoi ?

Elle rougit.

— Je ne voulais pas assumer des choses, mais je pensais que vous alliez déménager chez Nate.

Mon estomac se serre.

— Est-ce que c'est Nate qui vous a dit ça ?

Elle penche la tête en avant.

— Écoutez, il serait très contrarié de me savoir ici. J'ai dû harceler Jamaal pour lui tirer le peu d'informations qu'il avait sur vous. Mais je suis sûre que vous comprenez que j'ai de bonnes raisons pour me faire du souci.

— Vous faire du souci pourquoi exactement ?

— Nate ne tombe pas amoureux facilement. Je voulais juste être sûre que vous lui courez après pour les bonnes raisons.

Je me recale dans mon siège en essayant de me calmer. Peu importe qu'elle soit gentille. Quand on lit entre les lignes, cette dernière saillie est insultante à mon égard.

Elle lève la main.

— Je sais de quoi ça a l'air, je m'excuse.

— Qu'est-ce qui vous fait penser que c'est moi qui *cours après* Nate ? C'est peut-être *lui qui court après moi* ?

Mes tentatives pour rester calme ? Oui, elles sont restées à l'état de tentative. *Bordel.*

Les yeux de Vivian se remplissent de larmes.

— Ça doit être agréable.

Et merde.

— Vous voulez bien me dire la vraie raison de votre présence ? je lui demande, un peu plus calme.

— Mon mari et moi sommes divorcés.

— Navrée de l'entendre.

Elle secoue la tête.

— Vous n'avez aucune raison de l'être. Tout le monde s'y attend de la part d'une actrice de toute façon, soupire-t-elle. Je veux que mon fils grandisse en voyant ce qu'est vraiment l'amour. Combien cela peut être beau et intense, et quelle profondeur peuvent atteindre ces senti-ments. Je ne partageais pas ça avec mon ex-mari. J'aurais peut-être pu l'avoir, mais on ne peut pas aimer quelqu'un de la façon dont il le mérite quand la moitié de son cœur appartient à quelqu'un d'autre.

— Et vous aimez Nate.

— Je l'ai toujours aimé, murmure-t-elle.

Quand elle relève les yeux vers moi, ses cils sont humides. Je jure que je n'ai jamais vu une personne aussi jolie quand elle pleure.

— Mais quand on aime quelqu'un, on veut ce qu'il y a de mieux pour lui. Et si c'est vous, je ne vais pas me tromper de problème. Mais si ce n'est pas vous...

Elle s'interrompt pour m'observer quelques instants.

— Si ce n'est pas vous, j'apprécierais sincèrement que vous vous écartiez afin de donner une chance à ma petite famille.

Sa voix monte dans les aigus, et une larme s'échappe pour rouler le long de sa joue.

— Nous *sommes* une famille, vous savez. En dépit de tout. Je voulais être sûre que vous le sachiez.

Je pense au visage de Nate quand il parle de Collin. À la façon dont il souhaite désespérément faire partie de sa vie et être le meilleur père pour lui.

— J'ai été heureuse de vous voir Vivian, dis-je en me levant pour ouvrir la porte et lui indiquer que notre entretien est terminé.

Nous nous avançons vers le devant. Max et ma mère sont en pleine conversation avec Drew. Le visage de Max s'éclaire quand il me voit. Il me regarde de haut en bas d'une façon qui ne me rappelle que trop ce qu'il y avait entre nous.

— Salut ma belle, dit-il doucement en déposant un baiser sur le coin de ma bouche.

Les yeux de Vivian voyagent plusieurs fois entre Max et moi, un air confus sur le visage.

— Vous réfléchirez à ce que je vous ai dit ? demande-t-elle.

Sans attendre de réponse, elle se retourne, pousse la porte et s'en va.

On ne peut pas aimer quelqu'un de la façon dont il le mérite quand la moitié de son cœur appartient à quelqu'un d'autre.

Je suis déjà en train d'y réfléchir.

Je pensais que ce serait un choix impossible, mais il n'y a qu'une seule décision qui me permettrait de donner aux deux hommes que j'aime la vie qu'ils souhaitent avoir.

Je prends Max par le bras et le tire à travers la cuisine pour l'emmener dans mon bureau.

— Tu vas bien ? me demande-t-il en souriant.

Je ferme la porte derrière lui et le pousse contre celle-ci avant de commencer à l'embrasser. Je cherche des réponses dans le baiser d'un homme qui était tout pour moi.

Il n'hésite pas, il écrase sa bouche contre la mienne, ses mains retrouvent immédiatement mes courbes, une sur mes fesses et l'autre sous ma chemise en dessous de mon sein.

Il frotte sa langue contre la mienne, et j'ai envie d'aller me blottir dans toute sa chaleur, sa bonté et sa tendresse. Je veux que ça marche. J'en ai besoin.

Il embrasse le coin de ma bouche et glisse dans mon cou. Un léger gémissement s'échappe de mes lèvres. Ses mains se détendent, alors qu'il me regarde.

— Épouse-moi, me demande-t-il tendrement.

Si je pensais qu'il allait me libérer, j'avais tort, parce sa main passe sous mon sein pour aller trouver et défaire la fermeture de mon soutien-gorge qui s'attache sur le devant.

— Et pas seulement parce que tu en as autant envie que moi.

Sa main sur mon sein nu, il roule mon mamelon entre ses doigts.

Je gémis, mais je ne fais aucun geste pour sortir de son étreinte.

— Pas seulement parce que j'ai si envie de te pénétrer et de te faire jouir.

— Max, je le préviens.

Mes jambes tremblent sous moi, mais quand je chancelle, il m'attire encore plus près de lui, sa main toujours sur mon sein, nourrissant encore et encore cette spirale de plaisir désespéré, tendu, avide entre mes jambes.

— Le sexe sera fabuleux, murmure-t-il, sa bouche contre mon oreille. Et de me réveiller le matin en te tenant dans mes bras sera un rêve.

Sans aucun effort, il me fait pivoter et me soulève pour me poser sur mon bureau, en éparpillant tous mes papiers à terre alors qu'il se place entre mes jambes. Ma jupe remonte en plis épais sur mes hanches et il fait remonter sa main à l'intérieur de mes cuisses.

J'empoigne son poignet et nos regards se soudent à

cet instant, avant ma décision. Je peux le stopper, ou je peux le laisser me toucher.

Je guide sa main plus haut. Il gémit alors qu'il entre en contact avec la dentelle mouillée de ma culotte. Le Max tendre et doux que je connais disparait. Il repousse le tissu sur le côté et enfouit ses doigts en moi.

Je lâche un cri qui résonne dans mon petit bureau. Il aspire le lobe de mon oreille à travers ses dents alors que ses doigts dansent entre mes jambes. S'il s'arrêtait maintenant, je ne le supporterais pas. J'en ai besoin. J'ai besoin de lui. Mon cœur saigne et j'ai besoin de savoir si cet homme est capable de remplir le vide que laissera Nate Crane derrière lui.

— Seigneur, j'ai oublié combien c'est bon d'être en toi, gémit-il dans mon oreille. Si. Excitant.

Son pouce caresse mon clitoris, et je pousse mes hanches en avant pour lui donner un meilleur angle en rapprochant mon corps du sien.

Avec sa main libre, il fait passer mon haut par-dessus ma tête et le jette sur le côté. Puis il baisse la tête et suce mon mamelon à travers ses dents, aussi intensément et brutalement qu'il me baise avec sa main.

Le dos cambré, les hanches se balançant, mes mains dans ses cheveux, je jouis. Mon univers implose en un million d'éclats lumineux, et alors que les morceaux retombent, j'ai l'impression que rien n'est à sa place.

Max ralentit, embrasse tendrement mon cou avant de remonter vers mon oreille.

— Nous allons bien ensemble, Hanna. Et notre vie

est ici à New Hope. Je ferai tout ce qui est en mon pouvoir pour qu'elle soit à la hauteur de tes rêves.

J'inspire profondément, difficilement, laborieusement.

Et soudain, je suis dans ses bras.

— Ne pleure pas, murmure-t-il en embrassant mes larmes.

Je suis une collection de pièces de puzzles dépareillées. Et tout ce que je veux, c'est être entière.

CHAPITRE TREIZE

MAX

— $\mathscr{M}$ax ! J'ai d'excellentes nouvelles !

Je regarde le téléphone, perplexe. À part la fois où elle m'a appelé pour me dire que Hanna allait concrétiser le projet de la pâtisserie avec un investisseur anonyme, je ne crois pas que mon avocate m'ait jamais appelé avec de bonnes nouvelles.

— Un avocat de Californie m'a contactée, et son client voudrait faire une offre pour racheter vos parts de la pâtisserie. Les chiffres qu'il a évoqués sont presque trop généreux pour être vrais. Ils couvriront largement l'emprunt et votre investissement initial. Et vous bénéficierez d'une grosse plus-value sur votre investissement. Nous allons lancer la procédure pour votre demande de garde, ça vous mettrait dans une excellente position. Je pense que vous devriez accepter. Rappelez-moi.

Je ferme les yeux. Une offre pour la pâtisserie. Elle vient probablement de Nate Crane. Cela m'éjecterait pour de bon de la vie de Hanna, et je suis sûr que c'est ce qu'il cherche à faire.

Mon avocate a raison, j'ai besoin de cet argent. Mais la pâtisserie est la dernière chose qui me connecte à Hanna, et sa vente mettrait un point final à notre relation. Et qui est ce client ? Je ne vais pas céder la propriété de la moitié de la *vie* de Hanna à n'importe qui. Si c'est Nate, est-ce qu'il ne pourrait pas utiliser ce moyen pour lui faire du chantage et la forcer à aller vivre à Los Angeles ?

Je compose le numéro de mon avocate, mais elle ne répond pas. Elle a laissé le message sur mon téléphone professionnel dans la soirée d'hier. C'est une habitude que nous avons prise quand mon engagement dans la pâtisserie était encore un secret, et je doute qu'elle travaille ce week-end.

Après avoir fermé mon bureau, je vais voir Sam à l'accueil du club. Il y travaille à ma place ce matin, il l'a fait plusieurs fois pour moi les samedis matin depuis que j'ai acheté la pâtisserie et que je n'ai plus d'argent pour le salaire des employés.

— Je dois filer à la pâtisserie, je l'informe. Est-ce que ça te dérange d'ouvrir si je ne rentre pas à temps ?

Sam opine avec un sourire narquois. Il n'y a jamais foule le samedi matin.

— Où en est ton projet de proposer des cours le samedi matin pour augmenter la fréquentation ?

Je hausse les épaules.

— J'ai d'autres priorités.

— Comme payer les factures de la pâtisserie au lieu d'engager quelqu'un qui serait profitable au club ?

— La ferme.

— Je faisais juste une observation. Ramène-moi une bonne tasse de café pendant que tu y es.

— Je suppose que Liz saura comment tu aimes ton café ?

— Va te faire voir, marmonne-t-il en masquant un sourire.

La pâtisserie sent incroyablement bon ce matin. C'est toujours le cas, mais là, je détecte une note supplémentaire de vanille dans l'air. Ça me rappelle tellement l'odeur de Hanna que j'en ai mal à la poitrine.

— Oh ! Salut ! me lance Hanna en poussant les portes battantes pour sortir de la cuisine.

Elle sourit de façon incertaine. Pendant un moment, j'oublie toutes ces conneries, et je m'attendrais presque à ce qu'elle fasse le tour du comptoir pour se hisser sur la pointe des pieds et m'embrasser.

Si seulement elle pouvait oublier aussi, juste pour un moment, que tout ça est terminé. Je la tiendrais contre moi et ne la lâcherais plus. Je ferais durer le baiser jusqu'à ce qu'elle se détende et qu'elle gémisse contre ma bouche. Je lui rappellerais que ce que nous avons vaut la peine de se battre pour le garder.

— Merci pour ton aide pendant les entretiens la semaine dernière, dit-elle.

— Pas de soucis.

— Si, tu as ton club à faire fonctionner, et je sais que

c'est dur pour toi de trouver le temps. Mais j'apprécie ton aide. Laisse-moi t'offrir un café et un petit-déjeuner pour te remercier.

— OK pour le café, merci.

Elle me verse une tasse, et nous faisons tous les deux semblant de ne pas voir à quel point nous sommes gênés quand elle me la passe par-dessus le comptoir.

— Comment se passe ta recherche pour un nouvel employé ?

— C'est frustrant. J'ai trouvé deux personnes à temps partiel, ce qui est génial, mais ce dont j'aurais vraiment besoin, c'est d'un responsable qui s'occupe de la boutique pendant que je cuisine. Et d'un deuxième pâtissier pour me couvrir quand les bébés seront nés. Drew travaille bien, mais elle n'est pas assez disponible.

Nate Crane sort de la cuisine, et je ressens comme un coup de poing dans le ventre. Elle a dit qu'elle ne me quittait pas pour lui, et je ne l'ai pas vu dans le coin, alors je commençais à croire que c'était vrai. Jusqu'au moment où je les ai surpris sur le balcon chez Asher, le week-end dernier.

— Salut, dit-il en me regardant droit dans les yeux.

Je relève le menton et nous nous jaugeons mutuellement. Puis il regarde Hanna, et ça me donne envie de l'attirer à moi et de la serrer dans mes bras jusqu'à ce qu'il soit parti. Mais je n'en ai pas le droit. Et Nate ne va nulle part. Ça se voit à la façon dont il la regarde. Il ne cache ni son amour ni son besoin. Je connais bien le visage d'un homme qui terrasserait des dragons pour Hanna Thompson, car j'en vois un tous les matins dans le miroir.

— Tu as encore des cartons à ramener de la cuisine ? demande Nate.

Hanna se dandine maladroitement et me lance un regard.

— Non, mais Liz arrive bientôt, et elle en aura, dit-elle avant de pointer un doigt en direction de la cuisine derrière elle. Je dois aller vérifier mes cookies.

Quand elle est partie, Nate et moi restons là comme des chiens de faïence. Il ouvre sa bouche comme pour dire quelque chose, puis il secoue la tête et bat en retraite dans la cuisine.

Je dois aller voir Hanna et lui demander si elle sait quelque chose au sujet de cette offre. En fait, je pourrais aller droit au but et demander directement à Nate. Ce rachat ne lui poserait aucune difficulté.

Mais je suis un putain de lâche et j'ai peur de passer derrière cette porte. Est-ce qu'il est en train de l'embrasser ? De la toucher ? Hanna est probablement en train de préparer ses cookies, rien de plus, mais ce que j'ai vu chez Maggie et Asher m'a torturé pendant des jours. Une nouvelle performance me détruirait.

— Bonjour !

Je me retourne vers la porte et aperçois une cliente. Il me semble que je connais cette petite brune, mais je n'arrive pas à savoir d'où. Est-ce qu'on est allés au lycée ensemble ? Ou peut-être à la fac ? Au lycée, je pense. La moitié de ma classe a quitté New Hope pour la fac, et n'est jamais revenue.

Elle plisse le front et se hisse sur la pointe des pieds pour regarder par-dessus mon épaule.

— Je cherche Hanna. Est-ce qu'elle revient bientôt ? Je vais juste l'attendre.

Je soulève un sourcil.

— Je suis désolé, est-ce qu'on se connait ?

Je me sens toujours un peu bête quand j'oublie les gens.

— Oups ! Je m'appelle Elle, se présente-t-elle en souriant.

Je suis sûr que je la connais.

— Janelle Crane, la sœur de Nate, continue-t-elle.

— Oh !

La sœur de Nate, et la célèbre actrice. Voilà pourquoi je pensais la connaitre.

— Ravi de te rencontrer.

La cloche sonne à nouveau pour annoncer l'arrivée de Sam et Liz, les bras chargés de cartons aplatis.

— J'ai débauché Sam pour qu'il m'aide à porter tout ça, m'informe Liz derrière lui. Je te promets qu'il retournera au club à temps pour l'ouverture.

À peine entré, Sam s'arrête brusquement et Liz lui rentre dedans.

— Bon. Sang, arrive-t-il à dire.

— Tu pourrais bouger ? lui demande Liz en faisant le tour.

— Seigneur ! lâche-t-elle en se tournant vers Janelle. Quelqu'un s'occupe de vous ?

— Oui, il était en train de m'aider. Je n'ai pas de manière, dit-elle en secouant la tête et en s'excusant d'un sourire. Tu t'appelles comment ?

Je croise les bras et ne la quitte pas du regard en me présentant.

— Max Hallowell.

Ses sourcils remontent et sa bouche s'ouvre. Brusquement, elle ressemble vraiment à son personnage dans *Roomates*.

— Oooh, murmure-t-elle. Merde. Et tu es là. Est-ce que...? Est-ce que Hanna...? Oh bordel. Waouh. Bon, je comprends mieux pourquoi elle a plaqué mon gros geek de frangin. Tu es absolument *canon*. Quelles épaules! Waouh! Tu soulèves de la fonte?

Je ne réponds pas, et ne la corrige pas. Je ne sais pas ce qu'elle sait ni quand elle a parlé à Hanna pour la dernière fois. Sam est encore bouche bée, et Liz est glaciale.

— Qui es-*tu*? demande Liz à Janelle.

— Elle, répond-elle en lui tendant la main. La sœur de Nate, l'amie de Hanna. Tu es Lizzy, pas vrai? J'ai beaucoup entendu parler de toi.

Liz écarquille les yeux et regarde sa main fixement.

— *Janelle Crane*, dit-elle en comprenant enfin. Janelle Crane sait qui je suis.

— Putain, Janelle Crane, marmonne Sam. Bordel, tu es encore plus belle en vrai. Ce qui, j'aimerais le préciser, me paraissait déjà impossible. Purée.

Lizzy donne un coup de coude à Sam, assez violemment à en juger par la façon dont il se plie en deux. Puis elle pose les cartons et serre la main de Janelle.

— Tu as parlé à Hanna depuis l'accident?

Elle secoue la tête.

— Non, mais Nate m'en a rapidement parlé quand il est venu me voir en Inde. Est-ce qu'elle se souvient de moi ?

— Je ne sais pas. Probablement. La plupart de sa mémoire est revenue.

Sam rassemble ses cartons et ceux de Liz, et les pose dans un coin.

— À quoi vont-ils servir ?

— Hanna déménage, annonce Liz.

Elle me jette un coup d'œil et grimace. Mon visage exprime sûrement ma surprise.

— Je pense qu'elle voulait te l'annoncer elle-même.

— Où va-t-elle vivre ? je demande. Un endroit sans escaliers j'espère ?

— Sans déconner, marmonne Liz. Il y aura des escaliers, mais elle n'aura pas besoin de les emprunter. Elle te racontera tous les détails.

— Elle est à l'arrière du magasin ? demande Janelle. J'ai besoin de lui parler.

Et sans attendre de réponse, ni même de permission, elle pousse les portes battantes de la cuisine.

Liz et moi échangeons un regard inquiet avant que je ne suive Janelle.

Des cris suraigus de femme parviennent à mes oreilles quand j'entre dans la pièce. Nate n'est pas là, et les deux amies s'étreignent. Cela me rappelle que je sais peu de choses sur ces mois de la vie de Hanna que j'ai manqué. Alors que nous prétendions être un couple, elle formait de nouvelles amitiés, elle tombait amoureuse d'un autre homme... et tombait enceinte.

— Je suis si heureuse de te voir, dit Janelle. Et tu te souviens de moi, donc il semble que tes souvenirs *importants* soient intacts.

Hanna hausse les épaules.

— La plupart, mais il en manque encore.

— Tu sais ce qui a causé l'accident ?

Hanna secoue la tête.

— Nix pense que j'ai peu de chance de me souvenir de ce jour-là, malheureusement. Que fais-tu ici ? Tu restes longtemps ?

— Il fallait que je vienne voir ta pâtisserie. J'en ai tellement entendu parler. Et je voulais aussi voir mon idiot de frère. Mais je suis d'abord venue ici. Est-ce que mes avocats t'ont déjà contactée pour t'annoncer la nouvelle ?

— Quelle nouvelle ?

— Je vais racheter les parts de ton investisseur anonyme. S'il accepte mon offre. Mais elle est très généreuse, donc je pense qu'il va accepter.

Hanna me regarde par-dessus l'épaule de Janelle. Cette offre ne venait pas de Nate. Elle venait de sa sœur. Sa sœur qui pense que Hanna a quitté Nate pour moi.

— En fait, commence Hanna. Max est l'investisseur anonyme.

Elle fait un geste dans ma direction et Janelle se retourne, les yeux écarquillés.

— Oh. Mon. Dieu ! C'est si romantique ! Tu le savais déjà quand tu as décidé de l'épouser ? Et je te dois des excuses ! Tu sais quand je t'ai appelée pour te demander de garder un œil sur Nate. Je ne savais pas que tu avais eu un accident et que tu étais *amnésique*. Nate était plus intéressé par le fond de sa bouteille de téquila, et ne m'a rien raconté. Mais il l'a fait quand il est venu me retrouver pendant ma retraite en Inde.

Elle secoue la tête avant de continuer.

— Je suis désolée de t'avoir demandé ça. Étant donné la décision que tu venais de prendre, tu étais la personne la plus mal placée pour me rendre ce service. Mais je ne savais pas qui d'autre il allait écouter.

Hanna se force à sourire.

— Tu savais que j'avais pris une décision ?

— Rien d'officiel, mais tu étais très déterminée dans ton choix.

Hanna regarde brièvement dans ma direction, puis vers Janelle.

— Mon choix d'épouser Max ?

— Bien sûr. Et où est ta bague ? Vous avez décidé d'une date ?

Elle me lance un sourire par-dessus son épaule et baisse la voix.

— Il est canon. Je ne m'en remets pas. Et c'est pour ça que tu déménages ? Tu vas vivre avec lui ?

— Elle va vivre avec moi.

Les filles se retournent vers Nate qui vient d'apparaitre par la porte du fond, mais je ne bouge pas. Le mince espoir qui m'était apparu pendant le babillage incessant de Janelle est anéanti. Hanna va vivre avec Nate.

HANNA

Max pose les yeux sur moi, puis sur Janelle, et enfin sur Nate. Puis il tourne sur ses talons et quitte la pâtisserie. J'entends la cloche quand il sort dans la rue.

Merde. Ce n'est pas ce que j'avais prévu.

Je ne sais pas depuis combien de temps Nate est dans la pièce, mais à en juger par l'expression de son visage, il était sûrement là pour entendre sa jumelle parler de mon choix d'épouser Max.

Je déteste l'idée de leur faire du mal, et pourtant, c'est encore pire que ça.

— Je ne vais pas vivre avec toi, je proteste en m'avançant vers Nate les mains sur les hanches. Ça ne fait pas partie de notre arrangement.

Nate soulève un sourcil.

— Tu pensais vraiment que j'allais acheter une maison dans cette ville, et cohabiter avec les jeunes mariés pendant mes visites ?

— Que se passe-t-il ? intervient Janelle derrière moi. Hanna, je pensais que tu allais épouser Max ?

À ces mots, Nate referme la bouche et sa mâchoire tressaille.

— J'ai annulé le mariage, je murmure. Excuse-moi, je dois aller aider Liz à faire mes cartons.

Je pars, mais je ne vais pas dans la boutique, où j'entends Liz discuter avec Sam. Je grimpe les marches pour monter dans mon appartement, je ferme la porte derrière moi, et m'effondre sur le sol.

Elle va vivre avec moi.

Si seulement il le pensait vraiment. Si seulement il voulait que l'on soit ensemble. Une famille qui vit sous le même toit, dans la même ville. Mais il est engagé envers son autre famille, et je suis maudite par ces questions sur une décision dont je n'ai aucun souvenir.

CHAPITRE QUATORZE

NATE

— Tu vois tout ce que tu rates quand tu vas t'enterrer pendant quatre mois sans aucun accès à la vie extérieure ?

Je tente un sourire, sans succès.

Janelle, toutefois, n'a aucun mal à sourire. En fait, son sourire évoque celui d'une folle.

— Ça a marché !

— Mais de quoi tu parles ?

— Quand je l'ai envoyée te tirer de ta stupeur alcoolisée, j'espérais qu'elle... tu sais, qu'elle retrouve la raison et qu'elle décide de ne pas épouser Max. Bien sûr, je ne savais rien de son amnésie à ce moment-là, et ça a dû rendre la situation plus compliquée. Mais Jésus, tu ne faisais que te plaindre de l'avoir perdue.

— Elle l'avait choisi, je grogne. J'avais promis de

respecter sa décision, et j'essayais d'honorer cette promesse.

— Tu avais promis quoi exactement ? D'être un loser qui ne se bat pas pour la femme qu'il aime ? La seule femme au monde qui le rend heureux.

Elle essaie de prendre un air renfrogné, mais il est vite remplacé par un sourire.

— Et puis vous allez vivre ensemble maintenant, donc tout va bien, pas vrai ? poursuit-elle avant de froncer des sourcils. Vous allez bien vivre ensemble ? Elle n'avait pas l'air convaincu.

Je passe une main dans mes cheveux.

— Je lui ai acheté une maison. Je pensais qu'elle savait que j'y dormirai quand je serai en ville.

— Tu lui as acheté une maison ? Et elle a accepté ? demande-t-elle, perplexe. Ça ne ressemble pas du tout à Hanna.

— Elle est enceinte.

Ces mots me plantent un poignard dans le cœur, parce que je sais pertinemment qu'elle n'aurait jamais accepté de vivre dans une maison que j'ai achetée, si elle n'avait pas été enceinte.

— Tu te fous de moi ? Sérieusement ? Et le bébé est de toi ?

— Les bébés, je la corrige. Des jumeaux. Je lui ai acheté la maison pour qu'elle ait un endroit adéquat pour les élever, vu qu'elle ne souhaite pas partir de New Hope.

— Bien sûr qu'elle ne veut pas partir. Qui a envie de vivre à Los Angeles ? Tu vas devoir venir vivre ici, ça te fera du bien.

— Je ne laisserai pas Collin. Je vais juste devoir venir aussi souvent que possible.

— Tu ne peux pas construire une vie avec quelqu'un juste en leur rendant visite.

— Alors tant mieux, parce qu'elle ne veut pas construire de vie avec moi, je marmonne.

— Tu en es bien sûr ?

— Tu es aveugle ou quoi ? je crache. Tu étais là, c'est même toi qui lui disais qu'elle avait choisi Max.

— Tu te fous de moi ?

Elle pointe du doigt la porte par laquelle est sortie Hanna avant de poursuivre.

— Elle est enceinte de *tes bébés*. Arrête de te laisser contrôler par cette peur d'être rejeté. Tu aimes cette fille. Et elle t'aime aussi.

— Et elle aime aussi Max.

Elle a choisi Max. Une partie de moi n'y croyait pas. Une partie de moi pensait qu'il y avait une autre raison pour laquelle cette bague était à son doigt quand elle s'est réveillée.

Janelle me prend par les épaules.

— Quand elle a choisi Max, c'était autant pour te donner la vie que *tu* voulais que par amour pour Max.

— Comment le sais-tu ?

— Nous sommes amies, explique-t-elle. Nous nous parlons. Sois un homme et bats-toi pour elle.

Le silence s'étire entre nous, et quand je croise son regard, elle a l'air aussi triste que moi. Comme si elle venait juste de comprendre que sa victoire était en réalité une défaite.

— Je ne peux pas laisser Collin.

— Je comprends bien que tu veuilles être le Père de l'année. Nous avons eu le même connard de père, tu te souviens ? Mais, c'est quoi le mieux pour Collin ? De voir son père avec quelqu'un qui le rend heureux ? Tu vas me dire qu'il vaut mieux pour Collin qu'il reste coincé avec cette personne misérable que tu es devenu parce que Hanna est sortie de ta vie ? Qu'il sera mieux avec un père qui se bourre la gueule dès que son fils n'est pas dans le coin parce que rien d'autre dans sa vie ne lui donne de raison de rester sobre ? Prouve-lui que son père mérite de l'amour et du bonheur, ainsi quand il sera grand, il pensera la même chose de lui-même.

J'écarte ses mains de mes épaules et je me retourne. Merde. J'ai besoin d'un verre. Mais comme il n'est pas encore neuf heures du matin, je me contente de respirer profondément.

— Et si je ne le méritais *pas* ?

Ma voix se brise en posant cette question. Je pourrais aussi bien être un ado mal dans sa peau. Hanna me rend si vulnérable.

— Tu penses vraiment qu'il est mieux que toi pour elle ? demande Janelle.

Je ne réponds pas, parce que si je le pensais, je ne me serais pas battu pour elle depuis le début.

NATE

Quatre jours après *l'accident de Hanna*

Je suis absorbé par la chanson d'Asher quand je vois Hanna descendre les escaliers avec ses sœurs. Je suis si surpris de la voir que je rate un couplet entier. Elle est souriante, et belle. Sa jupe en jean si sexy met en valeur ses jambes. Elle est rayonnante et insouciante. Comme si elle ne venait pas juste de me briser le cœur.

Asher me regarde à travers ses yeux plissés, et je me détourne de Hanna, me replonge dans la musique et me cache derrière des paroles et des accords, comme je l'ai toujours fait dans ma vie.

Asher commence à jouer *Unbreak Me* et je le suis dans ses harmonies alors qu'il chante pour la femme qu'il aime. Quand la chanson est finie, il saute de l'estrade pour lui donner un baiser torride. La jalousie m'envahit. J'ai toujours admiré ce qu'ils avaient, mais je n'ai jamais été jaloux d'eux. Je n'ai jamais cru pouvoir l'avoir pour moi, alors je n'ai jamais perdu de temps à le désirer. Et puis j'ai rencontré Hanna.

Je commence à jouer sa chanson préférée avant de me rendre compte de ce que je fais. Et quand je lève les yeux vers elle, elle me regarde et je suis surpris de constater que je ne comprends aucune des émotions que je lis sur son visage. J'aurais dû m'en douter. Elle n'a répondu ni à mes messages ni à mes appels depuis notre dispute à Los Angeles. Puis, quand j'ai reçu son message qui me disait qu'elle espérait qu'on puisse parler la prochaine fois que je serais en ville, je me suis mis à espérer.

Mais elle l'a choisi et elle n'a même pas eu la politesse de me prévenir. Et maintenant, elle me regarde comme si elle était étonnée par le simple fait que j'existe.

Ça me fait trop mal de la regarder. Elle est tout ce que je veux, mais que je ne peux pas avoir. Pour elle, je changerais toute ma vie, mais j'ai merdé.

Alors je me reconcentre sur ma chanson et les paroles qu'elle aime tellement.

I'm nobody's hero, baby. Try not to fall too deep.
I'm nobody's angel, love, but you were crying in your
 sleep.
I'm useless, empty, nothing, sugar. Wait around and then
 you'll see.
You thought you'd find your answers, but now you're lost
 in me.

J'ai écrit cette chanson pour Vivian avant la naissance de Collin. Elle n'était pas amoureuse de moi. Elle était amoureuse de l'idée de moi. Et puis, elle est tombée enceinte, et nos destins sont restés liés. Un homme qui n'avait rien à voir avec celui qu'elle méritait. Un peu comme Hanna.

Une boule se forme dans ma gorge, mais je ravale mes émotions et relève la tête pour la regarder alors que je chante le dernier couplet. Je suis presque surpris de voir qu'elle ne baisse pas les yeux, emplis de cette même douleur et confusion que j'y ai lu plus tôt.

Je finis la chanson, et quitte la scène. Je n'y arrive pas. Je ne peux pas faire semblant de ne pas être amoureux d'elle. Je ne peux pas faire comme si elle n'avait pas volé mon cœur pour le jeter ensuite.

Je monte les escaliers et sors par la porte de derrière. Sans réfléchir, je me dirige vers la rivière qui coule derrière la maison d'Asher. Il fallait que je parte, parce que, si j'étais resté, j'aurais bu. Et si j'avais bu, j'aurais brisé la seule promesse que j'ai eu le courage de lui faire.

Quand je pense que je l'ai rejointe dans son lit hier soir, dans l'espoir de lui promettre beaucoup plus.

— Arrête !

La voix de Hanna me fait stopper net, et pendant un moment j'ose espérer qu'elle m'a suivi pour me dire qu'elle avait changé d'avis.

— Qui es-tu ?

Je grimace et me tourne vers elle.

— C'est censé être drôle ? Prétendre qu'il n'y avait rien entre nous ne t'a pas suffi ? Tu dois aussi faire semblant de ne pas me connaître ?

Et *putain, putain, putain* ça fait mal. Est-ce que j'ai vraiment cru pendant un seul instant que les choses auraient pu être différentes ? Qu'elle pourrait me choisir ? Que pour une fois, je serais le premier choix, pas le second ?

— Je... Je ne te connais *pas*, me dit-elle doucement. Mais peut-être que je devrais ? Je me suis blessée et je souffre d'amnésie, donc pour être franche, je ne te reconnais pas.

Elle se fout de moi ?

— Amnésique ? Tu plaisantes.

Je m'approche d'un pas, et me souviens tout à coup des bleus que j'ai vus sur son corps chez elle hier soir.

— Non.

Elle tend une main pour m'empêcher d'avancer davantage.

— Je préférerais que tu restes où tu es. S'il te plaît.

— Amnésique.

Mon Dieu, je vous en supplie, faites que cela signifie qu'elle ne l'a pas choisi.

— Ouais.

— Tu ne sais pas qui je suis.

— Je ne sais pas qui tu es ou la raison qui t'a poussée à te glisser dans mon lit au milieu de la nuit. Je ne comprends pas pourquoi...

Ses yeux se remplissent de larmes, et débordent sur ses joues. Des larmes que j'ai tellement envie d'embrasser pour les faire disparaître. J'ai juste envie de la tenir, de chuchoter au creux de son oreille jusqu'à ce que son corps s'alourdisse dans mes bras.

— Je ne comprends pas, répète-t-elle.

— Tu ne te souviens de rien ? je lui demande, hébété. Sais-tu qui tu es ?

— Ouais. Je me souviens de tout jusqu'à il y a environ un an, mais les onze derniers mois se sont juste... envolés.

Ce qui signifie que tous les moments que nous avons partagés ont disparu de sa mémoire. Je passe une main dans mes cheveux et souffle longuement alors que cette information fait son chemin dans mon cerveau.

— Est-ce que je te connais ? me demande-t-elle.

Mieux que quiconque dans le monde entier.

— Ouais. Tu me connais.

Ma poitrine est serrée et ma gorge douloureuse, mais je saisis ma chance au vol.

— Je suis l'imbécile qui est amoureux de toi.

— Mais je suis fiancée.

— J'ai vu ça.

Je regarde à nouveau sa main, et encore, mais la bague me nargue toujours à son doigt.

— Est-ce que je peux te poser une question ? Est-ce arrivé avant ou après l'amnésie ?

Elle humecte rapidement ses lèvres avec sa langue.

— Avant.

Et tout l'espoir que j'avais quand elle m'a raconté son histoire d'amnésie m'explose à la figure.

— Putain.

Je soutiens son regard encore une minute en essayant de faire revenir ses souvenirs. J'ai besoin de Hanna, mon Hanna, entière, complète, avec ses souvenirs, et même si ce n'est pas pour toujours, au moins pour les adieux que son amnésie m'a volés.

Je finis par détourner les yeux.

— Je dois partir d'ici, Han.

— S'il te plaît, raconte-moi ce qui s'est passé. Qu'est-ce que j'ai fait ? murmure-t-elle. Je ne comprends pas.

Je hausse les épaules, mais ne la regarde pas. Je ne peux pas. C'est déjà trop difficile de respirer.

— Qu'y a-t-il à comprendre ? Tu portes sa bague.

Quand je retourne à la fête dans le sous-sol, Asher

me regarde en plissant les yeux, se tourne vers l'escalier et revient sur moi. Il a dû voir Hanna me suivre. Je me contente de hausser les épaules avant de rejoindre le bar.

Je fréquente Hanna depuis trois mois, et les seules personnes qui sont au courant sont Hanna, ma sœur Janelle et Jamaal. J'étais juste un plan cul, une transition, et elle ne voulait pas que ça s'ébruite. Je ne savais pas que je finirais par tant regretter ce secret. Est-ce qu'elle serait fiancée à Max s'il savait qu'elle avait passé la majeure partie de son été nue dans une chambre d'hôtel avec moi ?

Je me retourne vers le bar et tends la main vers la bouteille de téquila. Je m'arrête net, parce que ça me fait penser à Hanna. À notre première nuit, et au jour où nous avons fait l'amour. J'opte plutôt pour une bière et m'appuie contre le mur pour la boire.

Un gars propre sur lui, vêtu d'une chemise bleu marine, s'approche de moi.

— Je m'appelle Sam, je suis un pote d'Asher, dit-il.

— Heureux de te rencontrer, Sam.

Il me tend sa main, et je la prends à contrecœur. Je ne suis vraiment pas d'humeur.

— Nate Crane.

— Tu vois la blonde là-bas ? me demande Sam en indiquant l'autre côté de la pièce d'un signe de tête.

Liz, la sœur jumelle de Hanna, me lance des regards en coin en gloussant. Vu la façon dont elle me regarde, on peut supposer sans problème que Hanna ne lui a pas soufflé un seul mot sur ce qu'il y a— *avait*— entre nous.

Elle n'a rien confié à sa jumelle, sa meilleure amie. Ça prouve combien j'étais insignifiant à ses yeux.

— Elle a des vues sur toi, poursuit Sam. Mais elle est à moi. Je veux que ça soit clair.

Je soulève un sourcil.

— Est-ce que ça n'est pas à elle de le décider ?

Sam se contente de sourire.

— Oh ! C'est ce qu'elle va faire, pas d'inquiétude à avoir à ce sujet.

Je hausse les épaules.

— Pas de souci.

Je ne m'approcherai pas d'elle de toute façon. Certains hommes apprécieraient ce type de vengeance, mais Dieu seul sait que si Hanna avait encore ses souvenirs, rien ne lui ferait plus de mal que si j'avais une aventure avec sa sœur jumelle. Même si mon cœur est en miettes, je préférais me tirer une balle dans un testicule plutôt que de lui faire ça.

Asher me fait signe de revenir sur l'estrade, et j'y vais à contrecœur. Il ne vaut mieux pas laisser paraître les sentiments qui m'habitent.

— Et si on jouait ça ? me demande-t-il quand je m'assieds.

Je prends le papier qu'il me tend et je lis les paroles. Puis je prends un crayon pour y ajouter quelques corrections.

— J'adore, tu veux essayer...

Les mots restent coincés dans ma gorge, parce que Hanna réapparaît en haut des escaliers, les yeux soudés aux miens.

Elle se retourne et remonte les escaliers en courant comme si elle ne pouvait pas supporter de se trouver si proche de moi. Quand je me retourne vers Asher, il m'observe. Il a vu les regards que nous avons échangés. Il me connait.

Je fais comme si cet échange silencieux entre moi et Hanna n'avait jamais existé, et je griffonne le dernier vers du refrain avant de tendre le papier à Asher.

Il soupire.

— Tes paroles sont nulles aujourd'hui.

— Merci.

Il se retourne vers l'escalier, comme pour demander si Hanna en est la raison, mais je fais comme si je ne comprenais pas.

Il faut que je parte de cette putain de soirée, que j'évite Asher, qui me connait si bien et qui me pose les bonnes questions, auxquelles je n'ai pas le droit de répondre. Je retourne à l'étage pour appeler Janelle, mais mon téléphone n'est pas dans le panier où je l'avais laissé. Je repère Hanna sur le patio, mon téléphone dans ses mains, et je la rejoins immédiatement. Ses yeux sont rivés sur l'écran et elle fait défiler du texte. Pendant un moment, j'ai l'espoir fou qu'elle est en train de lire nos SMS. Je veux qu'elle voie. Je veux qu'elle se souvienne.

Ses joues sont rouges et ses lèvres entrouvertes. Quand elle relève la tête, elle lâche un léger cri d'exclamation. Ce bruit ressemble tellement à celui qu'elle fait quand je pose ma bouche entre ses jambes que j'en ai une putain d'érection.

— Tu as trouvé quelque chose d'intéressant ? je lui demande.

Ses joues déjà roses deviennent cramoisies.

— Pourquoi aurais-je décidé de tout risquer ?

OK. Perdre Max, c'est ce dont elle a peur. Merde. Rien ne change.

— Tu devrais poser la question à ton fiancé.

— Tu *sais* pourquoi je ne peux pas faire ça.

Elle se relève et repousse son fauteuil. Elle relève le menton.

—Je veux comprendre. J'ai besoin que tu me parles.

— Non, je ne te dois rien.

Parce qu'elle a fait son choix. Pas la peine de le ressasser encore et encore.

— Tu n'as pas idée de ce que c'est. Avoir perdu la mémoire ? Je suis en train d'organiser un mariage avec l'homme que j'ai désiré pendant la plus grande partie de ma vie. Ne mérite-t-il pas – sans parler de *moi-même* – de découvrir la vérité avant qu'on se promette de s'aimer pour le meilleur et pour le pire ?

Organiser un mariage. Ces mots se plantent dans mon cœur comme des poignards chauffés à blanc.

—J'ai juste besoin de réponses, insiste-t-elle en s'approchant de moi, en me tentant sans même en avoir conscience.

— La vérité ? Est-ce vraiment ce que tu souhaites, mon ange ?

Brusquement, j'ai envie de tout lui dire. J'ai envie de coller ma bouche contre son oreille et de lui expliquer toutes les choses que j'ai faites à son corps dans toute leur obscénité. Je veux glisser ma main entre ses jambes et voir combien elle a encore envie de moi, même si elle ne se souvient de rien.

Je fais un autre pas vers elle, et quand elle se retourne, je suis à ses côtés, je la coince contre le mur de la maison, je presse mon corps contre le sien et baisse ma bouche vers son oreille.

— Tu veux savoir comment c'était entre nous ? je lui demande.

— Oui.

Je lâche un grognement.

— Devrais-je commencer en te disant comme tu étais mouillée à chaque fois que je te touchais ? Ou peut-être comment tu m'as supplié la première fois ?

— C'est faux.

— Imaginais-tu qu'un rocker pervers t'avait séduite ? T'avait piégée dans son lit ? Désolé. Tu as demandé la vérité. Tu m'as supplié. Juste à l'extérieur de la boite, tu m'as supplié jusqu'à ce que j'arrache ta culotte et tu n'as cessé que lorsque ta bouche était trop occupée à ravager mon cou. Est-ce de ça dont tu espères te souvenir ? Que tu me désirais tant que tu m'as laissé te doigter en plein air, contre ce bâtiment, alors que n'importe qui aurait pu nous surprendre ?

Je veux juste qu'elle se souvienne. J'ai besoin qu'elle se souvienne de tout. Ensuite, elle pourra m'annoncer qu'elle le choisit en me regardant droit dans les yeux.

Elle s'appuie sur mon torse, et je pense qu'elle va me repousser, mais au dernier moment, elle s'agrippe à mon T-shirt. Je gémis à nouveau parce que mon contrôle ne tient qu'à un fil qui menace de se rompre à tout moment.

Je ne peux pas m'empêcher de poser ma bouche sur le lobe de son oreille pour le mordiller de la façon qui la rend dingue à chaque fois. Le craquement d'un éclair résonne au-dessus de nous, et je me souviens de notre première nuit, quand la pluie nous avait trempés à l'extérieur de la boite de nuit. Et plus tard, quand je lui ai retiré ses vêtements mouillés et que je l'ai réchauffée avec mes mains et ma bouche.

— Tu m'as peut-être oublié, mais tu aimes toujours les obscénités, n'est-ce pas ? je lui murmure. Et peut-être que si je te faisais jouir ici et maintenant, tu crierais encore mon nom. Parce que c'est *mon* nom que tu hurlais à chaque fois, Hanna. Jamais le sien.

Elle retient son souffle.

— Tu es horrible.

— Qu'est-ce qui t'embête vraiment ? Que tu aies eu envie de moi ? Ou que même en arborant sa bague, tu brûles secrètement que je te raconte tous les moindres détails ? Au fond de toi, tu aimerais te souvenir de tout.

— C'est faux, crache-t-elle en me repoussant.

Tant mieux, parce que j'étais sur le point de me laisser aller à l'embrasser.

— Dis-moi pourquoi j'ai fait ça, demande-t-elle. J'ai besoin de comprendre.

Je détourne les yeux et m'efforce de calmer ma respiration. Mais putain, qu'est-ce qu'il m'a pris de faire ça ?

— Je t'ai fait une promesse, je réponds d'un ton posé. Je t'ai promis de respecter ton choix quand tu l'aurais fait. Que si tu acceptais sa bague, je n'essaierais pas de te faire changer d'avis.

Une promesse que je viens de rompre à l'instant. Et bien sûr que je la désire, que j'ai besoin d'elle, plus qu'elle ne le saura jamais, mais je ne pourrai jamais me pardonner de lui avoir volé le futur qu'elle a choisi.

— J'ai toujours su que tu méritais mieux que moi, lui dis-je en évitant son regard. J'espère qu'il te mérite. Parce que ce n'était certainement pas mon cas.

Et c'est seulement quand ma respiration redevient régulière et que je pense que j'ai retrouvé assez de forces pour la toucher sans craquer que je me retourne. Je prends ses mains, dans l'intention de récupérer mon télé-phone portable. Et pendant trois misérables secondes, mes yeux tombent sur ses lèvres et je me prends à rêver à un dernier baiser. Elle me laisserait faire. Je peux le voir dans ses yeux. Elle ressent quelque chose pour moi, même sans sa mémoire. J'ai envie que ça ait du sens. Si nous ressentons une connexion, même si elle ne se souvient de rien, ça doit vouloir dire quelque chose ?

Mais ça ne change pas le fait qu'elle l'ait choisi, lui.

Je reprends mon téléphone et m'éloigne dans la pénombre. Quand il se met à pleuvoir, la pluie tombe à verse, j'en suis heureux et me laisse aller à revivre les souvenirs qu'elle m'apporte.

Je reste assis dans l'obscurité sous le porche d'Asher, je suis trempé jusqu'aux os quand Asher me rejoint.

— Je suis désolé, j'ai manqué la fin de la soirée.

Je lui tends le joint allumé dans ma main, mais il me répond d'un regard méprisant.

— Tu te fous de moi ? me demande-t-il.

— Désolé, dis-je en pinçant la braise avant de glisser le joint éteint dans ma poche.

Il ne me faisait aucun effet de toute manière. Rien ne peut effacer Hanna de mes pensées.

— Je n'avais pas l'intention de te détourner du droit chemin.

— Je ne te parlais pas du joint, et tu le sais.

Je relève les yeux vers lui.

— Tu parlais de quoi alors ?

— Que se passe-t-il entre toi et Hanna ?

— Rien, je marmonne.

— J'ai vu la façon dont tu la regardais ce soir. Tu es un putain de mauvais menteur.

— C'est mieux que d'être spécialisé dans le domaine, j'imagine, fais-je, répétant les mots de Hanna le soir de notre rencontre.

— Qu'est-ce que tu fabriques ? me presse Asher.

— Je ne fabrique rien du tout. Elle l'a choisi, je lâche en ricanant d'un air mauvais. Et maintenant, coïncidence, elle ne se souvient plus du tout de moi.

— Je t'en supplie, dis-moi que tu n'as pas fait de bêtises avec Hanna. Je t'ai dit qu'elle avait un petit ami.

Oui, il me l'avait dit le soir de notre rencontre, mais ce n'était pas vrai. Toutefois, c'est le secret de Hanna, je ne peux pas le révéler.

— Je crois que c'est dorénavant son fiancé.

— C'est un type bien, tu sais.

— C'est ce que tout le monde semble penser.

Asher me tourne le dos pour examiner le ciel sans

étoiles. La pluie s'est arrêtée, mais les nuages restent menaçants.

— Tu sais que Hanna a pu ouvrir sa pâtisserie grâce à un investisseur anonyme ?

— Oui.

— C'était Max. Voilà quel genre de personne il est. Le genre de gars qui vend sa maison et s'installe dans un appartement pourri pour permettre à la femme qu'il aime de vivre son rêve. Le genre de personne qui le fait dans l'ombre sans rechercher les remerciements ni les félicitations.

— Alors, comment tu le sais ?

— Je connais des gens, répond Asher de façon évasive avant de se tourner vers moi. Je n'essaie pas de jouer au con avec toi, mais j'apprécie Hanna, et je veux ce qu'il y a de mieux pour elle.

— Et tu penses que ce n'est pas moi.

Ça me blesse. Surtout venant d'Asher.

— Réfléchis une minute. Tu évites les relations sérieuses comme la peste, et Hanna mérite mieux que ça. Et même si tu souhaitais t'engager, tu t'y prendrais comment ? Tu vas venir t'installer avec elle à New Hope, et tu laisseras Collin à Los Angeles ?

Je pose mes coudes sur mes genoux, me penche en avant et contemple mes chaussures. Le raisonnement d'Asher n'est pas nouveau pour moi. Il m'obsède depuis que j'ai vu la bague sur le doigt de Hanna. Elle vit ici, dans cette belle petite ville, avec ses gentils habitants et ses rues calmes. Je vis à Los Angeles, avec Collin.

— Tu sais combien je souffre d'être éloigné de ma

fille ? me demande Asher. Trois mois l'été, deux semaines à Noël, et quelques week-ends prolongés de temps en temps, c'est tout ce que j'ai jusqu'à ce que j'arrive à convaincre sa mère de me donner sa garde. Tu sais que Maggie n'est pas la seule raison pour laquelle je ne peux plus vivre à New York. Mais je ne pense pas que tu fasses ce sacrifice pour une femme. J'ai tort ?

— Elle l'a choisi, lui, je répète.

Parce que, *putain*, je n'ai pas envie d'entendre ce qu'il a à dire. Je n'ai pas besoin de réfléchir. Elle ne veut pas de moi. Elle porte sa bague.

Et je dois trouver une façon de l'accepter, parce qu'au fond de moi, je sais qu'elle a fait le bon choix.

CHAPITRE QUINZE

HANNA

*M*on appartement est un fouillis de cartons encore ouverts et mon cerveau est encombré de questions et de souvenirs oubliés.

Quand j'entre dans le salon, je trouve Nate torse nu assis sur le canapé, les pieds relevés sur l'ottomane. Pendant un court instant, j'oublie comment on marche. Sérieusement, mes pieds ne reçoivent pas la commande de mon cerveau pour effectuer les mouvements nécessaires pour me rendre de là où je me trouve, l'îlot de la cuisine, jusqu'à la table basse du salon sur laquelle se trouve mon téléphone.

À cause de Nate. À cause de son torse nu. Parce que mes hormones rongent toutes les parties de mon cerveau qui fonctionnent encore et ne laissent intactes que celles qui veulent du sexe.

Je ne sais pas si sa présence, la présence de *son corps*, est la preuve que quelqu'un, là-haut, me veut du bien ou me veut du mal. Ma bouche est cotonneuse et mes mains brûlent de le toucher, de suivre les lignes de ses tatouages et la trace sombre de duvet qui part du milieu de sa poitrine, descend, passe son nombril et se poursuit dans son jean.

J'ai déjà suivi cette trace avec ma bouche, et doux souvenir, je sais ce qui se trouve à l'autre extrémité.

Quand j'arrive à relever les yeux vers son visage, j'y vois un sourire narquois.

— Tu vois quelque chose qui t'intéresse ?

— J'allais te poser la même question. Et après, j'allais te demander d'éviter de regarder des films porno dans mon salon.

— Tu veux regarder avec moi ? me demande-t-il en relevant les sourcils de façon suggestive.

Il tourne son iPad vers moi pour que je puisse voir l'écran. Des comics. Bien sûr.

— Comment es-tu entré ici ? je demande d'une voix trop aiguë.

— Avec la clé que tu m'as donnée cet été. Il fallait absolument éviter qu'on nous voie ensemble quand j'étais en ville, alors tu m'as donné une clé pour que je puisse venir te voir au milieu de la nuit.

J'inspire, blessée par le ton meurtri de sa voix. *Il fallait absolument éviter qu'on nous voie ensemble.*

Je me demande si je me rendais compte à quel point j'étais égoïste.

— Tu t'en es déjà servi ?

— Une fois, répond-il doucement.

Ses yeux regardent attentivement mon peignoir et semblent se fixer sur le nœud de la ceinture, au-dessus de mon ventre de plus en plus rond.

— J'arrivais de Londres, poursuit-il. Je suis descendu de l'avion et j'ai loué une voiture avec chauffeur pour venir directement ici.

Il lâche un soupir.

— Mon téléphone n'avait plus de batterie, alors j'ai utilisé celui du chauffeur, mais tu n'as pas répondu. Quand je suis arrivé ici, je suis entré en utilisant la clé que tu m'avais donnée, et je me suis couché à tes côtés. Malheureusement, tu ne savais pas qui j'étais, et nous savons tous les deux ce qu'il s'est passé ensuite. Franchement, si tu m'avais donné ce coup de genou dans les couilles avant, tu ne serais peut-être pas enceinte.

Je retiens un rire coupable.

— Désolée.

Il secoue la tête.

— Non, c'est moi qui suis désolé. Je n'aurais jamais dû assumer que ma présence serait la bienvenue chez toi.

J'ai retrouvé l'usage de mes jambes. J'entre dans le salon et m'installe sur une chaise. Il est en train de remplir les espaces vides dans mon cerveau, ceux que je suis désespérée de remplir.

— Raconte-moi d'autres choses dont tu te souviens de cette époque-là.

Je lis brièvement l'appréhension sur son visage.

— Tu m'avais appelée à Londres. Tu m'avais laissé un message, tu voulais qu'on parle. C'était la première fois que j'entendais ta voix depuis qu'on s'était quittés à Los Angeles après notre dispute. Tu avais ignoré tous mes appels et mes messages. Je savais que tu allais bien, mais seulement parce que tu parlais encore à Janelle, et elle m'assurait que tu n'étais pas morte au fond d'un fossé quelque part. Elle me disait que tu réfléchissais. Que tu essayais de prendre une décision difficile, et que je devais te laisser de la place pour le faire. Un jour, pour m'apaiser, elle m'a même proposé de prendre un avion elle-même pour venir voir si tu allais bien. Et quand tu m'as laissé ce message, j'ai cru que peut-être...

Il s'interrompt pour secouer la tête.

— Manifestement, j'avais tort.

— J'ai dû te laisser ce message avant mon accident.

— Oui, c'était le jeudi.

Je pose mes yeux dans les siens. Le jour de l'accident. Je l'appelais pour lui dire que j'allais épouser Max ?

— Pourquoi tu n'as pas rappelé ?

Il me regarde un long moment et souffle un grand coup.

— Je pensais qu'il valait mieux que l'on ait cette conversation en face à face. Et puis, je me suis rendu compte que tu t'étais fiancée avec lui, du coup ça ne servait plus à rien d'en parler.

Il reste silencieux encore une minute, et puis son visage sérieux s'éclaire.

Quand je m'aperçois que ses yeux fixent le décolleté dévoilé par mon peignoir, je le serre davantage autour de moi.

— Désolée, je vais aller m'habiller.

— Je ne me plaignais pas.

— Oui, et bien, je ne vais pas passer mes journées à trainer en peignoir si tu vas passer du temps dans la maison, je lâche en secouant la tête.

— Alors tu déménages ? Tu acceptes la maison ?

J'ai passé toute la journée à y réfléchir. J'opine.

— Je ne vais pas priver mes enfants de cette maison que leur offre leur père. Ce ne serait pas raisonnable. Et j'ai pris du recul pour y réfléchir, c'est normal que tu y vives quand tu viens leur rendre visite. C'est immense, il n'y a aucune raison pour laquelle tu ne pourrais pas t'attribuer une chambre. Je pense juste que tu aurais pu l'exprimer différemment devant Max. Je suis convaincue que l'idée que nous *vivions ensemble* a dû lui faire l'effet d'une douche froide. Nous sommes amis, et nous sommes parents ensemble. Mais nous ne sommes pas un couple. Je veux que ce soit clair.

— Comme de l'eau de roche, murmure-t-il d'une voix suave, comme le loup qui s'adresse à l'agneau.

Je soupire et continue.

— Et, quand je le pourrai, je te rembourserai la maison.

— Hanna...

— S'il te plait.

Je reste silencieuse un moment, tentant de trouver un moyen de lui expliquer.

— Tu es le père de mes enfants, et j'accepte ton aide pour les élever. Mais je ne veux jamais avoir l'impression de vivre à tes crochets ni celle que tu entretiens ta seconde femme dans l'ombre.

Je baisse les yeux, parce que je sais que je ne pourrais jamais terminer devant son torse nu.

— Et c'est pour cette raison que nous ne pouvons plus coucher ensemble. Tu ne peux pas venir t'installer ici, je comprends. Tu seras là autant que possible, et je suis sûre que tu seras un père fabuleux, ici ou loin. Mais si nous prenons l'habitude de coucher ensemble quand tu es là, j'aurais juste l'impression d'être... facile.

Il se lève du canapé et se plante devant moi. Je n'arrive pas à détacher les yeux de son torse nu, alors il me soulève le menton.

— Tu es sûre que tu veux de cette règle ?

J'opine et plante mes yeux dans les siens.

— J'en suis sûre.

— Si c'est la condition pour que tu acceptes de vivre dans la maison, je te promets que je ne coucherais avec toi que si tu me le demandes.

Je retiens un éclat de rire narquois.

— Je pense que tu te souviens que tu m'as fait la même promesse pour les baisers, et que tu ne l'as pas tenue.

Ses lèvres dessinent lentement un sourire alors qu'il passe son pouce sur ma mâchoire.

— C'est vrai, je suis nul pour tenir les promesses qui impliquent de ne pas te toucher.

Il baisse sa bouche vers mon oreille et je frissonne.

— Et si je me contentais de te dire que, lorsque je te toucherai, je te promets de rendre la chose le moins facile possible.

Sa bouche reste au-dessus de la mienne un moment,

et je ne peux ni penser ni respirer. Et juste quand je suis prête à sentir ses lèvres contre les miennes, il fait un pas en arrière en souriant.

— Alors j'imagine que ça signifie que tu refuses que je dorme dans ton lit cette nuit ?

Je cligne des yeux.

— Je... Quoi ?

— Ce soir. Je suis parti de chez Maggie et Asher. De jeunes mariés n'ont pas envie d'avoir un invité. Tu préfères que je dorme dans ton lit ou sur le canapé ?

Il baisse les yeux jusqu'à mes lèvres.

— Je ferai *tout* ce que tu veux, mon ange.

— Je... Je..., je déglutis.

Parce que je *veux* beaucoup de choses. Et il le sait.

— Sur le canapé.

Il me regarde de haut en bas une dernière fois avant de retourner dans le salon.

— Fais de beaux rêves.

MAX

Je suis en train de démolir le sac de frappe quand Will me retrouve. Il ne dit rien, il se contente de tenir le sac et me laisse déverser ma rage jusqu'à ce que mes mains me fassent mal et que mes épaules me brûlent.

— Tu veux en parler ? me demande-t-il une fois que j'ai admis ma défaite et que je m'affale sur le banc.

— Il lui a acheté une maison. Elle emménage avec lui.

Will souffle longuement et se pose à côté de moi sur le banc

— Et merde.

Voilà un excellent résumé de la situation. Ce n'est pas vraiment parce que Nate lui a acheté une maison. Dieu sait qu'avec tout l'argent qu'il a, il peut lui acheter tout ce qu'il veut. C'est parce qu'elle a accepté. Le fait qu'elle veuille s'installer là-bas est beaucoup plus parlant qu'elle ne le pense.

— Tu lui as acheté une pâtisserie, poursuit William avec espoir.

— Pas pour longtemps, je grogne en réponse.

Mon avocate m'a envoyé les détails de l'offre de Janelle par email, et peu après, l'actrice m'a appelé elle-même pour en parler. Je sais déjà que si Hanna souhaite que je l'accepte, je l'accepterais. Il le faut.

HANNA

L'eau de la douche ruisselle sur moi, chaude et délicieuse sur ma peau sensible. La présence de Nate chez moi hier soir m'a fait perdre la tête. Je suis restée allongée dans mon lit, dans l'attente qu'il vienne me rejoindre dans ma chambre, qu'il entre dans mon lit et qu'il me chuchote des mots coquins aux creux de l'oreille.

Mais il ne l'a pas fait. Il est resté sur le canapé toute la nuit, me donnant l'espace que j'avais réclamé, même si j'aurais préféré qu'il ne le fasse pas.

Puis la journée suivante a été longue, passée à remplir et à vider des cartons, à déplacer, et à organiser mes affaires dans la nouvelle maison. Liz, Sam, Maggie et Asher nous ont aidés, et Cally et Drew se sont occupées de la pâtisserie. Janelle a un peu participé, mais elle a dû partir pour rencontrer Max au sujet de son offre.

— Ton affaire est très chouette, m'a-t-elle dit. Je veux en faire partie, et que jamais tu ne te sentes redevable d'un homme.

— Je ne me sens *redevable* de personne, j'ai répliqué.

Mais au bout du compte, je suis tombé d'accord avec elle. Ce serait bien moins compliqué de traiter avec elle comme investisseur, et je lui ai promis de parler à Max.

Et bien que Nate et moi ayons été trop pris par le déménagement pour parler, j'ai plusieurs fois surpris ses yeux sur moi. Il me répondait d'un clin d'œil, et me regardait avec insistance comme il sait si bien le faire. Mes joues rougissaient alors et chaque parcelle de mon corps se mettait en mode hypersensible.

Ma nouvelle douche est fabuleuse. Je profite des trois différents jets d'eau chaude. Je savonne mon corps et mes cheveux, je rase mes jambes – ce qui devient de plus en plus difficile – et je coupe l'eau. Je me sèche avant d'appliquer de la crème pour le corps en insistant particulièrement sur mon ventre qui s'arrondit. J'ai passé ma vie entière à le détester, à souhaiter qu'il soit plat, mais aujourd'hui, mon ventre rond me fait sourire. Je l'aime d'amour. Je me sens belle. Est-ce que c'est parce que j'aime déjà ces bébés, ou à cause de la façon dont Nate me regarde ?

Une fois que toutes mes affaires ont été déménagées, Nate a traversé la rue pour se rendre chez Asher et Maggie. Il travaille avec Asher sur des chansons pour une collaboration, mais il m'a fait promettre d'appeler si j'avais besoin de quoi que ce soit.

Une fois prête, j'enfile un jean pour femme enceinte et un pull avant de traverser la rue. Le soleil est couché et mon souffle gèle dès qu'il sort de ma bouche. Je tape, et je n'obtiens pas de réponse, alors j'entre. La maison est calme et j'imagine que tout le monde est en bas. Je me dirige dans cette direction et tombe sur un grand blond qui se tient devant les escaliers. Ça me prend une minute pour le reconnaitre. C'est Fabio... Euh Drake. Le garde du corps de Vivian.

Avant que j'aie eu le temps de lui demander où ils sont, j'entends la voix de Vivian monter dans les escaliers.

— Je t'en prie, réfléchis-y, je ferai tout pour que ça marche.

Des murmures. La voix de Nate. Mais je ne comprends pas ce qu'il dit.

Drake croise ses bras sur sa large poitrine et le regard qu'il me jette m'indique clairement ce qu'il pense de ma présence.

— Je croyais que vous alliez vous marier avec l'autre gars.

Sa voix basse et rauque appartient à un fumeur invétéré. Je crois que c'est la première fois que je l'entends parler.

Je fronce des sourcils.

— Quand est-ce que j'ai dit ça ?

Il hausse les épaules.

— La dernière fois que je vous ai vue, vous portiez sa bague.

— Tu crois qu'elle a fait exprès de tomber enceinte ? demande Vivian dans le sous-sol.

Je lâche un cri d'exclamation et Drake me dit :

— Cette conversation est privée.

— Bien sûr, je murmure.

Puis je me tourne vers la porte et me précipite de l'autre côté de la rue, dans ma nouvelle maison.

Moins d'une demi-heure plus tard, Nate vient me retrouver dans la cuisine. Je bois une tisane en essayant de comprendre la conversation que j'ai surprise.

Il attrape une bière dans le frigo récemment rempli, la décapsule et me rejoint à table. Il a l'air stressé et exténué.

— Dure soirée ? je lui demande doucement.

— On peut dire ça comme ça, dit-il avant de prendre une longue gorgée de sa bière. Collin a dit à sa maman que tu étais enceinte. Elle n'a pas très bien pris la nouvelle.

— Oh !

Je ne m'attendais pas à ce qu'il me parle de sa conversation avec Vivian, mais ça me fait plaisir qu'il le fasse.

— Qu'est-ce que tu lui as dit ?

— Que ça ne changerait pas ma relation avec Collin. Que je me sens aussi responsable de ces bébés que Collin, explique-t-il en arrachant l'étiquette de sa bouteille de bière. Elle se fichait de ce que je pouvais bien lui dire. C'est ma faute si elle réagit ainsi. Je n'aurais pas dû la laisser l'apprendre de cette façon. Mais je ne savais pas bien comment lui annoncer.

Nous restons silencieux une minute. Je ne sais pas trop quoi lui dire. Nate joue avec l'étiquette de sa bière, son exaspération est palpable.

Je me racle la gorge et fais un signe de tête vers sa bière.

— Tu sais que les gens qui arrachent l'étiquette de leur bière sont sexuellement frustrés.

Ma tentative pour alléger l'atmosphère retombe complètement à plat quand il lève ses yeux vers les miens.

J'y lis tant de besoin et de désir, que je manque d'en tomber de ma chaise.

— *Ils* n'ont même pas idée, rétorque-t-il en se levant et en faisant racler sa chaise sur le sol. Bonne nuit, Hanna.

NATE

— C'est une belle maison, dit Janelle en examinant le salon. Tu as l'air d'être à l'aise ici.

Hanna est sortie avec les filles, et Collin s'est endormi la tête sur mes genoux, sa petite poitrine se gonfle et se dégonfle au rythme de sa respiration endormie. Je repousse les cheveux de son visage et l'examine. Il a dormi dans un hôtel avec sa mère hier soir, mais il va passer cette semaine avec moi, dans la nouvelle maison de Hanna. Avec Hanna. Et puis je le ramènerai à Los

Angeles. Il y restera quelques semaines, et Janelle fera le voyage avec lui pour revenir ici. Et voilà le début de notre nouvelle vie.

— Comment va Hanna ?

— Elle va bien. Le déménagement l'a épuisée.

Je me décale pour prendre Collin dans mes bras et me relève.

— Je vais le mettre au lit.

Je l'amène dans sa chambre, et Janelle me précède pour ouvrir les couvertures.

Nous retournons ensuite dans la cuisine. Je me sors une bière du frigo et sers un verre de vin à Elle.

— Max me laisse racheter ses parts, m'annonce-t-elle.

Je soulève un sourcil.

— Tu n'étais pas obligée de le faire.

Elle lâche un éclat de rire.

— Tu te moques de moi ? Cette femme est une magicienne dans une cuisine. C'est le meilleur investissement que j'ai fait depuis des années.

— Je suis d'accord avec toi. Elle est incroyable. Alors ? Tu prévois de déménager ici pour être son associée ?

— Moi ? À Pétaouchnok Indiana ? s'étouffe-t-elle. Mon Dieu, ça a l'air génial, pas vrai ? Mais non. Je suis son investisseur, point. Je ne pense pas venir ici plus souvent que je ne l'aurais fait de toute façon.

— Vivian a appris qu'elle était enceinte, dis-je.

Elle inspire à travers ses dents.

— Et comment ça s'est passé ? Je suis relativement surprise qu'elle t'ait laissé Collin quand même. J'aurais cru qu'elle aurait fait un plan complètement psycho après ça.

— Que veux-tu dire ?

Elle lève les yeux au ciel.

— Sérieusement, cette femme est prête à tout pour te garder pour elle.

— Je pense que tu te trompes.

Elle prend une gorgée de vin et secoue la tête.

— Et je pense que *tu* es aveugle.

CHAPITRE SEIZE

HANNA

Chaque cellule de mon corps est épuisée. Je n'aurais jamais cru qu'il était possible d'être exténuée au niveau cellulaire, mais après avoir préparé les gâteaux et les pâtisseries de Noël de chaque famille dans tout New Hope, il ne me reste plus aucune énergie. Tout ce dont j'ai envie, c'est de me déshabiller et de me mettre au lit. Quand j'entre dans la salle de bain pour me brosser les dents, la magnifique baignoire me fait de l'œil.

Un plongeon dans le jacuzzi d'Asher serait le bienvenu, mais prohibé pendant la grossesse. Je vais devoir me contenter d'un bain chaud.

Je me brosse les dents et me lave le visage pendant que la baignoire se remplit. Je me déshabille et remonte mes cheveux en un chignon désordonné sur le dessus de ma tête. Je ne peux pas m'empêcher de sourire quand je vois mon ventre dans le miroir. Difficile de le rater. J'en suis seulement à la moitié de ma grossesse, mais il arrive déjà à des inconnus de me demander si j'arrive bientôt à terme.

Quand j'entre dans la baignoire remplie d'eau chaude, je lâche un gémissement de pur plaisir. Puis j'enclenche les jets et me laisse aller dans leurs doux tourbillons.

Sans que je puisse me contrôler, mes pensées vont vers Nate, splendide et torse nu, assis sur mon canapé. Nate m'adressant un clin d'œil alors qu'il m'aide à la pâtisserie. Nate endormi dans la chambre au-dessus de la mienne. La fatigue s'estompe et ma peau réagit dans l'eau en mouvement, en alerte pour la moindre caresse.

NATE

J'ai pris l'habitude de border Hanna le soir. Elle se couche tôt, et la plupart du temps je la retrouve sous sa couette avec un livre avant vingt heures. Vivre ainsi à ses côtés, assez proche pour la toucher, mais sans en avoir le droit, me rend dingue. Mais tant qu'à perdre la tête, autant que ce soit ainsi.

Je me dirige vers la suite parentale. Il est plus tard que d'habitude, alors je m'attends à la trouver endormie, son livre sur l'oreiller à côté d'elle. Son lit est vide, mais j'entends les jets de la baignoire dans la salle de bain.

Je tape doucement à la porte.

— Hanna ?

Pas de réponse.

Je tape à nouveau, un peu plus fort cette fois.

— Hanna ? Tu es là ?

Comme je n'obtiens toujours pas de réponse, mon cœur s'accélère, en mode panique. Je l'imagine endormie dans son bain, s'enfonçant lentement dans l'eau pour finir noyée.

J'ouvre la porte, m'attendant au pire.

Au lieu de ça, je trouve Hanna trempant dans son bain, les jets faisant tourbillonner l'eau tout autour d'elle. Mais c'est quand je vois ses mains que mon souffle se coupe. Une est posée entre ses jambes, et l'autre est sur son sein, un mamelon entre les doigts.

Mon Dieu, elle est si belle que ça me fait mal. Chaque journée que je passe dans cette ville, sans pouvoir la toucher, me fait littéralement souffrir. Mais de la voir ainsi, avec une expression de plaisir sur le visage alors que ses hanches se soulèvent et qu'elle bouge un doigt en elle, c'est la torture la plus délicieuse que je puisse imaginer.

Ses yeux sont fermés, et je n'arrive pas à m'empêcher de l'approcher. Je voudrais que ce soit ma main entre ses jambes, mes doigts qui lui donnent ce plaisir, et ma bouche sur ses seins gonflés.

J'ai toujours trouvé Hanna belle. Mais aujourd'hui, son ventre rond, arrondi par *mes bébés*, elle est carrément irrésistible.

Elle fait bouger sa main entre ses jambes pour changer d'angle. Son gémissement est à peine audible avec le bruit des jets.

Mon érection est énorme, ma queue pousse contre

ma braguette. Je dois partir. Elle ne veut pas de moi ici. Dieu sait si j'ai été clair sur le fait qu'elle pouvait venir me voir si elle était intéressée. Mais mes pieds ne m'obéissent pas, et je ne peux pas détacher mes yeux d'elle. À quoi pense-t-elle ? Dans son imagination, qui la touche ?

Max ? Moi ?

Elle murmure quelque chose. Était-ce mon nom sur ses lèvres ?

Je n'ose pas espérer, et pourtant, je m'entends prononcer son nom. Je parle d'une voix plus basse que lorsque je l'avais appelé derrière la porte, mais elle m'entend cette fois-ci et ses yeux s'ouvrent brusquement.

Ses lèvres s'ouvrent et elle mêle mon nom à son souffle. Si je la trouvais belle avant... *Seigneur*. Ses yeux sont voilés de désir, et quelques mèches folles qui se sont échappées de son chignon bouclent sur la peau douce de son cou. Ses seins se soulèvent et retombent au rythme de sa respiration et ses tétons pointent à la surface de l'eau alors qu'elle s'aperçoit de ma présence.

— Tu es si belle.

Elle me prend par surprise en recourbant un doigt dans ma direction. Je fais un pas vers la baignoire pendant qu'elle se met sur ses genoux. Quand je suis à sa portée, elle tire sur ma ceinture et me fait avancer d'un pas de plus. Elle me regarde maintenant, tête levée, à travers ses cils et son visage est au niveau de ma ceinture qu'elle fait glisser de mon jean. Elle déboutonne mon pantalon et le descend sur mes hanches.

— Doux Jésus, je souffle.

Sa main est déjà entre mes jambes pour caresser mes bourses alors que l'autre main s'enroule autour de mon manche.

— Hanna...

Ses yeux se posent rapidement sur mon visage avant qu'elle ne pose sa bouche sur moi. Elle me prend en elle et me caresse avec sa bouche et sa langue, et ma main se crispe dans ses cheveux de plus en plus fort, parce que *Seigneur, c'est si bon.*

J'écarte mes jambes pour garder mon équilibre et regarde ses lèvres bouger sur moi, je sens sa langue s'enrouler sous ma queue. Mon Dieu, j'en avais tellement envie. Pas de me faire sucer, mais de Hanna. Hanna me touchant, me laissant la toucher. Quand elle suce plus fort, un grognement sourd sort de ma poitrine et ma main se resserre davantage dans ses cheveux. Elle gémit aussi, et la vibration fait courir une onde de plaisir à travers mon corps, concentrée dans mes couilles.

La main qui tenait la base de ma queue tombe dans l'eau et se glisse entre ses jambes, et, putain, elle se caresse alors qu'elle me suce la bite.

Mes yeux veulent se fermer, car c'est si bon. Tellement bon. Et de savoir que cela l'excite, rend la chose encore plus sexy. Mais je me force à les garder ouverts et rivés sur elle, elle est si belle. Et mienne, du moins, pour le moment.

Elle me prend plus profondément, gémit sous sa propre caresse, et je perds tout contrôle, je pousse mes hanches vers elle, une fois, deux fois, et alors qu'elle déglutit autour de ma queue gonflée, je jouis.

HANNA

Quand je m'écarte en léchant mes lèvres, Nate me regarde comme si j'étais une déesse. Comme si j'étais la femme la plus incroyable qu'il ait jamais côtoyée.

— Je voulais m'assurer que tu allais bien, dit-il.

— Je ne vais pas bien, je murmure. Pas bien du tout.

Il prend mon visage dans ses mains.

— Comment puis-je t'aider ?

— Dors avec moi ce soir, je poursuis sur le même ton.

J'en ai marre d'être seule. Marre de savoir qu'il est si près de moi, et pourtant hors de ma portée.

— Sans rien attendre en retour ni imaginer quoi que ce soit. Juste... Dors dans mon lit.

Puis ses mains sont sous mes bras, il m'embrasse et m'aide à sortir du bain. Il prend son temps pour me sécher avant de me conduire vers la chambre. Je me mets dans le lit, mais il ne me suit pas. Il reste sur le côté, ses yeux se promenant sur moi encore et encore, avant de s'arrêter sur mon ventre.

Je pose mes deux mains sur mes rondeurs.

— Je vais être énorme à la fin.

Il entrelace ses doigts aux miens et déplace mes mains pour déposer un baiser sur mon nombril.

— Tellement. Belle.

Mes poils se hérissent sur ma peau sous le courant d'air du ventilateur de plafond. Il m'explore avec sa bouche, chaude, ouverte, si miraculeusement talentueuse, et trace une ligne de ma clavicule vers mon bras. Quand ses lèvres trouvent enfin mes seins, ma peau est chaude et j'en veux plus.

Il prend mes seins dans ses mains, ses lèvres entrouvertes, ses narines frémissantes. Quand il pose sa bouche ouverte sur mon mamelon, c'est avec la même tendresse dont il a fait preuve jusque-là. Et c'est bon, si bon, et j'en veux encore. Mes mains glissent dans ses cheveux et je me cambre sous le plaisir. Il aspire un de mes tétons dans sa bouche et caresse l'autre, du bout du pouce contre mon téton érigé, et le tourbillon chaud dans mon ventre, grandit, se réchauffe et devient plus intense avant de rayonner jusqu'entre mes jambes.

— Est-ce que je suis trop grosse ? je demande.

Il relève la tête.

— Trop grosse pour quoi faire, mon ange ?

— J'ai envie que tu me fasses l'amour, je chuchote avant de poser une main sur mon ventre en éclatant de rire. J'ai peut-être attendu trop longtemps.

Il soupire de manière exagérée et se roule sur le dos.

— J'imagine que je vais être obligé d'être en dessous. Ça n'est vraiment pas *facile* pour moi.

Je glousse en le suivant et le chevauche.

— Je ne sais pas si ça n'est pas facile ou carrément impossible.

Il soulève ses hanches du lit et empoigne les miennes en même temps. Je le sens immédiatement glisser en moi, et je lâche un petit cri.

— Rien n'est impossible.

Le plaisir se répand en moi alors que je m'empale sur

lui, en me forçant à garder les yeux ouverts. Il sourit, et ce sourire me fait sentir comme si j'étais la chose la plus précieuse au monde.

— Ça n'est pas facile, murmure-t-il en posant ses mains sur mes seins. Mais putain que la vue est belle.

NATE

Elle s'est blottie contre moi, ses yeux sont fermés, ses cheveux sont étalés sur mon bras. Je veux la garder près de moi pour toujours. J'ai peur que, si je quitte son lit, elle oubliera à quel point nous allons bien ensemble. Et Dieu sait combien de temps se passera ensuite jusqu'à ce que je puisse la toucher à nouveau.

— Je n'oublie jamais les préservatifs.

Elle relève la tête, les sourcils froncés.

— Je pense que nous ne craignons rien. À moins que tu aies peur de me mettre enceinte ?

Je rigole, et repousse les cheveux de son visage.

— Je dis juste que je n'ai jamais oublié de mettre un préservatif. Je n'en utilisais pas avec Vivian, parce qu'elle prenait la pilule. Mais j'étais jeune et stupide, je ne savais pas à quel point la pilule pouvait se révéler inutile si la personne qui la prend est insouciante et l'oublie tout le temps.

— Je ne te jette pas la pierre, chuchote-t-elle. Moi aussi, j'ai oublié. Et maintenant, ils sont là.

Elle prend ma main et la place sur son ventre avant de continuer.

— Si c'était à refaire, je ferais pareil, glousse-t-elle. Ils s'arrêtent de bouger dès que tu touches mon ventre.

Je déglutis. Je ne les ai pas encore senti bouger, alors que Maggie et Liz, si.

— Je n'oublie pas, je répète. Et peut-être qu'au plus profond de mon subconscient, je savais très bien ce que je faisais le jour où je t'ai prise sous la douche. Une partie de moi savait que je risquais d'être lié à toi pour toujours. Et cette partie de moi le voulait absolument.

Elle retient sa respiration et lève les yeux vers moi.

— Je m'excuse pour la façon dont j'ai géré les choses ce jour-là. Honnêtement, je ne sais toujours pas à quoi va ressembler notre futur ensemble, et ça me fait peur. J'ai peur que, si je ne sais pas exactement quelles seront les épreuves que je devrais traverser, et comment nous ferons pour les affronter, je risque de perdre tout ce qui est important pour moi. J'ai paniqué, et je t'ai presque perdue. Et, mon ange, tu fais partie des choses les plus importantes de ma vie.

— Moi aussi j'ai paniqué, admet-elle. J'avais peur de ne pas te suffire, et que tu ne puisses pas me donner tout ce que je voulais.

— Je n'aurais jamais dû aller à Londres, dis-je en passant mes bras autour d'elle et en l'attirant vers ma poitrine. J'aurais dû venir te retrouver et insister pour que nous parlions. Insister pour que nous trouvions une solution. Mais je croyais que je t'avais déjà perdue.

— Tu ne m'as pas perdue, me rassure-t-elle en bâillant contre ma poitrine. Je suis juste là.

Je l'écoute respirer contre ma peau, la chaleur de son corps blotti contre le mien. J'essaie de vivre pleinement le moment présent, de me satisfaire de ce que nous avons. Mais les minutes passent, et la satisfaction reste hors de ma portée. Elle se cache derrière une question, que j'ai le courage de formuler tout haut parce qu'il fait nuit.

— Pourquoi l'as-tu choisi, lui ?

Sa seule réponse est le mouvement régulier de sa poitrine suivant le rythme de sa respiration car elle s'est endormie.

CHAPITRE DIX-SEPT

HANNA

Je suis le couloir et remonte les escaliers jusqu'à sa chambre dont la porte est restée entrouverte. Je frappe doucement avant d'entrer. Je tire un t-shirt de la pile dans son placard et le presse contre mon visage, inspirant profondément son odeur. Il y a une photo de Collin sur la commode, son grand sourire mange son visage alors qu'il montre son T-shirt Captain America du doigt.

Je ne sais pas trop ce que je m'attendais à trouver ici. Des photos de Vivian ? Un journal intime dans lequel il confesserait qu'il regrette que je sois enceinte ? Une preuve qu'il pense que je l'ai pris au piège ? Je suis terrifiée de le prendre au piège. Mais je ne trouve aucune réponse ici. Seulement son odeur et la preuve qu'il sera un père fantastique. Mon cœur se serre à cette idée.

Et si c'était vrai ? Comment serait notre existence ?

Je m'assieds sur le bord du lit de Nate et j'enfouis mon visage dans son T-shirt. Son odeur me détend tellement que je ne peux résister à l'envie de m'allonger. Juste une minute. Je me repose un peu, et puis j'irai dans mon lit.

— Mon ange ?

Sa voix basse me tire d'un rêve. Je sens une main sur mon visage, quelqu'un me caresse la joue. Mes paupières sont lourdes, mais je me force à les ouvrir. Je vois Nate et je les referme.

— Que fais-tu dans ma chambre ? je marmonne.

— Tu es épuisée, murmure-t-il. Ferme les yeux.

J'obéis, parce que c'est si dur de se réveiller, et que c'est si bon de dormir. Je me laisse happer par le sommeil, tout en sentant des bras autour de moi, et un souffle chaud dans mon cou.

NATE

Je me réveille avec les douces courbes de Hanna dans mes bras, son ventre rond et ferme sous ma main.

Elle glisse une main dans mon boxer et suit la longueur de ma queue du bout des doigts avant d'en caresser le gland avec le pouce.

— J'ai envie de te toucher, murmure-t-elle.

Puis elle prend mes bourses dans le creux de sa main, ce qui me coupe le souffle.

— J'ai envie de mettre ma bouche sur toi.

Mon ange adorable, qui parle comme une cochonne. Je craque.

Elle prend mes mains et les place au-dessus de ma tête et passe mes doigts autour des barreaux de la tête de lit. Je la laisse faire. Je ferais tout pour la garder dans ce lit avec moi le plus longtemps possible. Si ça signifie que je dois me retenir de la toucher alors qu'elle me chevauche les hanches, je vais peut-être mourir de désir pour elle, mais c'est une belle façon de partir. La ceinture de son peignoir s'est défaite, et de là où je me trouve, je peux voir la peau laiteuse de ses seins. Elle ne reste pas là bien longtemps. Elle me prive de la vue en glissant vers le bas pour me débarrasser de mon boxer.

— Hanna… je gémis.

Je veux retrouver la vue que j'avais, et sentir la chaleur de son corps contre ma queue. Je lâche la tête de lit d'une main, et la tends vers elle.

Elle me regarde depuis là où elle se trouve, entre mes jambes, ses joues rougies et ses cheveux ébouriffés.

— Sois sage, me réprimande-t-elle en indiquant la tête de lit du menton.

— Tu es vilaine.

Et puis je décide que je n'ai jamais été doué pour obéir aux règles. Je l'attrape, la ramène vers moi et roule jusqu'à me retrouver sur elle.

— Je suis peut-être vilaine, mais tu es un coquin, dit-elle en souriant.

— Entièrement d'accord avec toi.

Je l'embrasse pendant que mes mains défont le nœud

de son peignoir. Je descends, la bouche toujours collée à elle, jusqu'à ce que je trouve ses seins. Quand je prends son mamelon tendu dans ma bouche, elle gémit.

— Peut-être que ça va aller, murmure-t-elle. Si on le fait juste de temps en temps.

Je relève les yeux, prends son visage entre mes mains, et je secoue la tête.

— Non, je grogne.

Son sourire s'évanouit.

— Je veux plus que de temps en temps, je veux plus qu'être amis et parents ensemble. Je te veux. Complètement et pour toujours.

— Et si nous n'y arrivons pas ? chuchote-t-elle.

— Nous y arriverons, je lui promets en glissant ma main entre ses cuisses.

Elle écarte ses jambes et soulève ses hanches du lit.

— Nous y arriverons.

HANNA

Trois jours avant l'accident de Hanna

J'attends que Max parte au travail et j'entre dans son appartement en fermant la porte à clé derrière moi.

Je vais droit dans sa chambre avec son bureau dans le

coin. Max est ordonné, et il y a seulement deux piles de papiers sur le bureau, un programme diététique et sportif pour un client, et une notice informative sur un nouvel appareil qu'il a installé dans le club.

Je me tourne vers les dossiers rangés dans un placard et commence à les parcourir, ne sachant pas vraiment ce que je cherche.

Ce n'est pas comme s'il allait nommer son fichier « Dossier secret sur la pâtisserie de Hanna ». Mais je finis par trouver un fichier étiqueté *Smith, Peterson et Frank*, que j'ouvre.

C'est une copie du contrat que j'ai signé quand j'ai accepté de lancer la pâtisserie avec l'investisseur anonyme et d'autres documents du cabinet d'avocats. Mais au lieu de trouver le titre de propriété de la pâtisserie, je trouve des lettres de la banque d'investissements de New Hope.

Mon estomac se tord douloureusement. C'est déjà assez dur qu'il ait vendu la maison de sa grand-mère pour acheter ma pâtisserie, mais si en plus il a dû prendre d'autres emprunts, ça me rend malade. Bien sûr qu'il a dû licencier ses employés et passer tout ce temps à travailler à leur place. Il est occupé à rembourser l'emprunt qu'il a pris pour moi.

Sans le vouloir, mes yeux tombent sur une lettre posée dans un coin du bureau. Elle est adressée à Max, mais le nom d'un investisseur local me saute aux yeux. Je la déplie soigneusement et le sol se dérobe sous mes jambes.

Cette lettre résume les détails de l'offre dont nous avons parlé pendant le déjeuner. Il me semble que cet arrangement nous bénéficierait à tous les deux, et je suis impatient d'en parler plus longuement avec vous.

— Non, je murmure.

Il ne peut pas vendre son club. Il ne peut pas sacrifier son rêve pour que je puisse réaliser le mien.

Mon téléphone sonne et je le sors de ma poche pour lire un SMS de Nate.

Nate : *Je pars à Londres, tu me manques déjà. J'ai réfléchi à notre conversation. Rappelle-moi ?*

Je pose ma main sur ma bouche pour étouffer le sanglot qui menace de s'en échapper. Quand j'étais petite, je rêvais qu'un jour je tomberais amoureuse d'un homme extraordinaire, et qu'il m'aimerait aussi. Je croyais que l'amour suffirait à surmonter tous les obstacles. Mais je me trompais. Le pouvoir de l'amour va au-delà de mes rêves de petite fille. Et quand je croyais que l'amour était un voyage dont la destination était d'être ensemble, j'avais tout faux. L'amour est un état de conscience, et parfois la meilleure façon d'exprimer son amour, c'est de laisser partir l'être aimé.

Je lis le message une seconde fois, puis une troisième, avant de l'effacer pour éviter de me torturer en le lisant une nouvelle fois. Le message disparaît, mais l'historique de nos messages reste affiché.

Dans une main, j'ai les messages de Nate, dans l'autre, la preuve de tout ce que Max a sacrifié pour m'offrir mon rêve.

Je retiens mon souffle et tape sur les touches de mon téléphone pour effacer l'intégralité de la conversation. Puis j'efface tout l'historique de mes appels. Et comme ça, dans la mémoire de mon téléphone, Nate n'existe plus.

HANNA

Aujourd'hui

— Salut Hanna, me lance Sam en m'accueillant dans la banque.

Il bouge de façon inconfortable alors que je le toise.

— C'est au sujet de Liz ?

Il est vraiment adorable avec son look de banquier play-boy propre sur lui. Ses cheveux châtain clair sont coupés courts, et sa mâchoire puissante est rasée de près. Ses épaules larges remplissent son costume et il porte une cravate.

— Non, ce n'est pas au sujet de Liz, je le rassure.

Il se détend visiblement.

La banque de New Hope est la banque où Max a tous ses comptes, ce qui n'est pas surprenant, vu que son meilleur ami héritera de tout, un jour.

Sam fait un geste en direction de son bureau et je secoue la tête. Il travaille dans un open space, et je préfèrerais que notre conversation reste entre nous.

— Un endroit plus privé ?

Il opine et me guide dans un petit bureau où ils traitent généralement avec les clients qui veulent un prêt ou autre.

— Pourquoi ne m'as-tu rien dit ? je demande au moment où il ferme la porte.

Il penche sa tête.

— Dit quoi ?

— Quand Max a pris un prêt pour la pâtisserie, pourquoi tu ne m'as pas prévenue ?

Son sourire est si forcé qu'il ne tromperait même pas un aveugle.

— Je ne sais pas de quoi tu parles.

— Arrête de me prendre pour une conne, Sam. Pourquoi est-ce que tu l'as laissé faire ? Il a vendu la maison de sa grand-mère pour avoir un apport, pas vrai ? Tu réalises dans quel pétrin financier ça l'a fourré ?

Sa mâchoire se serre.

— Max est un putain d'adulte, Hanna. Il prend ses propres décisions. Il ne m'a pas demandé mon avis avant de déposer le monde entier à tes pieds.

— Alors tu n'approuves pas ?

Ma voix est trop sèche. En réalité, si j'avais été à la

place de Sam, je n'aurais pas approuvé la décision de Max de financer ma pâtisserie.

Il secoue la tête.

— Je n'ai pas dit ça.

— Il est endetté jusqu'au cou, et je suis déjà venue te voir, n'est-ce pas ? C'est écrit dans mon agenda. Avant l'accident, je suis venue te voir, et nous avons déjà parlé des papiers que j'ai trouvés dans son appartement. Il pensait vendre son club.

Il évite mes yeux et opine.

— Tu voulais savoir combien il devait pour la pâtisserie.

— Combien ?

— Je n'avais pas le droit de te le dire à ce moment-là, et je n'en ai toujours pas le droit. Mais je t'ai promis que je ne le laisserais pas vendre le club. Will et moi avons proposé d'être ses partenaires, je suis sûr qu'il sait que notre offre est toujours sur la table.

— C'est tout ce que je t'ai demandé ?

Il m'observe un instant avant d'admettre :

— Tu voulais savoir si tu avais assez d'argent dans ton fonds fiduciaire pour racheter ses parts.

Un goût de bile remonte dans ma gorge.

— Et quelle était la réponse ?

— Plus qu'assez.

— C'est pour ça que j'ai décidé de l'épouser, je murmure.

Je pensais déjà à cette hypothèse depuis un moment. Depuis que j'ai trouvé cette lettre dans sa cuisine.

— J'ai tout basé sur une décision que j'ai prise pour les mauvaises raisons, et tu ne m'as même pas prévenue.

— Je n'en étais pas sûr, et tu *étais* amoureuse de lui.

Il se masse la nuque et je reste muette. Puis il ajoute :

— Tu lui manques, tu sais. Il t'attend comme un petit chiot transi d'amour, et si tu décidais que tu voulais encore de lui, il serait à toi.

— Je ne peux pas, je murmure.

— Il prendrait bien soin de toi. Il t'aime tellement.

— Je le sais.

Une boule s'est formée dans ma gorge, et je ravale mes larmes.

— Est-ce qu'il s'est passé autre chose avant mon accident que tu penses que je devrais savoir ?

— Meredith, commence-t-il. Le jour où tu es tombée, je faisais mon jogging sur le chemin derrière la pâtisserie, et je vous ai vues vous disputer.

---

*T*ous les yeux sont sur moi quand je traverse le salon de Meredith pour entrer dans son bureau, mais je m'en fiche. Pour la première fois, j'accorde de l'importance aux inquiétudes de Nix sur mon « accident ».

Meredith est assise derrière son bureau, mais sa tête se relève brusquement quand elle entend la porte se fermer.

— Que fabriques-tu ici ? me demande-t-elle.

Si je m'attendais à voir Meredith réagir comme la peste qui m'a tourmentée la majeure partie de ma vie, j'avais tort. Sa voix manque de brutalité, elle est distante et résignée. Peut-être que ces mois de rejets finissent par l'atteindre.

— Je veux que tu donnes la garde de Claire à Max.

Elle soulève un sourcil.

— Les choix que je fais pour ma fille ne te regardent pas.

— Si tu ne les fais pas, je dirai à tout le monde que tu étais chez moi le jour de l'accident.

Meredith pâlit.

— Je croyais que tu ne te souvenais pas de cette journée.

— Je n'ai pas besoin de m'en souvenir pour savoir ce qu'il s'est passé.

Elle pose son stylo.

— Comment est-ce possible ? Il n'y avait personne d'autre.

— Sam t'a vue chez moi. Il t'a vue me pousser contre le mur et me crier dessus. Pourquoi faire une chose pareille ? Je sais que tu me détestes, mais je ne t'aurais jamais crue capable de me faire du mal physiquement.

Elle s'appuie sur le dossier de sa chaise.

— Manifestement, tu n'as pas compris à quel point j'étais sérieuse au sujet de Max.

J'en ai le souffle coupé. Parce que même si je suis venue jusqu'ici, je ne pensais pas que Meredith soit coupable.

— Tu m'as poussée dans les escaliers ?

Elle se relève de sa chaise.

— Je n'ai jamais fait une chose pareille. Je suis venue chez toi et je t'ai *suppliée* de bien vouloir me laisser la place auprès de Max. Et oui, j'ai frappé ton petit visage dodu, mais tu portais sa bague et...

Elle serre les poings. Elle me fusille du regard, sa haine et son dégoût envers moi s'affichant clairement sur son visage.

— Je m'en fiche, on récolte ce que l'on sème. Tu m'as fait un putain d'œil au beurre noir et tu as fini à l'hosto. J'ai dû partir de la ville pour que personne ne pense que j'avais essayé de te tuer. Et après tout ça, tu n'as même plus voulu de lui de toute façon. Son visage se froisse alors qu'elle indique la porte du doigt.

— Sors d'ici, je suis désolée que ton gros cul n'ait pas pu monter les escaliers, mais je ne vais pas te laisser m'accuser de ça.

— Je n'arrive pas à croire que j'étais jalouse de toi, dis-je en secouant la tête lentement. Maintenant, je suis juste désolée pour toi.

— Pourquoi ? Parce que je suis une maman célibataire ? Au moins je ne suis pas une pute qui s'est fait engrosser par un rocker.

— Je suis désolée pour toi, parce que tu es laide, Meredith.

Elle lâche un ricanement sarcastique.

— Regarde-toi dans un miroir.

— Oh non, tu es très belle à l'extérieur. Tout le monde peut s'en rendre compte, je poursuis en posant ma main sur la poignée de la porte pour l'ouvrir. Mais à l'intérieur, je ne connais personne d'aussi laid que toi. C'est pour ça que Max ne veut pas de toi.

Son visage devient cramoisi.

— Sors d'ici.

CHAPITRE DIX-HUIT

MAX

Il y a foule ce soir chez Brady. Tous ceux qui sont en visite dans leur famille pour les fêtes sont venus se réfugier ici.

Je regarde rapidement autour de la salle, mais avant d'avoir pu repérer Will, Liz m'empoigne par le bras et me tire sur la piste de danse.

Je soulève un sourcil alors qu'elle passe les bras autour de mon cou.

— Sans vouloir te vexer, tu m'as plu pendant des années, mais cela est terminé depuis que je suis tombé amoureux de ta sœur.

Elle ricane.

— Cela n'a rien à voir avec toi, Max. Du calme.

Je suis son regard de l'autre côté du bar, et je tombe

sur Sam qui nous regarde avec un air incroyablement jaloux, ce qui ne lui ressemble pas.

— Je vois.

Je ne suis pas réellement surpris. Sam est épris de Liz depuis quelque temps déjà.

— Alors, que se passe-t-il entre vous deux ?

— Rien, répond-elle en se rapprochant davantage de moi pour poser sa tête sur mon épaule. Il n'est pas l'homme qu'il me faut.

Je fixe Sam en soulevant un sourcil interrogateur. Il hausse les épaules et s'en va en guise de réponse, et c'est bien plus révélateur qu'il ne le pense. Sam n'a jamais hésité à réclamer ce qu'il pense être sien. Mais ses sentiments pour Liz ont évolué au fil de ces derniers mois.

— Tu imagines ce qui aurait pu se passer si Hanna n'était pas là ? me demande-t-elle. Si toutes ces rencontres occasionnelles s'étaient transformées en autre chose ?

Elle retire ses bras de mes épaules et frissonne légèrement en quittant la piste de danse.

— Sans vouloir te vexer, ces derniers temps je te considère plus comme un frère que comme un homme à mettre dans mon lit.

Cette remarque me fait sourire.

— Merde, si on m'avait dit il y a deux ans que tu me considérais « bon à mettre dans ton lit », je pense que les choses auraient été *très* différentes entre nous.

Elle grogne et Cally lui tend un verre.

— Et j'aurais été celle qui aurait dû supporter Meredith.

— Oui, surenchérit Cally. *Tu serais* peut-être celle qui aurait fini amnésique.

Je fronce des sourcils.

— Que veux-tu dire ?

— Oh qui sait ? répond Cally. Une partie de moi sera toujours convaincue que c'est Meredith qui a poussé Hanna dans les escaliers.

Liz se dandine, gênée.

— Je ne crois pas que Max soit intéressé par tes suppositions de conspiratrice.

— Que c'est elle qui l'a poussée dans les escaliers ? Tu veux dire que cet accident n'en était pas vraiment un ? Tu veux dire que quelqu'un l'a poussée ?

Cally pâlit, avant de murmurer dans sa barbe.

— Je pensais qu'il savait.

— Savait quoi ?

Les deux femmes se contentent de me regarder, alors je reprends la voix chargée de menaces.

— Que l'une entre vous m'explique.

— Nous ne savons rien de certain, ce ne sont que des suppositions, explique Cally. Hanna était seule, et Nix pense que Hanna ne retrouvera jamais ses souvenirs pour cette journée. La nature et la gravité de ses blessures semblent indiquer un acte criminel.

— Comme quelqu'un qui l'aurait poussée dans les escaliers.

Bon sang. Pourquoi est-ce que Hanna ne m'a rien dit ?

— Et peut-être que ce quelqu'un l'aurait bousculée un peu avant de la pousser.

Liz grimace. J'ai l'impression d'avoir reçu un coup

dans le ventre. Parce que je sais qui était chez Hanna le soir de l'accident.

Q uand Meredith monte les marches devant chez moi, j'attends devant la porte d'entrée, les bras croisés sur la poitrine. Les journées sont courtes, et les lampadaires sont déjà allumés, même s'il est à peine dix-neuf heures. Ils éclairent faiblement son visage, juste assez pour que je voie la confusion se peindre sur ses traits.

— Où est Claire ? me demande-t-elle.

— Elle dort, je réponds sans bouger d'un centimètre.

— Et bien écarte-toi, je veux la récupérer.

— Je ne veux pas qu'elle parte avec toi.

Ses yeux me lancent des éclairs.

— Tu ne peux pas m'empêcher de voir ma fille.

— Je suis sûr que la police serait de mon avis s'ils savaient ce que tu as fait à Hanna.

— Je doute sérieusement que la police s'intéresse à nos tristes petites affaires. Même moi, je me suis lassée.

— On ne peut pas qualifier une agression de « petites affaires ».

— Mais, putain, de quoi tu parles ?

— L'accident de Hanna. Sa chute dans les escaliers ? Tu es allée chez elle ce soir-là. Je le sais, parce que tu es venue au club ensuite, et tu l'as mentionné. Et puis tu as quitté la ville pendant quinze jours. J'imagine, motivée par ta culpabilité.

— La seule chose dont je suis coupable, c'est d'avoir ignoré l'intuition qui me disait qu'elle te trompait. Je pouvais le voir dans ses yeux, dans la façon dont son esprit était toujours ailleurs quand elle était près de toi. Je me sens seulement coupable, parce que j'ai tellement merdé que tu ne m'as pas prise au sérieux quand je t'ai parlé de mes soupçons.

— Elle ne m'a jamais trompé.

— Elle te gardait dans une zone floue au sujet de vos fiançailles, ça ne signifie pas qu'elle te soit restée fidèle.

— Nous étions séparés, je grogne.

Elle titube en arrière et s'agrippe à la rambarde du porche, alors je radoucis ma voix.

— Personne ne le savait, mais nous étions séparés.

Elle cligne des yeux.

— Tu mérites mieux que ça.

Je balaie son objection du revers de la main, pour en revenir au sujet qui m'importe.

— Tu essaies de me dire que tu es allée confronter Hanna et le même soir, il se trouve qu'elle a fait une chute dans les escaliers et s'est retrouvée avec des bleus comme si quelqu'un l'avait frappée ?

— Je te dis que je n'aurais jamais fait une chose pareille, et que tu es un connard de penser que je pourrais le faire, répond-elle en se redressant et en relevant le menton. Maintenant, bouge. Je veux ma fille.

Elle me pousse et entre dans la maison. Je la laisse faire. Que puis-je faire d'autre ? Claire est sa fille, et je n'ai aucune preuve de mes accusations. J'ai du mal à imaginer Meredith utilisant ses poings. Elle préfère de loin les mots, les regards acérés et les manipulations machiavéliques.

Quand j'entre dans la maison, elle est en train d'attacher Claire dans son siège auto.

— Vous vous méritez. Tu mérites Hanna, et elle mérite le coureur de jupons qui lui a fait ses bébés.

— Qu'essaies-tu de dire ?

— Que tout le monde sait qu'il baise encore avec Vivian Payne. Tout le monde, sauf Hanna. Putain, si elle avait juste lu un ou deux magazines pendant la semaine où elle était à l'hôpital, elle saurait ce qu'il faisait à Londres. Mais bon, apparemment, vous vous foutez bien d'une petite chose appelée *fidélité*.

— Meredith, je commence, mais elle évite mon regard et me bouscule en emmenant notre fille dans sa voiture. S'il te plait, attends.

Elle m'ignore, monte dans sa voiture et s'en va sans un mot.

NATE

Le jour de l'accident de Hanna

Les courbes de Hanna glissent sous mes mains savonneuses. Chaque délicieux gémissement qui sort de sa bouche résonne dans mes oreilles comme une récompense pour tous les moments pourris de ma vie.

Je recule d'un pas pour mieux la voir, et l'eau de la douche se métamorphose en pluie et nous sommes à l'extérieur du club à St Louis à nouveau, mais elle est nue et il y a des caméras autour de nous.

Ses lèvres forment mon nom, mais aucun son ne sort. Ses yeux foncés, profonds déchiffrent mon âme.

— J'ai peur, dis-je, la voix cassée.

Elle opine gentiment et son regard glisse vers une personne qui se tient derrière moi. Deux femmes apparaissent, et elle porte une robe de mariée et pleure des larmes dont je suis responsable malgré moi.

Mon téléphone sonne et me tire de ce rêve tordu. Je force mes yeux à s'ouvrir et tends la main pour l'attraper, mais elle se pose sur de la peau au lieu du téléphone.

Mon cœur bat la chamade, mais je m'efforce d'ouvrir les paupières.

La femme gémit et se blottit contre moi.

Merde, merde, merde.

Je n'ai pas touché d'autre femme que Hanna depuis que je l'ai rencontrée. Elle me quitte, évite mes appels pendant cinq jours, et je me réveille aux côtés d'une étrangère ?

Je me précipite hors du lit et passe une main sur mon visage. Ma tête n'apprécie pas ce mouvement soudain, et je dois m'appuyer contre le mur pour garder mon équilibre alors que je fouille mon cerveau à la recherche de réponses.

La sonnerie s'arrête, Dieu merci. J'essaie de retrouver

un souvenir ou deux de la nuit dernière. Je me souviens du concert. Et ensuite, j'ai trouvé un bar et de la téquila.

Je me sentais si seul.

J'ai appelé Hanna et suis tombé sur sa messagerie.

Je titube à travers la chambre, et je retrouve mon téléphone sous la table de nuit de l'autre côté du lit. La lumière des notifications clignote, et j'écoute le message vocal.

— Nate, c'est Hanna.

Sa voix trahit sa grande fatigue. L'horloge marque midi ici, ce qui signifie qu'il est sept heures dans l'Indiana.

— Je suis désolée d'avoir raté ton appel hier soir. Tu as dû rentrer tard.

Je suis sorti me sentant seul comme jamais, je pensais que je l'avais perdue, me demandant si j'avais perdu la tête.

— Est-ce que tu viens toujours à New Hope à ton retour de Londres ? J'ai besoin de te parler, mais je ne veux pas le faire au téléphone. OK. Appelle-moi quand tu as une minute.

J'ai l'impression d'avoir à nouveau seize ans, parce que tout ce dont j'ai envie c'est d'écouter le message en boucle. Goûter au plaisir d'entendre sa voix, analyser chaque mot, chaque respiration.

Mais je ne m'accorde pas ce confort que je trouve dans la voix de Hanna.

Je me sentais seul hier soir.

Et puis, je me suis retrouvé moins seul parce que...

— Salut, beau gosse.

La femme dans mon lit gémit doucement en posant les yeux sur moi.

Je ferme les paupières, incapable d'accepter ce que j'ai fait, après avoir entendu la voix de Hanna. Je me trompais. Je n'ai pas couché avec une étrangère.

— Bonjour, Vivian.

MAX

Aujourd'hui

Il est vingt-trois heures quand je reçois un SMS. Je dors encore à moitié, et j'hésite à l'ignorer, mais je décide de le lire au cas où c'est Hanna qui l'envoie, ou si quelque chose est arrivé à Claire.

> **Meredith** : *Il faut que tu viennes chercher Claire. Je suis désolée. Je n'y arrive pas. Je suis nulle.*

Je plisse le front et relis le message trois fois, en essayant de dissiper le brouillard dans mon cerveau. Brusquement, cette intuition que *quelque chose ne va pas* s'impose dans mon esprit encore endormi. Je tente de la rappeler.

J'écoute les tonalités en enfilant un jean et un T-shirt.

— Allez ! je grogne.

Je sors de la maison en courant après avoir attrapé mes clés dans leur panier et avoir enfilé mes baskets. Je tombe sur sa messagerie. Je raccroche et rappelle à nouveau pendant que je me rue vers ma voiture.

La tonalité retentit, implacable, dans mon oreille. Je démarre la voiture et me rends chez Meredith en écoutant sa voix m'invitant à laisser un message. Des frissons d'appréhension me parcourent le dos.

— Putain décroche, Meredith.

Je re-compose le numéro, et j'obtiens le même résultat. Je tombe encore sur sa messagerie, alors que j'arrive devant sa porte d'entrée. Je jette mon téléphone et mes clés sur la table et je me précipite dans la chambre de Claire.

Ma fille est dans son berceau, endormie. Son petit ventre se gonfle et se dégonfle au rythme d'une respiration et d'un sommeil paisibles.

Je sors de la chambre en trombe et cherche Meredith. Sa chambre est vide, mais je la trouve dans la salle de bain. Elle est nue et évanouie dans la baignoire remplie d'eau. Son menton et ses lèvres sont immergés et elle glisse lentement plus profondément.

— Non !

Je me jette sur elle, je l'attrape sous les bras et la sors de la baignoire en la serrant contre moi.

Ses yeux s'ouvrent difficilement avant que j'aie une chance de vérifier son pouls.

— Tu t'occuperas bien d'elle.

— Qu'as-tu fait Meredith ?

Ma voix se casse, chaque mot résonne comme un objet en cristal qui s'écrase à terre.

— *Que fais-tu ?*

Je la porte jusqu'au lit, et c'est là que je la remarque. Une note, placée sous un tube de pilules.

Chère Claire,

Je te souhaite la meilleure des vies...

Je m'empare du téléphone et j'appelle les secours.

Tu es ce que j'ai fait de mieux et je suis désolée de n'avoir pas pu...

Je jette le papier de l'autre côté de la pièce, comme si j'avais peur de le lire, que ça rendrait tout ça réel.

— Quelle est la raison de votre appel ?

— Je crois qu'elle a essayé de se suicider avec des médicaments.

Je prends le flacon et lis le nom de l'antidouleur marqué sur l'étiquette, puis je donne l'adresse de Meredith.

— Max, murmure-t-elle, sa main posée contre ma joue.

Ses yeux se ferment à nouveau, et je la tiens contre ma poitrine, mes doigts sur son pouls.

CHAPITRE DIX-NEUF

HANNA

*L*a sonnerie stridente du téléphone me tire d'un sommeil profond. Je m'en empare dans le noir et je réponds sans vérifier de qui provient l'appel.

— Allô ?

— Salut, c'est Max.

Je tends la main et allume la lampe de chevet. Sa voix est bizarre.

— Que se passe-t-il ?

— J'ai besoin que tu viennes t'occuper de Claire. Je ne te le demanderais pas si je n'étais obligé, mais c'est une urgence et tu pourras arriver plus vite que ma mère.

Je suis déjà sortie du lit, je cherche des habits.

— Oui, bien sûr, chez toi ?

— Chez Meredith, le complexe près de l'université,

bloc 302. Ils emmènent Meredith à l'hôpital et je veux les suivre.

— Que s'est-il passé ?

Sa respiration est saccadée, comme s'il avait couru ou comme s'il retenait un sanglot. Je n'arrive pas à savoir.

— Je ne peux pas en parler maintenant, Hanna.

— J'arrive.

Je m'habille dans la salle de bain et suis en train de sortir quand je me dis que Nate pourrait s'inquiéter s'il voulait vérifier que je vais bien dans la nuit, et qu'il ne me trouvait pas. Quand je retourne dans la chambre, un rayon de lune traverse sa poitrine nue. Mon cœur s'arrête de battre un instant quand je le vois, fort et solide, et pourtant si vulnérable dans son sommeil.

Je me mords la lèvre. Je n'ai pas envie de le réveiller, mais je ne veux pas qu'il s'inquiète non plus. Finalement, je décide de lui laisser un mot. Je vais dans la cuisine pour trouver un bloc-notes quand je l'entends bouger dans le lit.

— Je voulais te prévenir que je sortais. J'avais peur que tu t'inquiètes.

Il s'assied sur le matelas et passe une main sur son visage avant de s'emparer de son téléphone.

— Que se passe-t-il ?

— Max a besoin de moi.

— Tu veux que je vienne avec toi ? me demande-t-il, sa voix enrouée et ensommeillée plus sexy que jamais. Ou tu préfères être seule pour te faufiler chez ton ex-fiancé au milieu de la nuit ?

J'ignore son insinuation, et ajoute :

— C'est pour Claire. Je... Pourquoi tu t'habilles ?

— Je viens avec toi, annonce-t-il en enfilant un jean et un T-shirt. Je conduis.

Dix minutes plus tard, nous sommes devant chez Meredith. Le pauvre Max est si angoissé qu'il ne semble même pas remarquer la présence de Nate avec moi. Ou s'il la remarque, ça ne le dérange pas.

— Elle dort, explique Max. Elle va probablement dormir jusqu'à demain matin, mais je dois y aller.

Son corps entier n'est qu'une boule de nerfs.

Je ravale toutes mes questions et je chuchote :

— Vas-y, je m'occupe de Claire.

Il me serre fort dans ses bras, fait un signe de tête en direction de Nate et s'en va.

— Que s'est-il passé ? demande Nate une fois que Max est parti.

— Meredith a été transportée aux urgences, c'est tout ce que je sais.

MAX

Il est tard, et on l'installe en psychiatrie avant de me laisser la voir. Hanna est restée avec Claire toute la journée sans me demander d'explication, parce que c'est le genre d'amie qu'elle est. C'est le genre de femme qu'elle est.

— Salut, je lance doucement en entrant dans la chambre.

Meredith porte une blouse d'hôpital et sa main est munie d'une perfusion. Son visage est entièrement démaquillé. Je ne me souviens plus de la dernière fois où je l'ai vue sans maquillage, j'avais oublié que ses cils sont presque aussi blonds que ses cheveux. Elle a l'air si fragile, elle me rappelle l'adolescente dont j'étais amoureux.

— Tu dois me prendre pour une idiote, marmonne-t-elle le regard baissé sur ses mains.

Honnêtement, je n'ai rien ressenti à part la culpabilité depuis qu'ils l'ont chargée dans l'ambulance et j'ai dû attendre l'arrivée de Hanna pour la suivre. J'ai lu la note.

Si je l'avais lue hors du contexte de sa tentative de suicide, je l'aurais prise pour un ramassis de pleurnicheries mélodramatiques. Mais après ce qu'elle a fait, je vois enfin ce que j'ai choisi de ne pas voir pendant des mois. Meredith ne va pas bien. Elle est déprimée, désespérée et irrationnelle. Et je me sens si coupable de n'avoir rien remarqué. Est-ce que c'est moi qui l'ai poussée si loin ?

— Le docteur dit que je suis en dépression post-partum, m'annonce-t-elle en m'évitant toujours du regard. Ce qui prouve combien je suis nulle à ce truc de maternité.

Elle serre les paupières et des larmes roulent sur ses joues, chacune entraînant avec elle une partie de mon amertume pour elle.

— Pourquoi dis-tu un truc pareil ?

Elle s'essuie les joues avec le dos des mains.

— Ne fais pas semblant de m'apprécier juste parce que tu me prends en pitié.

— Je pense que tu as fait pas mal de mauvaises choses, mais la façon dont tu t'occupes de Claire n'en fait pas partie.

Elle renifle.

— Je pense juste que je ne suis pas taillée pour être mère. Je l'aime, mais certains jours, je me sens...

Elle s'arrête brusquement de parler, et je ne sais pas si c'est parce qu'elle est choquée par ce qu'elle allait dire, ou si elle est simplement en train de rassembler son courage pour le dire tout haut.

— Je me sens comme si j'avais sacrifié ma propre vie depuis le jour où elle est née. Et ce qui est cent fois pire que de regretter mon ancienne vie, c'est que je ne peux pas m'en empêcher.

— Je peux t'aider, tu sais. Donne-moi sa garde et je...

— Je n'allais pas te la refuser, tu sais. Je ne t'empêcherais jamais de la voir.

Elle s'appuie contre son lit incliné et s'affaisse.

— Ce n'est pas parce qu'elle me prend tout mon temps. C'est parce que je ne sais plus qui je suis, et que tout le monde me déteste.

— Je peux te poser une question sans te mettre en colère ?

Je grimace parce que le timing de ma question est lamentable. Je regrette de poser une question difficile à une femme qui se retrouve à l'hôpital en psychiatrie, mais elle est en train de se confier, et je n'ai jamais réussi à aborder le sujet avant.

— Tu veux savoir si j'ai fait exprès de tomber enceinte ?

J'inspire.

— Oui.

Plus particulièrement, est-ce qu'elle a fait exprès de tomber enceinte en espérant que Will pense que le bébé était de lui ? Mais je ne vais pas compliquer la question tout de suite.

— Je ne l'ai pas fait exprès. Je n'étais pas prête.

— J'aurais voulu que tu admettes qu'elle était de moi avant.

Elle hausse les épaules.

— Je ne voulais pas l'admettre moi-même.

— Aïe.

— Évidemment, j'étais stupide, et je l'ai compris maintenant. Il ne m'est jamais venu à l'esprit qu'un jour, tu ne serais plus là à attendre que j'aie à nouveau besoin de toi. Et puis hier, tu m'as annoncé que Hanna et toi étiez séparés tout l'été. J'ai réalisé que tu ne me repoussais pas juste pour elle.

Elle me jette un regard rapide, tranchant comme une lame et revient sur ses mains.

— Tu ne veux vraiment pas de moi. Tout comme lui.

Elle n'a pas besoin de m'expliquer qui est ce *lui* dont elle parle. Il s'agit de Will. Ça a toujours été lui. Depuis que nous étions ado.

— Meredith...

Mais je ne sais pas quoi lui dire. Je ne peux pas être avec elle, et je ne peux pas prétendre le contraire juste parce qu'elle est ici.

— Merci d'être là aujourd'hui, mais j'aimerais que tu partes, je suis fatiguée.

Je traverse la chambre et repousse les cheveux de son visage avant de déposer un baiser sur son front.

— Préviens-moi si tu as besoin de quelque chose.

HANNA

Meredith a accepté de me voir, et comme si ça n'était déjà pas assez surprenant, j'y vais.

— Salut, me lance-t-elle alors que j'entre dans la pièce.

Son visage est nettoyé et elle a presque l'air gentille. Je ne me souviens plus de la dernière fois où je l'ai vue sans maquillage.

— Max m'a dit que tu étais venue t'occuper de Claire. Merci.

— Pas de souci.

Je m'installe dans la chaise en face du lit en essayant de faire comme si ça n'était pas complètement bizarre.

— Comment te sens-tu ?

— Comme une idiote. Une grosse idiote.

Un moment d'embarras passe sur son visage et elle ajoute :

— Enfin, je ne veux pas dire que c'est un problème d'être grosse ou...

Je soupire. Parce que je ne suis pas grosse. Je ne le suis plus. Je suis enceinte, et mon ventre est lourd parce que je porte des jumeaux, mais je ne suis pas grosse. Peut-être que je le redeviendrai un jour, ou peut-être que je pourrai garder ma ligne actuelle parce que je passerai mon temps à courir derrière les jumeaux. Mais pour Meredith, je serai toujours la grosse, parce que ça l'aide à se sentir mieux dans sa peau. La différence entre l'ancienne Hanna et la femme qui se trouve ici aujourd'hui, c'est que cette dernière sait que cette vision qu'elle a de moi concerne plus sa propre vie que la mienne.

— Je ne t'aime pas, assène Meredith. Et ça ne changera jamais.

Ce sentiment est sacrément partagé, mais je ne dis rien, parce qu'elle est dans un lit d'hôpital, et contrairement à elle, je ne pense pas que le dire tout haut m'aidera à me sentir mieux.

Elle me fusille du regard et quand elle n'obtient aucune réaction, elle insiste :

— Tu n'en as absolument aucune idée, n'est-ce pas ?

— Pourquoi tu me détestes ? je demande en levant les mains en l'air. Je sais juste que tu es la fille qui me faisait des croche-pattes dans les gradins pendant les matches de foot au lycée. Tu étais celle qui prenait un malin plaisir à me rappeler *toutes* mes imperfections. Je ne t'ai jamais rien fait, et pourtant il semblerait que rien que mon existence t'agace.

— Tu ne m'as *jamais* rien fait ? répète-t-elle en levant les yeux au ciel. Mon père t'*adorait*.

Je cligne des yeux.

— Le prof d'histoire américaine au lycée ?

— Je sais qui est ton père, je réponds en secouant la tête. Je ne comprends juste pas ce qu'il a à voir là-dedans.

— C'était un connard, tu sais. Il disait des choses si

cruelles à ma mère, il la trompait, dit-elle en me fixant soudainement. Avec ta mère.

— Quoi ? Ma mère n'aurait jamais...

— Oh, mais elle l'a fait. Elle portait le deuil de son mari et élevait seule ses cinq filles, et mon père était l'épaule sur laquelle elle pleurait.

Elle souffle longuement et lentement.

— Elle se fichait de savoir qu'elle détruisait une famille en couchant avec lui. Elle se fichait de savoir ce que ça a fait à ma mère quand il a décidé qu'il ne pouvait plus être avec elle parce qu'il aimait trop Gretchen. Tout cela lui passait au-dessus de la tête. Et après avoir démoli ma famille, elle l'a rejeté comme s'il ne valait rien. Telle mère, telle fille, j'imagine.

— Je n'ai pas démoli ta famille.

Je ne peux pas répondre des accusations qu'elle fait au sujet de ma mère, mais ça, j'en suis sûre.

— Tu n'étais même pas en *couple* avec Max quand nous avons commencé à sortir ensemble.

— Et tu sais ce qu'il m'a rabâché pendant l'année qu'il a passée à coucher avec ta mère ? Tu étais dans sa classe d'histoire, et j'étais partie en cosmétologie, je commençais à monter ma boite. *Pourquoi est-ce que tu ne ressembles pas plus à Hanna ? Pourquoi n'es-tu pas intelligente comme elle ? Pourquoi n'es-tu pas gentille comme elle ? Pourquoi est-ce que tu es une débile doublée d'une salope ?* Tu étais tout ce qu'il voulait chez sa fille, et j'étais tout ce dont il avait honte.

— Meredith, je n'en savais absolument rien.

Brusquement, toute sa cruauté s'explique. Ce n'est pas acceptable, et elle reste mauvaise, mais parfois c'est plus facile d'accepter la méchanceté quand on connait ses *raisons*.

— Parce que tu ne t'intéresses qu'à toi-même et tu ne peux rien voir au-delà du bout de ton nez.

Elle souffle, agacée.

— Max, Claire et moi aurions pu être heureux, tu sais. Si tu n'avais pas été là.

— Tu ne voulais pas de lui, Meredith. Tu as eu ta chance.

Mais ses mots me piquent encore, parce qu'elle a probablement raison.

Tout comme Vivian avait raison quand elle a dit que j'étais l'obstacle qui empêchait Nate, Collin et elle d'être une famille. Je ne sais pas si j'aurais un jour une famille à moi, mais en tout cas je semble détruire toutes celles qui m'entourent.

— Tu ne vaux pas mieux que moi. Regarde-toi, tu joues à la dinette avec ce musicien, pendant que Max t'attend. Tu crois que Nate Crane va venir s'installer à New Hope ?

Mon ventre se tord, parce que je connais déjà la réponse à cette question. Et ce n'est pas parce que je comprends pourquoi que ça me fait moins mal. Je voudrais un homme qui remue ciel et terre pour moi.

Non, c'est faux. Max l'a fait pour moi. Ce que je veux, c'est que *Nate* remue ciel et terre pour moi, et ce n'est pas juste de lui demander une chose pareille.

— Tu penses vraiment qu'il ne baise plus avec cette actrice ? ajoute-t-elle.

— Stop, je grogne.

— Quoi qu'il en soit, *je* ne t'ai pas poussée dans cet escalier, poursuit tranquillement Meredith. Je ne t'aime pas, et je pense que tu ne mérites pas Max, mais je n'infligerais jamais ce type de blessure à quelqu'un intentionnellement.

J'inspire et j'opine. Mais je ne m'excuse pas. Après tout ce qu'elle m'a fait et ce qu'elle m'a dit, je pense que mes soupçons étaient fondés.

— Mais je n'étais pas la dernière personne à être venue te voir ce soir-là.

Cela m'intéresse et je la regarde.

Elle fronce les sourcils.

— Je m'en souviens seulement parce que je n'étais pas au courant pour Nate, mais j'étais convaincue que tu trompais Max. Et j'ai vu ce gars monter les escaliers.

— Quel gars ?

Elle hausse les épaules.

— J'imagine qu'il ressemblait à Fabio.

Je retiens ma respiration.

— Il était seul ?

Nouveau haussement d'épaules.

— Nous étions dans ton appartement, nous parlions, nous nous battions, et tu as regardé par la fenêtre et ce gars était là. Tu m'as dit que je devais partir, parce que tu avais de la compagnie.

Elle réfléchit un instant.

— J'ai supposé que tu le connaissais. En fait, poursuit-elle en secouant la tête, j'ai cru que c'était ton amant. La personne avec laquelle tu trompais Max.

— Je dois y aller, je murmure en prenant mon sac. Merci de me l'avoir dit.

— Hanna, m'appelle-t-elle alors que j'ouvre la porte. Tu as de la chance. Tous ceux qui sont aimés par Max ont de la chance.

Je ne me retourne pas et ferme les yeux un instant.

— Je sais.

CHAPITRE VINGT

HANNA

— Il faut qu'on parle, dis-je.

Nate est dans sa chambre, il fait sa valise. Il part en Californie pour Noël. C'est logique qu'il passe Noël avec Collin, c'est la dernière année pendant laquelle il n'aura pas à choisir entre ses enfants.

Il relève la tête et me sourit. Il a l'air si heureux dernièrement, et je vais tout gâcher en lui parlant de mes soupçons.

Il jette une dernière paire de chaussettes dans ses bagages et ouvre ses bras pour moi.

— Viens par ici.

Je fais un pas vers lui et je le laisse me prendre dans ses bras. Pendant un moment, je me laisse aller contre lui, dans sa chaleur et son odeur.

— Nix n'a jamais pensé que j'étais tombée dans les escaliers.

Nate se redresse et s'écarte pour voir mon visage.

— Que s'est-il passé d'après elle ?

— Elle a toujours cru que quelqu'un m'avait poussée.

Je sens son corps se raidir et ses bras se serrer autour de moi.

— Putain, mais qui ferait une chose pareille ?

— C'est ce que j'essaie de découvrir.

— Merde, Hanna. Quelqu'un a failli te tuer, et tu ne m'as rien dit ? Et si cette personne était encore en train de rôder ? Et si...

— Je te le dis maintenant.

Il se détend légèrement et pose ma tête contre sa poitrine.

— Je suis désolé, je ne supporte juste pas l'idée que quelqu'un puisse te faire du mal.

Je déglutis.

— Je savais que tu réagirais comme ça.

— Tu te souviens de quelque chose ? Est-ce que tu as le moindre souvenir de cette journée ?

— Pas vraiment.

Je m'écarte de son étreinte pour pouvoir voir son visage alors que je lui parle.

— Mais certains souvenirs des jours précédents sont revenus, et je pense que je sais qui m'a poussée.

Il soulève un sourcil, et je pense qu'il ne comprend pas du tout pourquoi ça m'a pris si longtemps pour en arriver là.

— Je crois que c'est Vivian qui l'a fait.

Il sourit. En fait, il sourit.

— Très drôle. Tu as une autre piste ?

Je secoue la tête.

— Je suis sérieuse. Elle voulait que je sorte de ta vie. Elle est venue jusqu'ici pour me demander de la laisser essayer de te retrouver.

Son visage devient sérieux.

— Oui, mais de là à te pousser dans les escaliers...

— Écoute, je ne l'ai jamais envisagé jusqu'à aujourd'hui. Mais la dernière fois qu'elle est venue ici, je vous ai entendu vous disputer dans le sous-sol d'Asher. Drake était posté en haut des escaliers et il m'a dit que la dernière fois qu'il m'avait vue, je portais la bague de Max. Ce qui signifie qu'ils étaient là, le jour de l'accident.

— Vivian ne t'a pas poussée dans les escaliers. Elle ne ferait jamais une chose pareille.

Il passe une main dans ses cheveux et sa bouche dessine un sourire sardonique.

— Mon Dieu, tu l'as vue ? Elle fait la moitié de ton poids.

Je grimace.

— Merci.

— Franchement Hanna ! Tu accuses une femme gentille et aimante d'un crime sérieux, et tu te vexes quand je parle de vos différences de taille ?

— Tu ne sais pas à quel point ça a été difficile de venir t'en parler, je murmure.

— Elle ne l'a pas fait. Laisse tomber.

— Meredith était également chez moi ce jour-là, j'ajoute.

— Et bien, *voilà* une candidate plus probable.

— Elle m'a raconté que je lui ai demandé de partir quand un gars qui ressemblait à Fabio est venu chez moi.

Quand je vois son visage inexpressif, je rajoute :

— Drake. Drake ressemble à Fabio à l'époque où il posait pour les couvertures de romances, et tout le monde sait que Vivian ne va jamais nulle part sans Drake sur ses talons.

— Tu veux dire que Vivian voulait tellement que tu sortes de ma vie qu'elle est venue chez toi, et quand elle a vu que tu portais la bague, elle t'a poussée dans les escaliers ? demande-t-il en secouant la tête. Voyons Hanna, ça n'a aucun sens.

— Je sais juste qu'elle voulait que j'arrête de te voir. Elle me l'a dit.

— Bien sûr qu'elle te l'a dit. Est-ce que je regrette qu'elle soit venue te trouver pour te demander de t'écarter ? Oui bien sûr. Mais ce n'est pas *si* déraisonnable. Elle voulait que je revienne. Elle voulait reformer notre famille. Ce n'est pas un crime.

— Non, mais c'est un crime de m'avoir poussée dans les escaliers.

Il se masse la nuque.

— Laisse tomber. Ce n'était pas elle.

— Comment le sais-tu ? Comment en es-tu *sûr* ?

— Mis à part le fait que je la connais depuis toujours et que je sais mieux que quiconque qu'elle n'est pas capable de blesser quelqu'un de cette façon ?

— Oui, mis à part ça.

— Elle était à Londres le jour de ton accident. Elle ne t'a pas poussée dans ces putain d'escaliers.

— Et si elle t'avait simplement *raconté* qu'elle était à Londres ? Et si c'était son alibi pour couvrir le fait qu'elle était ici, à essayer de me faire oublier...

— Je le sais, dit-il d'une voix si calme que je finis par le croire. Je le sais, parce qu'elle était dans mon lit.

Mon cœur s'arrête de battre, je n'ose pas comprendre... *Tu penses vraiment qu'il ne baise plus avec cette actrice ?* Bien sûr que je le pensais vraiment. Pourquoi est-ce que j'aurais cru autre chose, alors que j'étais si convaincue que j'étais celle qu'il désirait ?

— Quoi ?

— Tu m'avais chassé de ta vie, et tu ne me parlais même plus.

— Donc tu l'as emmenée à Londres avec toi ?

— Ça ne s'est pas passé comme ça.

— Ça s'est passé comment alors ? Tu as pris ma virginité, tu m'as demandé de quitter Max pour toi, ce qui d'ailleurs signifiait que je devais aller vivre à Los Angeles et renoncer à avoir des enfants. Et ensuite, alors que j'étais chez moi à sonder mes sentiments et me demander si je pouvais sacrifier tout ce dont j'ai toujours rêvé pour être avec toi, alors que je combattais tous mes instincts qui me hurlaient que ma place était auprès de toi, quel qu'en soit le prix, toi tu batifolais avec ton ex à Londres, tu essayais de t'assurer que tu étais sincère quand tu m'as fait tes pauvres petites promesses. Va te faire foutre, Nate. *Va te faire. Foutre.*

— Tu l'avais choisi, Hanna.

Ses épaules sont affaissées et il m'observe un moment avant de reprendre.

— Tu étais si sûre qu'il était l'homme de ta vie. J'étais juste celui qui t'avait mise enceinte.

Nous nous dévisageons, et mon cœur me fait si mal que je suis sûre qu'il va s'arrêter de battre à tout moment. Le silence s'étire autour de nous, vibrant de colère.

—Je dois y aller. Collin attend mon arrivée ce soir.

— Nate...

—Je dois y aller. Toi et moi...

Il hausse les épaules, et je sens que les miettes de mon cœur pèsent lourd dans mon ventre, et sont en train d'y pourrir.

— Vivian fera toujours partie de ma vie, parce que Collin fera toujours partie de ma vie. Et tu feras toujours partie de ma vie aussi. Nous allons y arriver.

— C'est que tu dis tout le temps.

Nate sort de la pièce, sa valise à la main. Je me sens cassée et vide.

Je dois aller à la pâtisserie. Avec les fêtes de fin d'année, j'ai de quoi m'occuper avec toutes les commandes. Et si la simple chimie de la pâtisserie ne peut pas m'aider à me vider la tête, alors rien ne pourra m'aider.

Je descends me changer. Je suis dans le couloir quand j'entends des pas derrière moi.

— Hanna.

Je sens les mains de Nate me retourner et ses lèvres contre les miennes. J'ai tellement peur que ce soit un adieu. Je m'accroche à lui et lui rends son baiser. Nos bouches sont ouvertes, avides et exigeantes. Quand il s'écarte, il essuie une larme sur ma joue.

— Je suis désolé, murmure-t-il. Je suis désolé, je n'ai pas réussi à te rendre ta liberté. Je suis désolé de ne pas avoir tenu ma promesse de ne pas me battre pour toi. Peut-être que tu serais plus heureuse avec lui. Il est meilleur que moi. Mais moi je suis l'homme *de ta vie* et toi, tu es *à moi*.

— Et elle ? je lui demande. Est-ce que tu es désolé d'avoir couché avec elle ?

Il secoue la tête.

— Je ne m'en souviens même plus. Je me souviens quand elle est arrivée. Je me sentais seul. J'étais en colère. Tu me manquais tellement, je ne pensais pas qu'il était possible que quelqu'un puisse autant me manquer. Elle est arrivée dans le bar, et je n'étais plus seul.

— Et tu as couché avec elle.

— Je croyais que je t'avais perdue. J'étais bourré. Et je me suis réveillé dans son lit.

— Tu as couché avec elle, je répète.

Ses yeux plongent dans les miens.

— Oui, j'ai couché avec elle.

J'opine et des larmes chaudes jaillissent du coin de mes yeux.

— Tu l'aimes encore ?

— Pas comme je t'aime.

— Tu l'aimes encore ?

Je suis un disque rayé.

— C'est la mère de mon fils, je l'aimerai toujours.

Vivian avait raison. Je lui vole une partie de sa vie

juste en étant là. Serait-il encore avec moi s'il n'y avait pas les bébés ?

— Va la voir.

— Hanna, ne le prends pas comme ça, grogne-t-il.

— Je ne te laisse pas, lui dis-je. Je te rends ta liberté.

— Jamais de la vie. Je ne te laisserai pas.

Il serre mes épaules, et pose sa bouche sur la mienne. Mais je ne me laisse pas aller contre lui cette fois. Je suis plus forte maintenant. Si seulement j'avais eu cette force avant.

— Tu accordes trop d'importance à ton rôle de père pour rater Noël avec Collin et rester là à te disputer avec moi.

— Viens avec moi.

Il secoue la tête avant de poursuivre.

— Pas indéfiniment, viens juste passer les fêtes avec nous. Janelle trouvera quelqu'un pour te remplacer à la pâtisserie.

— Nous savons tous les deux que ma place n'est pas là-bas.

— Ne fais pas ça, Hanna. Je suis désolé de t'avoir caché ce qu'il s'est passé à Londres, mais ce qu'il y avait entre nous était si fragile, je ne pouvais pas prendre ce risque.

— Dis-moi, je demande en prenant une grande inspiration. Si tu ne m'avais pas rencontrée, tu serais avec elle maintenant ?

Il pâlit.

— Ne me force pas à te répondre.

J'entends l'horloge de la cuisine égrener les secondes, et dans la rue, un chasse-neige racle le goudron.

— Nous connaissons tous les deux la réponse, dis-je. Joyeux Noël, Nate. Embrasse Collin pour moi.

Je m'éloigne de lui avant que mon courage ne se dissipe. Je ferme la porte de ma chambre à clé. Le temps s'écoule sans que je ne m'en aperçoive. Les minutes, les heures, les secondes. Rien ne m'atteint, sauf le bruit de ses pas sur le plancher qui s'approchent de ma chambre, le silence alors qu'il reste devant la porte, et le grincement de la porte d'entrée qui s'ouvre et se referme.

Je ne me change pas, je ne vais pas à la pâtisserie. Je me couche dans mon lit en position fœtale et je m'endors.

---

*M*on lit est froid. Vide. Je tends la main vers Nate et ne rencontre que les draps. Doucement, je reviens à moi, je me souviens de notre dispute et me recroqueville sur moi-même quand je me rejoue sa confession.

Je croyais que je t'avais perdue.

Je suis si triste que j'en ai mal au ventre.

J'inspire et pose une main sur mon ventre, là où les crampes qui m'ont réveillée s'ancrent au plus profond de moi. Cela ressemble aux crampes que j'ai quand j'ai mes règles, la douleur est logée dans mon pelvis et irradie jusque dans mes reins.

— Non, je murmure, mais personne n'est là pour

m'entendre. J'ai peur de bouger, mais je sais que je dois le faire. Je prends mon téléphone sur la table de nuit et j'affiche la liste de mes contacts.

Un sanglot se forme dans ma gorge quand je vois le nom de Nate s'afficher, mais il est sûrement en Californie à l'heure qu'il est. Je fais défiler mes contacts pour atteindre celui de Nix.

NATE

Drake ouvre la porte quand j'arrive chez Vivian, et incline la tête.

— Collin est déjà couché.

Je me jette sur lui avant de réaliser ce que je suis en train de faire. Je le pousse contre le mur avec ma main sur sa gorge.

— Qu'est-ce que tu lui as fait ?

Parce que Vivian était à Londres avec moi, mais je ne sais pas où se trouvait Drake à ce moment-là. Je supposais qu'il était également à Londres, il ne s'éloigne jamais vraiment de Vivian, mais il aurait très bien pu se trouver à New Hope pour agresser la femme que j'aime avec l'intention mal formée de protéger la femme qu'*il* aime.

— À qui ? grogne-t-il.

Il a l'air très peu déstabilisé par le fait que je le maintienne contre le mur.

— Nathaniel, que fabriques-tu ? me demande Vivian dans mon dos. Lâche-le.

— Qu'as-tu fait à Hanna ?

Drake soulève un sourcil et montre son cou du doigt pour m'indiquer qu'il ne pourra pas parler tant que je ne l'aurais pas lâché.

— Tu étais présent le jour de l'accident, dis-je en m'écartant, parce que j'ai besoin de savoir ce qu'il s'est passé ce jour-là. Tu l'as vue porter la bague.

Drake se masse le cou et interroge Vivian du regard.

Elle opine.

— Dis-lui.

— Quand Viv est partie à Londres, je suis allé à New Hope pour parler une fois de plus avec Hanna.

— Si tu lui as fait du mal, je te tuerai, putain, je grogne.

— Non, tu ne le feras pas, intervient Vivian.

— Je ne lui ai pas fait de mal, explique Drake en levant les mains. Pourquoi est-ce que j'aurais fait une chose pareille ? J'y suis juste allé pour voir ce qu'elle avait décidé de faire, et elle portait la bague du gars de là-bas.

Je grimace.

— Est-ce qu'elle a dit pourquoi ?

Je ne veux pas y accorder d'importance. Ça ne devrait pas m'intéresser, puisqu'elle est à moi maintenant. N'empêche que ça m'intéresse.

— Elle a dit qu'elle l'aimait, intervient Vivian en parlant à la place de Drake. Qu'elle voulait épouser Max, et qu'elle ne reviendrait pas sur sa décision.

J'entre dans le salon et je m'affale sur le canapé. Mon ventre est serré, et je sens que je vais bientôt rendre la téquila que j'ai bue pendant le vol.

— Je pensais que tu le savais, continue Vivian dans mon dos.

Je pose ma tête dans mes mains. Bien sûr que je le savais. Elle portait sa bague. Ma propre sœur m'avait prévenu que Hanna penchait vers Max.

— Mais je n'y ai pas cru. Seigneur. Je ne sais pas pourquoi c'est si important, mais j'avais besoin de croire qu'elle m'avait choisi.

— Peut-être qu'elle l'aurait fait, dit-elle doucement. J'ai fait quelque chose dont je ne suis pas fière.

Je me raidis. Depuis le début de cette conversation, j'ai le pressentiment qu'il y a plus.

— Hanna ?

Elle opine.

— Je ne voulais pas que tu souffres. Je ne t'avais jamais vu dans cet état. J'avais peur qu'elle ne soit après toi que pour ta célébrité et ton argent...

Quand Vivian ose enfin me regarder dans les yeux, je vois que je n'ai pas besoin de rétablir la vérité. Elle sait que Hanna n'est pas comme ça.

— Qu'as-tu fait ?

— Je suis allée à New Hope pour l'informer que j'étais toujours amoureuse de toi.

— Je suis au courant.

Elle mordille sa lèvre inférieure et secoue la tête.

— Je lui ai dit qu'elle était le seul obstacle qui nous empêchait d'être une *famille*. Que si elle s'écartait, tu aurais enfin ce que tu désirais le plus. Ce dont tu avais le plus besoin.

— Quand ? je demande d'une voix dure.

Son visage se décompose et elle secoue la tête.

— Je suis si désolée, Nate. Je n'avais pas réalisé à quel point c'est une belle personne ni que vous alliez si bien ensemble.

— C'était quand, Viv ?

Elle hausse les épaules.

— Au mois d'août dernier, avant que je te rejoigne à Londres.

Avant l'accident. Avant qu'elle ne mette la bague de Max. Avant que je gâche tout.

— Merde, je marmonne en passant ma main dans mes cheveux.

Tout s'explique.

— Elle a de la chance, dit-elle en parlant dans son verre de vin. J'aurais tout donné pour que tu me regardes comme tu la regardes juste une fois.

— Pourquoi tu ne m'as jamais parlé de tes sentiments ? Il y a des années, avant ton mariage, avant Hanna ?

J'attends qu'elle me regarde, mais elle garde les yeux rivés sur son vin, comme si toutes les réponses se trouvaient dans son verre.

— Je croyais que tu ne m'aimais pas. Je croyais que le problème venait de *moi*, alors je t'ai repoussé. Tu ne laisses pas les gens t'approcher. Tu le sais, ça ? Toi et Janelle êtes si proches, mais tu gardes tes distances avec tous les autres. Quand j'ai compris qu'il ne s'agissait pas que de moi, il était trop tard.

— Je n'ai jamais eu l'intention de te repousser.

— Tu as changé pendant l'été dernier. Tu étais plus

souriant. Tu vivais comme un zombie depuis des années, et tout à coup, tu es revenu à la vie. Tu étais plus heureux et je me suis dit que nous pourrions être ensemble.

Elle finit par me regarder dans les yeux.

— Puis, je me suis rendu compte que c'était grâce à *elle*, mais c'était trop tard. J'étais encore mariée, mais dans ma tête, j'étais déjà revenue avec toi.

— Merde, Viv, je n'ai jamais voulu que tu renonces à ton mariage pour moi.

— Il le fallait. Si j'étais prête à le quitter pour toi, je n'avais rien à faire avec lui.

Elle prend une gorgée de vin, qui se prolonge jusqu'à ce que son verre soit presque vide.

— Dis-moi ce que je peux faire.

— Donne-moi la garde de Collin, je réponds sans hésiter. Laisse-le vivre avec moi à New Hope.

Elle inspire difficilement.

— Je ne peux pas vivre si loin de mon fils.

— Ne me force pas à me battre pour l'obtenir, Viv. J'ai appris ma leçon et je sais maintenant que je dois me battre pour avoir ce que je veux, pour ceux que j'aime.

HANNA

— La bonne nouvelle, m'annonce Nix alors qu'elle étudie les écrans près du lit, c'est que le traitement a stoppé les contractions.

Je fixe les écrans, je ne sais pas comment les interpréter, mais j'ai trop peur que, si je les quitte des yeux, ils arrêteront leurs bips et leurs courbes, et que quelque chose de terrible arrivera à mes bébés.

— Quelle est la mauvaise nouvelle ? je murmure.

Liz me serre la main.

Quand j'ai appelé Nix, elle m'a dit de demander à Nate de me conduire à la maternité. J'ai appelé Liz pour qu'elle me conduise. Je ne crois pas qu'elle ait réussi à inspirer entièrement depuis que nous sommes arrivées. Elle n'est pas la seule.

— La mauvaise nouvelle, poursuit Nix, c'est que tu es dilatée d'un centimètre et que tu vas devoir rester couchée pour le reste de ta grossesse.

Je trouve le courage de m'arracher à la contemplation des écrans pour regarder Nix.

— Rester couchée, c'est tout ?

Nix soupire.

— C'est vraiment ton obstétricien spécialisé en médecine fœtale qui va décider, donc ce ne sont que des suppositions, mais je pense qu'ils vont te garder ici, sous contrôle pendant deux jours. Si le traitement continue de fonctionner et que les contractions ne reviennent pas, ils le poursuivront, t'instruiront de rester strictement allongée, et continueront à te contrôler régulièrement. Nous voulons que ces bébés restent au chaud le plus longtemps possible.

L'atmosphère est lourde de non-dits. Le pronostic pour des jumeaux nés à seulement vingt semaines de gestation n'est pas bon.

Liz a l'air sur le point de craquer et de se mettre à

pleurer.

— Tu penses que c'est à cause de sa chute dans les escaliers ?

— Je ne sais pas, répond Nix. Mais c'est très peu probable. Si cette chute avait été problématique, nous le saurions déjà. Ou il n'y aurait pas eu de grossesse.

Mes yeux retournent sur les écrans, mais je sens la main de Nix sur mon épaule.

— Essaie de ne pas trop réfléchir sur les raisons de ce qu'il t'arrive. Repose-toi. Et contacte Nate. Il voudra être au courant.

Elle éteint les lumières en sortant et nous laisse, Liz et moi, dans la faible lueur qui provient de la salle de bain.

— Tu veux que je l'appelle ? demande Liz.

Je secoue la tête, mais pas pour signifier un refus. Je ne sais pas. Il est en Californie pour passer les fêtes avec Collin, et je ne veux pas tout gâcher.

— Il est fâché contre moi, je finis par admettre. Je lui ai dit que je pensais que Vivian m'avait poussée dans les escaliers et il m'a répondu que c'était impossible parce qu'elle était à Londres, dans son lit.

Liz lâche un petit cri et s'étouffe un peu. Quand je tourne la tête vers elle, son visage est rouge et gonflé, et elle pleure.

— Ce n'est pas grave, dis-je. Je ne lui en veux pas.

Elle secoue la tête.

— Je ne pensais pas que tu croyais vraiment que quelqu'un t'avait poussée.

Je hausse les épaules.

— Je ne sais plus ce que je crois.

— Personne ne t'a poussée, murmure-t-elle. Du moins pas intentionnellement.

Puis elle tombe à genoux et pose sa tête sur le côté de mon lit.

— Je suis si désolée.

— Liz ?

Une boule de panique se coince dans ma gorge.

— Liz ? Que se passe-t-il ?

— Je suis désolée, répète-t-elle. Tu es la personne la plus importante de mon univers, et je ne te ferais jamais de mal intentionnellement.

Oh mon Dieu.

— Que s'est-il passé, Liz ?

Elle relève la tête et inspire difficilement.

— Le jour de l'accident, Sam m'a appelée pour me dire que tu l'avais rencontré. Il m'a dit qu'il s'inquiétait pour toi et qu'il avait peur que tu ne te précipites dans un mariage pour lequel tu n'étais pas prête.

Elle se relève et arpente la pièce.

— Bien sûr, je ne savais pas que Max t'avait demandée en mariage au début de l'été, et l'idée que tu l'épouses était nouvelle pour moi, et terrifiante. Tu me tenais entièrement à l'écart de ta vie. Tu n'étais plus que l'ombre de toi-même, obsédée par le sport, secrète, cachottière, et dans ma tête, cela était à cause de Max. Je pensais que c'était lui qui te rendait comme ça. Je pensais que si tu l'épousais, je te perdrais pour toujours.

Je me force à calmer ma respiration. Je connais la suite.

—Je suis venue chez toi pour vérifier si ce que m'avait dit Sam était vrai, et pour essayer de t'en dissuader. Tu m'as rejointe sur le balcon. Et ta lèvre et un de tes yeux étaient enflés. Tu ne voulais pas me dire qui te l'avait fait, et tu portais la bague.

Elle s'immobilise et me regarde droit dans les yeux.

—J'ai exigé que tu la retires. Je suis ta sœur jumelle, et je ne savais même pas qu'il t'avait demandée en mariage. Et tu portais sa bague. Tu me disais qu'il fallait que je te fasse confiance. Tu m'as dit que tu faisais ce que tu avais à faire. Mais ça sonnait faux à mes oreilles, et je voulais retrouver ma sœur. J'ai essayé de te retirer la bague. J'étais désespérée. J'avais l'impression que tu étais comme envoûtée, et que si je pouvais te l'enlever...

— Et je ne t'ai pas laissé la prendre, je complète doucement.

—Je ne sais même pas comment ça s'est passé. Je te tenais la main et tu essayais de me l'arracher, tu m'as dit de te lâcher, que je te faisais mal, et je l'ai fait. Mais ton dos était tourné vers l'escalier, et d'une manière ou d'une autre tu as perdu l'équilibre et tu es tombée.

Ses joues sont inondées de larmes.

—J'ai appelé les secours, et ils t'ont emmenée à l'hôpital, et c'était encore plus horrible que je ne le pensais. J'étais terrifiée de te perdre. Et puis quand tu t'es réveillée, je n'ai pas réussi à te dire la vérité, parce que j'avais enfin retrouvé ma sœur. Je suis si désolée.

—C'était un accident Liz.

—C'était ma faute.

—C'était un *accident*, je répète.

Mais mon cerveau est en ébullition et je me demande ce qu'il se serait passé si je n'étais pas tombée. Avais-je prévu de parler de Nate à Max ? Et quand aurais-je découvert ma grossesse ?

— Tu as besoin de quelque chose ? me demande-t-elle. N'importe quoi ? Et si je l'appelais ?

— N'appelle pas Nate.

— Il viendra, insiste-t-elle. Il t'aime.

J'opine et une larme salée atterrit dans ma bouche.

— C'est vrai.

J'essaie de me souvenir d'une phrase qu'il m'avait dite le jour où nous avons fait l'amour. *Je t'aime et je suis terrifié à l'idée que tu gâches ta vie à cause de ça.* Finalement, ce n'était pas de ma vie qu'il fallait qu'il s'inquiète.

CHAPITRE VINGT-ET-UN

MAX

*E*lle a l'air terrifié et elle ne quitte pas les écrans de monitoring des yeux, comme si le cœur des bébés allait s'arrêter de battre si elle regardait ailleurs.

— Elle va très bien, m'annonce Liz en tapotant le bras de Hanna. Elle n'a plus de contractions depuis qu'elle a commencé son traitement. Les bébés sont en bonne santé, et costauds. Maintenant, il ne nous reste plus qu'à les garder au chaud encore un peu plus longtemps.

— Tu as appelé Nate ? je demande à Hanna.

Liz répond à la place de Hanna, peut-être parce qu'elle sait qu'elle ne va rien dire.

— Il passe Noël avec son fils.

— Il ne peut pas se dédoubler, murmure Hanna, presque à elle-même.

Liz grimace, son visage trahit sa fatigue, mais elle garde la main sur le bras de Hanna.

— Il serait ici, s'il savait. Quelqu'un fait sa tête de mule.

— Tu es restée toute la journée ? je demande à Liz.

Elle opine.

— C'est normal, c'est ma sœur.

— Fais une pause. Je reste avec elle un moment. Elle ne sera pas seule.

Elle me sourit, soulagée.

— Merci

— J'ai si peur, me chuchote Hanna, une fois Liz partie. Je ne sais pas si je peux y arriver.

Je me pose dans la chaise entre le lit et les écrans, pour qu'elle puisse continuer à regarder les courbes des électrocardiogrammes des bébés pendant que nous parlons.

— Tout va bien. Ils ont des moyens fabuleux de stopper le travail prématuré.

— Ce n'est pas ça. C'est que je ne sais pas comment être une maman.

Je prends sa main et serre ses doigts.

— Tu vas être fabuleuse.

— J'ai peur de le faire seule.

— Tu ne seras pas seule, nous sommes tous à tes côtés, tu le sais bien.

Une larme s'échappe de son œil et atterrit sur son oreiller.

— Je m'excuse pour tout ce que je t'ai fait.

Mon cœur se serre si fort que la douleur m'empêche de respirer.

— Hanna...

— Je le suis vraiment, tu as tout sacrifié pour moi, et moi en échange, je ne t'ai donné que mes doutes et de fausses promesses. Je suis tombée amoureuse d'un autre homme. Est-ce que tu pourras un jour me pardonner ?

— Bien sûr, je réponds en secouant la tête. C'est déjà fait.

— Maximilian Hallowell, tu es un homme extraordinaire. Tu vas rendre une femme très heureuse un jour.

— Tu n'as qu'un mot à dire, et cela peut être toi.

Je me fiche d'avoir l'air désespéré. C'est la vérité, et j'ai besoin de savoir qu'elle comprend.

— Je suis amoureuse de Nate, répond-elle simplement.

— Tu vas être avec lui ? Tu mérites quelqu'un qui s'engage, qui t'épouse, et qui te fasse beaucoup d'enfants.

— Je ne sais pas.

Ses yeux croisent les miens, et j'y lis plus de détermination que jamais.

— Mais ce qui arrivera ou n'arrivera pas ne peut pas changer le fait que mon cœur lui appartient, continue-t-elle. Je n'aurais jamais dû te demander de me tolérer, alors que je le savais déjà.

— Il n'a jamais été question de te tolérer, pour moi c'était bien plus que ça.

HANNA

— Ayayaye ! lance Grand-mère en direction de Liz. Tu es si embrouillée. Si tu pouvais voir ton aura !

Liz lève les yeux au ciel.

—Je vais débarrasser la table du dîner.

—Je t'aide, lance Maggie.

Maman se tourne vers moi.

— Toi, tu retournes au lit.

Ils m'ont laissé sortir de l'hôpital ce matin, et maman a insisté pour que le dîner du réveillon de Noël se fasse chez moi. Je n'ai même pas protesté. L'idée de passer Noël seule et coincée dans mon lit est trop triste. Si je ne peux pas avoir Nate, alors je veux rester aux côtés de ma famille.

Liz et Maggie ramènent des piles de plats dans la cuisine et commencent à nettoyer tranquillement, et maman m'aide à me relever du fauteuil qu'ils ont tiré dans la salle à manger pour moi.

—J'ai envie d'aller dans le salon, lui dis-je.

Elle m'installe sur le canapé, et ajoute des oreillers pour le rendre plus confortable. Puis elle s'assied dans la chaise en face de moi.

— Maman, il faut que je te confesse quelque chose, je commence après un long silence.

— Le seul à qui tu aies à te confesser, c'est Jésus. Mais tu peux aller parler au Père Douglas, je suis sûre qu'il t'accordera le pardon dont tu as besoin.

Je me retiens de lever les yeux au ciel, et j'inspire profondément.

— Je n'ai jamais voulu épouser Max pour les bonnes raisons. Une fille devrait seulement accepter la bague d'un homme si elle sait qu'il est l'homme de sa vie. Mais je ne réfléchissais pas à l'homme que *je* voulais. J'essayais juste de trouver une solution pour rendre tout le monde heureux.

— Ça ne m'étonne pas de toi, répond-elle avec un soupir.

Elle prend son sac sur la chaise et en sort son dernier tricotage.

— Ça me fait juste de la peine de te voir seule, poursuit-elle.

Je voudrais lui dire que je ne suis pas seule. Que j'ai Nate. Mais je ne suis pas sûre d'avoir envie de sacrifier son bonheur pour le mien.

— Est-ce que tu as eu une aventure avec le père de Meredith ?

Les mains de ma mère s'immobilisent en pleine maille, et je dois me rappeler de respirer pendant que j'attends sa réponse. Elle recommence son ouvrage sans me regarder.

— Je n'ai jamais trompé ton père. Malcom et moi étions amis.

Elle soupire et finit par lever les yeux pour me regarder.

— Les filles, vous me croyez folle, parce que je veux vous voir mariées, mais vous ne savez pas à quel point il est difficile de vivre sans homme dans ce monde.

Je croise les bras et j'attends qu'elle finisse, mais j'ai mal au ventre.

— Ton père me manque tellement, murmure-t-elle, les yeux embués de larmes. Pas seulement parce qu'il était mon mari et le père de mes enfants. Il s'occupait de tout. La vie était si facile quand il était là. Et quand il est parti, je me suis retrouvée complètement désarmée. Je n'avais jamais payé une facture ni fait mes comptes. Je n'avais jamais changé mes essuie-glaces. Je ne m'étais jamais rendu compte de tout ce qu'il faisait. Malcom était mon ami, et il m'aidait avec toutes ces petites choses. Je ne savais pas qu'il espérait plus que de l'amitié de notre relation, jusqu'à ce qu'il quitte sa femme. Et nous avons essayé pendant quelque temps, mais c'est alors que j'ai découvert qui il était vraiment et...

Elle s'interrompt pour soupirer.

— Les hommes bien sont une denrée rare, tu sais.

— Maman, si tu as souffert de ne pas savoir faire ces choses, ne préférerais-tu pas que tes filles ne se marient pas trop vite ? Qu'elles apprennent d'abord à être autonomes et indépendantes ?

Elle me lance un regard dur et se lève pour prendre ma main dans la sienne.

— *Autonome* et *indépendante* sont des mots que les femmes utilisent pour mieux supporter d'être *seule* et *débordée*. Je veux que mes filles épousent un homme bien, et qu'elles aient une belle vie. Ça ne fait pas de moi quelqu'un de mauvais.

— Il ne suffit pas de se marier avec quelqu'un pour obtenir ce que tu partageais avec papa, je réponds doucement.

Son sourire est triste, mais plein d'espoir.

— Tu le trouverais avec Max. Tu ne serais jamais seule, et tu aurais toujours quelqu'un à tes côtés pour t'aider dans les moments difficiles.

— J'ai déjà plein de gens à mes côtés pour traverser les moments difficiles.

Je bouge ma main pour serrer la sienne et ses épaules se soulèvent quand elle inspire.

— Et tu en fais partie, je termine.

Elle pose les yeux sur nos mains liées.

— Je sais que je ne suis pas parfaite. Parfois, j'ai l'impression d'avoir tout raté, sur toute la ligne avec vous.

— Tu n'as rien *raté* avec moi, maman. C'est juste...

— Tu pensais que je ne t'aimerais pas si tu ne maigrissais pas. Ça ressemble beaucoup à un échec.

— Non, je réponds avec fermeté. Je savais que tu m'aimerais quoi qu'il arrive. Tu as exercé beaucoup de pression sur moi pour que je maigrisse, c'est vrai. Mais c'est parce que tu voulais ce qu'il y a de meilleur pour moi, et je n'ai jamais douté de ton amour.

Elle renifle et se force à sourire.

— Si tu veux élever ces enfants seule, je t'aiderai. Tout ce dont tu auras besoin, ou ce dont mes petits enfants auront besoin. Tu n'as qu'à demander.

Je ne réponds pas, parce que mes yeux ne peuvent pas se détacher de la porte d'entrée qui s'est ouverte sur un homme grand aux cheveux bruns avec un petit garçon dans ses bras.

NATE

— Hanna ! s'écrie Collin quand il la voit.

Je le pose et il se précipite à travers l'entrée et dans le salon.

— Comment vont les franchins ?

— Les fran*gins,* je le corrige.

Mais je ferme immédiatement la bouche parce que Collin pose délicatement ses mains sur le ventre de Hanna, et cette scène me rend plus heureux que je ne le pensais possible. Elle est allongée sur le canapé, adossée sur des oreillers posés derrière sa tête et sous ses hanches. J'ai envie de la prendre dans mes bras et de la serrer contre moi.

— Ils vont bien, Collin, répond Hanna, les yeux rivés sur moi. C'est Liz qui t'a appelé ?

— Non, dis-je en enlevant mon manteau avant de m'accroupir aux côtés de mon fils.

— C'est Max ? reprend-elle.

— Non.

Elle retient sa respiration quand je place mes mains à côté de celles de Collin. Comme pour me saluer, un bébé donne un coup de pied, puis l'autre.

— Je les ai sentis ! s'exclame Collin, les yeux écarquillés.

Je regarde Hanna, incapable de m'empêcher de sourire.

— Moi aussi.

— Qui te l'a dit alors ? Pourquoi es-tu ici ?

— Je suis ici parce que je voulais passer Noël avec la femme que j'aime.

Le bruit d'une inspiration détourne mon attention de Hanna, et la dirige vers sa mère.

— Vous avez besoin d'être seuls, dit-elle.

Elle tend la main à Collin.

— Tu t'appelles Collin ? Tu as envie de voir si on peut trouver des cookies de Noël dans la cuisine de Hanna ?

— Oui !

Il la prend par la main, et la mère de Hanna nous adresse un clin d'œil avant de quitter la pièce.

— J'ai commencé à avoir des contractions la nuit où tu es parti. Mais je suis allée à l'hôpital, et ils m'ont donné un traitement pour les arrêter.

Sa déclaration m'empêche de respirer, et je pose ma joue sur son ventre.

— Pourquoi tu ne m'as pas appelé ?

— J'aurais dû. J'essaie d'apprendre à demander ce dont j'ai besoin, dit-elle en secouant la tête. Je ne suis pas très douée pour ça. J'ai passé ma vie entière à essayer de faire plaisir aux autres, et commence à voir que ça n'est pas très sain.

Je soulève un sourcil.

— Ah oui ?

Elle hausse les épaules.

— Si j'étais à St Louis le soir de notre rencontre, c'est seulement parce que je savais que Maggie voulait que je vienne. Ce n'est pas terrible comme trait de caractère.

Je repousse une mèche derrière son oreille. J'ai envie

de l'embrasser jusqu'à ce que les battements de mon cœur ralentissent et que je sois convaincu qu'elle va bien.

— Pas terrible, je renchéris. Mais tu n'es pas très douée pour savoir ce qui rend les autres heureux.

— Que veux-tu dire ?

Je passe un doigt sur sa mâchoire, je compte les taches de rousseur sur le bout de son nez, et grave la couleur rosée de ses lèvres dans ma mémoire.

— Tu m'as demandé si j'aurais choisi d'être avec Vivian si je ne t'avais jamais rencontrée. La réponse est *oui*. Je suis convaincu que je le serais.

— Oh, murmure-t-elle. J'imagine que je le savais déjà.

— Mais vois-tu, tu n'as pas posé la bonne question. Demande-moi si je serais plus heureux si je ne t'avais jamais rencontrée, Hanna. Demande-moi si je me serais senti aussi vivant aux côtés de la mère de Collin, que je me sens aujourd'hui près de toi. Demande-moi si je regretterais une seule seconde du temps que nous avons passé ensemble si tu avais choisi Max.

Je pose ma tête contre la sienne et elle déglutit si difficilement que je l'entends.

— Je pensais juste que tout le monde s'en porterait mieux si je me mariais avec lui.

— Est-ce que *tu* t'en serais mieux portée ?

Elle secoue la tête.

— Non. Il est évident que tu es l'homme de ma vie. Je t'ai donné ce que j'ai toujours refusé à Max. Et pas seulement mon corps. Je t'ai fait confiance, alors qu'à lui, jamais. J'ai eu besoin de toi, plus que je n'ai eu besoin de lui. Je l'avais choisi pour tout le monde, sauf pour moi. Mais je te *voulais* toi.

Elle n'ajoute rien, parce que je l'embrasse, ma bouche ouverte sur la sienne, mes mains dans ses cheveux, mon cœur entièrement à elle.

Je veux la tenir jusqu'à ce que le monde entier disparaisse autour de nous. Je veux effacer tout ce qui est laid, et la protéger de tout ce qui lui fera mal. Mais je sais que c'est impossible, alors je lui donne tout mon amour et tout mon espoir dans ce baiser.

Elle se lève légèrement du canapé, sa main sur ma poitrine.

— Je me sens vide quand tu n'es pas là.

Je prends son visage dans mes mains et l'embrasse à nouveau. Elle est si douce et parfaite. Et j'aime tellement sentir sa langue contre la mienne, la façon dont elle gémit dans ma bouche quand j'intensifie le baiser.

— Hé ! Attention !

La voix de Liz me ramène à la réalité et je relève la tête pour la fusiller du regard.

— Le docteur a été très clair. Pas de shopping, pas de sport, pas de *sexe*. Les orgasmes sont encore plus interdits, donc, arrêtez-vous tout de suite.

Je regarde Hanna qui acquiesce.

— C'est vrai. Pas de sexe avant que les bébés arrivent à terme.

Je soulève un sourcil.

— On dirait que tata Liz fera beaucoup de babysitting pour que nous puissions rattraper le temps perdu quand les bébés seront nés.

Hanna me tape la poitrine, mais elle sourit.

— Avec plaisir, réplique Liz.

— Pareil pour moi, intervient une petite brune en entrant dans la pièce et en me tendant sa main.

— Krystal, la grande sœur de Hanna. Ravie de te rencontrer.

Je serre sa main en opinant.

— Moi aussi.

— Krystal a vécu quelque temps en Floride, explique Hanna. Mais elle vient se réinstaller ici, et elle va s'occuper de la pâtisserie pendant le reste de ma grossesse. Et quand les bébés seront assez grands pour que je retourne travailler, elle s'occupera de la boutique.

— Ce sera dur de me remplacer, dit Liz. Mais étant donné qu'elle ne déteste pas autant que moi de se lever tôt, elle conviendra peut-être mieux.

Les uns après les autres, ils nous rejoignent tous dans le salon, en bavardant et en riant autour du sapin de Noël. Je mets Collin au lit dans sa chambre à l'étage en lui promettant que le Père Noël saura où nous trouver, puis je rejoins Hanna sur le canapé, elle pose sa tête sur mes genoux et sa famille est rassemblée autour de nous. Je comprends pourquoi elle ne voulait pas quitter cet endroit. L'atmosphère est chaleureuse, aimante et confortable. Je suis chez moi.

HANNA

J'entends la télévision s'éteindre, et quand j'ouvre les yeux, ma tête est posée sur les genoux de Nate.

— Tout le monde est parti ?

— Il y a environ deux heures, répond-il en me regardant.

Je lis tellement de tendresse dans son regard. Il glisse une mèche de cheveux derrière mon oreille et caresse ma joue.

— Qu'est-ce que tu regardes ? je demande doucement.

— Mon ange, mon cœur.

La boule dans ma gorge s'épaissit.

— Je t'aime.

Les larmes roulent sur mes joues alors que sa main se pose sur mon ventre.

— Je t'aime tellement.

— Laisse-moi vivre ici avec toi.

— Tu n'es pas obligé. Nous allons trouver une solution. Nous y arriverons, je le rassure. Comme tu le dis toujours.

— Oui, mais je suis un gros égoïste qui obtient toujours ce qu'il veut. Je veux vivre ici avec toi. Je veux t'épouser et élever ces bébés avec toi.

Il passe son pouce sur ma lèvre inférieure.

— Je veux te faire l'amour tous les soirs et te faire à manger. Dis oui, demande-t-il d'une voix douce.

Sa pomme d'Adam remonte alors qu'il déglutit difficilement avant de reprendre.

— Dis-moi que tu veux m'épouser et être ma famille.

Ma poitrine se serre d'espoir, de bonheur... et de culpabilité.

— Et Collin ?

Il regarde les escaliers et revient sur moi.

— Il aime la chambre dans laquelle il dort ce soir, mais je te préviens, elle ne restera pas aussi bien rangée quand ses jouets arriveront, sourit-il. Vivian ne veut pas qu'il grandisse à Los Angeles, alors je lui ai demandé si nous pouvions l'élever ici.

— Et elle a accepté ?

Il hausse les épaules.

— Pas tout de suite. Elle est très jalouse de toi. Mais Drake l'a convaincue. Collin adore vivre ici. Il adore voir Asher et jouer au bord de la rivière. Elle sait qu'il serait heureux ici. Elle va lancer les démarches pour venir s'installer dans l'Indiana après les fêtes.

— Bravo ! C'est génial.

— Tu ne m'as toujours pas répondu, femme.

Je souris.

— Je me suis promis de ne pas me précipiter dans de nouvelles obligations jusqu'à la naissance des bébés. Mais tu as ma permission de me refaire ta demande à ce moment-là.

— Très bien, dit-il.

Il pose un baiser contre mon oreille et chuchote :

— Tant que tu prévois d'accepter.

CHAPITRE VINGT-DEUX

MAX

*M*eredith referme doucement la porte de la chambre de Claire derrière elle avant de me rejoindre dans le salon. Elle s'est habillée pour travailler et porte une jupe noire ajustée et un pull décolleté et coloré. Ses cheveux sont lissés et brillants, et son maquillage est aussi soigné que d'habitude. Mais elle a l'air fatiguée, épuisée.

La fatigue émotionnelle que je lis dans ses yeux me ramène à notre adolescence, quand elle cachait sa douleur au monde entier et que je pensais que je pourrais la sauver.

— Viens là, je murmure en ouvrant mes bras.

Son visage se décompose et elle se précipite vers moi pour enfouir son visage dans ma poitrine. Elle serre ses bras dans mon dos, et je n'arrive pas à savoir si elle pleure ou si elle respire mon odeur.

Je passe une main sur ses cheveux et soupire.

— Je suis désolé de t'avoir accusée d'avoir poussé Hanna dans les escaliers. J'ai perdu la tête à l'idée que quelqu'un puisse vouloir lui faire du mal.

Elle s'écarte et baisse les yeux vers le sol. Ses larmes ont fait couler son maquillage.

— J'ai été si conne, je le méritais. Je n'arrivais pas à accepter que tu préfères être avec elle plutôt qu'avec moi.

Je relève son menton pour qu'elle me regarde.

— Et toi tu préfèrerais être avec William Bailey qu'avec moi.

Elle grimace, alors j'ajoute :

— Et si je te disais que nous pourrions être ensemble et que le jour suivant, Will venait te voir pour te dire qu'*il* voulait être avec toi ? Sois franche, Mer. Tu me jetterais en une seconde.

Elle ne proteste pas. Je soupire et la serre à nouveau contre ma poitrine.

— Tu mérites d'être folle amoureuse de l'homme avec lequel tu décides de vivre. Ne fais pas de compromis juste parce que tu ne veux pas être seule.

— Je ne sais pas comment tomber folle amoureuse d'un autre que Will, murmure-t-elle. Et les hommes ne m'aiment pas de cette façon. Tu es le seul qui l'ait jamais fait, et maintenant, tu me détestes.

— Tu m'as bien énervé, mais je ne te déteste pas, je ne sais pas comment faire.

Elle lève son visage vers le mien, et ses yeux se posent sur mes lèvres.

Il fut un temps, ces moments étaient mes favoris avec Meredith, ces moments où elle abaissait ses défenses et me laissait l'approcher. Et si je n'avais pas changé, je poserais ma bouche sur la sienne et je l'embrasserais doucement. Elle ferait monter la température avant que je n'aie pu finir de profiter de ce baiser, et nous finirions nus et transpirants sur le canapé.

Mais je ne suis plus cette personne. Je l'embrasse sur la joue et fais un pas en arrière.

— Tu te réserves toujours pour Hanna ? demande-t-elle.

Toutefois, je ne décèle aucune trace de l'amertume qui teinte généralement ses mots quand nous parlons de mon ex-fiancée.

— Tout est fini entre nous, malheureusement.

— Peut-être pas. Elle n'a pas l'air pressée de s'engager avec ce musicien, il te reste peut-être une chance.

Je m'affale sur le canapé et pose ma tête sur le dossier pour regarder le plafond.

— Je ne crois pas. Je pense que certaines relations commencent de façon si déséquilibrée, qu'elles sont condamnées à survivre dans la précarité. C'était comme ça avec Hanna et moi. J'essayais toujours de compenser pour la façon dont je me suis conduit au début de notre relation. Pour l'avoir fréquentée pour les mauvaises raisons, et pour avoir mis si longtemps à voir à quel point elle était géniale. Notre relation était bancale dès le départ, et pendant chaque minute que j'ai partagée avec elle, je tentais de rétablir cet équilibre pour ne pas la perdre.

Meredith s'assied sur le canapé à côté de moi et pose sa tête sur mon épaule.

— Comme quand tu t'es endetté jusqu'aux yeux pour lui offrir une pâtisserie ?

— Oui, c'est ça.

J'ai mal au ventre rien que d'y penser.

— Je crois que je savais déjà que j'allais la perdre, même avant que tu ne lui envoies ces SMS. Elle m'a toujours tenu à une certaine distance. Mais elle était si gentille et si douce, et j'avais tellement envie qu'elle me laisse l'approcher. Même quand les choses allaient bien entre nous. Et puis tu lui as envoyé ces messages, et les choses se sont détériorées à partir de là.

Elle se raidit à mes côtés.

— Est-ce que tu pourras un jour me pardonner ?

— C'était vraiment nul de ta part. Ça a fait du mal à Hanna, et ça m'en a fait à moi aussi.

Je passe mes bras autour de ses épaules avant d'ajouter :

— Et ça t'en a fait à toi aussi.

— Je sais que ma dépression n'est pas une excuse, mais je n'étais pas vraiment moi-même. Je préfère croire que je n'aurais pas fait quelque chose d'aussi méchant si j'allais bien.

— Tu finiras seule si tu continues à te conduire de cette façon, lui dis-je doucement.

Je ne veux pas lui faire de mal, mais il faut qu'elle le sache.

— Chaque fois que tu réagis avec amertume et colère, c'est toi-même que tu blesses.

— Et ça me fait ressembler à mon père.

Elle parle d'une voix si basse que je n'aurais sûrement pas compris ce qu'elle disait si je n'y pensais pas au même moment.

— Pars à Paris. Recommence à zéro. Sois la Meredith que *je* connais. Celle qui se glissait en secret dans mon lit pour me chuchoter ses rêves d'avenir.

— Je ne sais pas ce qu'elle est devenue.

— Retrouve-la. Qui sait ? Tu trouveras peut-être l'homme de ta vie en la cherchant.

Elle se relève, penche sa tête et m'observe.

— Et toi ? Que vas-tu devenir ?

Je hausse les épaules.

— J'ai Claire. En ce moment, c'est elle la femme de ma vie.

Elle pose une main sur sa bouche et ses yeux s'embuent de larmes.

— Je suis si heureuse que tu sois là pour elle, articule-t-elle difficilement, les joues trempées. Sa mère est complètement à côté de la plaque.

Elle se relève du canapé et s'empare de son sac sur la table de la cuisine. Je la suis jusqu'à la porte, mais quand je l'ouvre, elle me refait face.

— Je suis désolée si les choses n'ont pas marché avec Hanna à cause de moi. Tellement désolée. Si je pouvais revenir en arrière...

Je prends sa main et serre ses doigts.

— Si notre relation avait été stable, rien de ce que

tu aurais pu dire ou faire n'aurait eu de conséquences. Il a fallu que je la voie avec Nate pour le comprendre. Ils sont solides. En dépit de... tout. Quand l'univers les envoie valdinguer, ils arrivent à atterrir sur leurs pieds.

Elle opine, et regarde vers la chambre de Claire.

— Dis-lui tous les jours que je l'aime. Dis-lui que je reviendrai la chercher. Je ne veux pas qu'elle croie que...

Elle s'interrompt pour presser ses doigts contre ses lèvres.

— Clairement, les antidépresseurs ne fonctionnent pas, dit-elle avec un pâle sourire, ses joues trempées de larmes.

— Ils fonctionnent. Et ne t'inquiète pas. Je le lui dirai. Tous les jours.

HANNA

— C'est la plus jolie nurserie que j'ai jamais vue, s'extasie Liz.

Elle est adorable, ses boucles blondes sont rassemblées en queue de cheval et elle a des traces de peinture rouge sur les joues.

Je suis d'accord avec elle. J'adore la nurserie. Les murs sont jaune pâle avec une frise rouge vif. Nous avons choisi une palette de couleurs primaires et j'ai trouvé des parures de lit avec un décor de zoo qui fonctionne pour les filles et les garçons.

— Tu penses que ce sera deux filles, deux garçons ou un de chaque ?

Je hausse les épaules.

— Je sais, je sais. Nous voulons juste qu'ils soient en bonne santé, mais au fond de moi, j'espère que ce sera deux petites filles.

Elle passe son bras autour de mes épaules et regarde mon ventre.

— Pas si petites, d'ailleurs, se moque-t-elle. Je suis surprise d'avoir pu venir ce soir, au fait. Nate ne t'a pas lâchée depuis que le docteur vous a donné le feu vert pour le sexe.

Je retiens un sourire et je soupire. J'ai adoré vivre avec Nate pendant ces quatre mois. Vivian et Drake ont acheté une maison dans un quartier luxueux dans la banlieue d'Indianapolis, à distance raisonnable de New Hope. Collin vit avec nous la semaine et les rejoint le week-end.

Tout allait si bien que j'ai pu me lever au bout de trente-six semaines de grossesse, et c'est la semaine dernière que j'ai réussi à passer les trente-sept. Le docteur nous a permis de faire l'amour à nouveau. Si j'étais inquiète que mon énorme ventre constitue un obstacle pour notre intimité, ce n'était pas la peine. Il peut se montrer très créatif quand il le faut.

Cette pensée vibre en moi. Je me dandine inconfortablement pour m'éloigner de Liz et je m'installe dans le fauteuil à bascule que Nate a acheté pour la nurserie. Il est si prévenant, pour un homme qui ne voulait pas d'autres enfants. Ou qui essayait de s'en convaincre. Mon cœur se serre à cette évocation. Nate sera un père génial. Je n'ai jamais vu un homme si enthousiasmé par une grossesse.

— Je dois aller…

Je m'interromps, les yeux écarquillés, alors que j'essaie de comprendre ce qu'il se passe.

— Liz ?

— Quoi, ma biche ?

— Soit je me fais pipi dessus, et je ne peux pas m'arrêter, soit j'ai perdu les eaux.

Un filet d'eau tiède coule le long de ma jambe.

Elle pousse un cri perçant et tape dans ses mains.

— Hôpital. Allez. C'est parti.

— Nous avons le temps, je la rassure. Allons prévenir Nate, il est de l'autre côté de la rue.

— Tu es sûre ? Tu peux marcher ? Je devrais peut-être appeler le docteur ? m'interroge-t-elle en tirant son téléphone de sa poche. J'appelle d'abord Nate, puis le docteur, et puis…

— Liz, dis-je d'un ton calme en posant ma main sur son bras. Ça va aller.

Elle mordille sa lèvre inférieure, et passe ses bras autour de mon énorme ventre en soupirant.

— Je vais bientôt vous rencontrer vous deux ! Vous me reconnaitrez tout de suite ! Je suis celle qui est cool.

Nous nous emparons de ma valise de maternité et du sac de langes. Nous arrivons à la porte quand Nate et Asher arrivent. Nate me lance un regard avant de remarquer le sac sur l'épaule de Liz et demande :

— Ça y est ?

J'opine et avant d'avoir pu dire un mot, il me serre dans ses bras, passe sa main dans mes cheveux et m'embrasse.

— Arrêtez ça, vous deux, intervient Liz. Vous vous roulerez des pelles plus tard. C'est le moment d'aller faire des bébés !

ÉPILOGUE

NATE

Trois semaines plus tard

— Hey Crane ! s'écrie Asher en me faisant signe de le rejoindre. C'est fini ?

Je m'assieds près de lui et lui tends la version finale de la chanson sur laquelle nous travaillons depuis le mois d'août. La chanson de Hanna.

— Qu'en penses-tu ? je lui demande en lui indiquant une nouvelle ligne dans le refrain.

— Oui, il opine en la lisant.

Il sourit puis il ajoute :

— Oui, ça pourrait marcher.

J'ai écrit beaucoup de chansons dans ma vie, et j'en ai co-écrit encore plus. Mais aucune ne m'a donné autant de fil à retordre que celle-là. Ou peut-être que c'est moi qui lui ai donné du fil à retordre. Je voulais qu'elle parle de ces moments où parfois quand on aime quelqu'un, on doit le laisser partir, mais ça n'a pas fonctionné. Des mois plus tard, elle s'est métamorphosée en chanson sur l'amour et comment ça en vaut la peine de supporter toutes ses souffrances.

I knew, if I touched you, it'd be more than a kiss.
I need you. I'll feed you. I'll be your dying bliss.

Je regarde le refrain, et je sens sa présence. Je relève la tête, et Hanna me sourit, ma fille lovée dans ses bras. À côté d'elle, Liz câline mon autre fille, absorbée par son visage, comme une femme éperdue d'amour.

Mes filles, Sophia et Josephine, ont trois semaines aujourd'hui, et la famille s'est rassemblée pour leur souhaiter la bienvenue et se féliciter de leur bonne santé. Je suis épuisé, je manque de sommeil mais globalement, je suis le gars le plus veinard de la terre.

— Vous allez chanter pour nous ou pas ? demande Maggie.

Asher lui adresse un clin d'œil.

— Oui, bien sûr, nous avons même une nouveauté.

Il gratte les premiers accords de la chanson, et les yeux de Hanna s'agrandissent. Elle m'a entendu travailler dessus et m'a supplié de la chanter pour elle, mais je lui ai dit d'attendre qu'elle soit finie. C'est le moment.

You met me in the darkness and invited me to see

The path into the daylight wasn't what I thought it'd be.
I wanted to slay dragons for you but didn't understand
The dragons needing slaying were the ones inside my
    head.

I knew, if I touched you, it'd be more than a kiss.
I need you. I'll feed you. I'll be your dying bliss.
I'll be your superhero. I'd do it all for this.

Ces paroles ne sont pas juste parfaites pour la chanson. Elles sont vraies. Et quand je lève les yeux de ma guitare, je vois qu'elle a compris que chaque mot est pour elle. Elle se tourne vers Krystal et lui tend le bébé.

Puis elle traverse la pièce et me prend par la main.

— Tu es prête à honorer ta promesse, mon ange ? je lui demande doucement.

— De quelle promesse tu parles ?

Je sors une bague de ma poche. C'est un diamant taillé en émeraude, serti avec les pierres de naissance de nos filles.

— Épouse-moi. Sois ma femme et ma famille. Porte ma bague.

Elle sourit et des larmes de joie coulent sur ses joues.

— Je commençais à me demander quand tu allais me le demander.

*M*erci d'avoir lu le dernier livre de la série *Vivre l'instant présent*. Vous vous posez des questions sur Liz et Sam? Leur histoire commence dans *Something Dangerous*, disponible dès à présent from Hugo Publishing.

NOTES

12. CHAPITRE DOUZE

1. NdT : Fabio Lanzoni, acteur et mannequin italo-américain, connu pour ses nombreuses photos de couvertures de romances dans les années 1980 et 1990.

VIVRE L'INSTANT PRÉSENT